NOUS, LES MAGNIFIQUES

Julie de Lestrange est une auteure française, qui a également écrit pour l'événementiel et le théâtre. *Hier encore, c'était l'été*, *Danser encore* et *La Nouvelle Arche* ont déjà conquis le cœur de plus de 500 000 lecteurs.

Paru au Livre de Poche :

DANSER, ENCORE
HIER ENCORE, C'ÉTAIT L'ÉTÉ
LA NOUVELLE ARCHE

JULIE DE LESTRANGE

Nous, les Magnifiques

MAZARINE

ISBN : 978-2-253-26295-4 – 1re publication LGF

À mon père

ALEXANDRE

C'est drôle.

Plus jeune, je considérais les amis de mes parents comme des héros, des êtres irréductibles et merveilleux.

Je les jugeais fins et spirituels, ces adultes qui menaient une vie trépidante, faite de responsabilités, de loisirs, de projets. Je les admirais depuis un coin de la salle à manger, en pyjama, avant d'aller me coucher. Ils avaient le vin gai.

Ils avaient aussi un cercle de relations, un métier, un appartement, des enfants. Ils se retrouvaient pour l'apéritif, en vacances, riaient fort. Ma sœur était amoureuse de l'un d'eux.

Je les enviais. Ces gens heureux à qui je désirais ressembler.

Et sans doute eux-mêmes se considéraient ainsi.

Ils étaient sur le tremplin de la vie... intouchables. Rien ne leur arriverait. Ou, plutôt, les emmerdes seraient pour les autres.

Ce n'est que plus tard qu'elles ont commencé à tomber. Une à une, au début, puis en rafales, comme des giboulées. Je me souviens de l'avoir constaté avec le plus grand étonnement. La fille de l'un qui abandonnait ses études, une autre qui fuguait, une troisième qui testait toutes sortes de drogues. Le chômage pour certains, la faillite pour d'autres. Quelques divorces sordides, où les enfants ont servi de rançon aux parents, pris en otage. Ce garçon avec qui je jouais et qui en est tombé malade. Que l'on a enterré avant ses vingt ans.

Et puis, à mon tour, j'ai eu trente ans.

J'ai connu ce sentiment de pleine puissance. Tout se mettait en ordre. Enfin, je trouvais le sens. Ce pour quoi j'avais œuvré se concrétisait. Les heures d'études devenaient un métier, le travail un salaire, l'amour un mariage. Je pouvais payer un logement, de la nourriture, des loisirs. Des factures. J'étais maître du jeu, j'étais grand.

J'étais un géant.

J'aime ces secondes. Elles me donnent l'impression d'être semblable à ces plongeurs qui parcourent le fond des mers en apnée, sans assistance, sans soutien d'aucune sorte que leur propre résistance aux éléments. Le corps comme ultime rempart. J'ai vu une vidéo, il n'y a pas longtemps. Un homme qui se propulsait sous l'océan tel un faucon fendant la bise, seul, sous des tonnes d'eau, sous une pression inimaginable, et cependant… vivant.

Le soleil va bientôt éclore. Je pense au type qui, à l'autre bout de la Terre, se couche avec la satisfaction du devoir accompli. Soldats d'après ou d'avant-guerre, nous partageons un sentiment de paix. La trêve, avant que tout ne recommence. Je fais face à la vitre tandis que la cafetière remplit son office et que le néon de la cuisine éclaire mon reflet. J'examine ce portrait qui s'évapore avec la nuit. C'est à peine si je distingue les rides qui sont venues marquer mon front, mes paupières, mon cou, au fil des ans. J'ai désormais autant de cheveux noirs que de cheveux blancs. Je suis à l'équilibre. Pour l'instant.

La machine cesse son vrombissement. J'attrape la tasse et éteins la lumière. Je respire à fond. Dieu, que j'aime ces secondes ! La brume du matin s'élève dans le jardin, nourrie par l'humidité du gel automnal, l'herbe est courte, figée par le givre, les bêtes dorment, silencieuses maintenant que la saison des amours est passée. Je ne réfléchis à rien. Je savoure le calme. Puis, peu à peu, à mesure que la vie reprend, que les atomes entrent en mouvement, je pénètre dans un sas de décompression. Palier par palier, je gagne la surface.

8 h 30 : arrivée au bureau. Visionner la dernière version du montage que l'on m'a confiée hier. 10 heures : réunion avec la cellule communication de la ville. Les oiseaux tracent de premières arabesques dans le vent. *J'espère que cela ne va pas s'éterniser. Avec les institutionnels, on ne sait jamais. Dès que l'on tombe dans l'administration, on se heurte aux rouages. Chaque initiative doit être validée et re-re-validée.* Tiens, chasse d'eau à l'étage. De quel côté ? Nathan ? Juliette ? *13 heures : déjeuner. Rien de prévu. J'en profiterai pour avancer. Je dois absolument boucler le projet pour mon rendez-vous à Paris demain. J'irai prendre un sandwich à la boulangerie. Ou alors une salade. Ça ne me ferait pas de mal. 14 heures : repérage avec la chargée de production. Pour quelle boîte, déjà ?* Je lance un deuxième café. S'en saisir avant que mon espace vital ne soit envahi. J'entends les pas dans l'escalier. Lourds, typiques d'un adolescent. Je bois. Me brûle. *Ne pas oublier de revoir le déroulé avec le client. Une heure dix, c'est trop, pour un film de présentation. Qu'espère-t-il ? La Palme d'or à la fin du séminaire ? J'enverrai Damien, mon associé. Moi, je n'ai pas la patience. Et puis, il faut absolument terminer le projet pour Paris. C'est où, déjà, le rendez-vous ? Ah oui. La Défense…*

— Salut.

Nathan vient d'entrer dans la cuisine en jetant son salut de la même manière qu'il balance son sac de cours chaque soir en rentrant. Avec une nonchalance pâteuse.

— Bonjour.

Si j'étais un père cool, je répondrais « salut », moi aussi. Mais ni lui ni moi ne serions dupes. Trente ans nous séparent. Statistiquement, c'est plus qu'une génération. Il se laisse tomber sur le banc et verse des céréales dans un bol. Son regard disparaît derrière le rideau épais de ses cheveux. Tous ses congénères ont la même coupe, généralement assortie d'une barbe-duvet de trois jours. Des Jésus-Christ sur le retour. Cela me fait sourire, mais comme ça lui va bien, je ne dis rien. Lui non plus. À croire qu'il est complètement hermétique au monde qui l'entoure, au spectacle de la nature.

Pourtant, lorsqu'on a visité la maison, c'est la première chose qui nous a marqués. Cette cuisine, avec la baie vitrée. Vue imprenable sur la campagne. Peut-être une question de temps. À chaque âge, son émerveillement. À seize ans, Nathan est plutôt autocentré. Essentiellement intéressé par ses copains et le basket-ball. Par les filles aussi, sans doute, mais il n'en parle pas. Au moins, il ne se noie pas dans les réseaux sociaux et les jeux vidéo. Même s'il y est un peu, c'est obligatoire. Mais on a évité le pire. Le sport, c'est une valeur sûre. Pourtant, petit, Nathan souffrait d'asthme sévère. Nous pensions que cela ne finirait jamais, mais en grandissant les crises se sont espacées, surtout depuis le déménagement. L'air provincial lui a été profitable. Peu à peu, nous avons diminué les traitements, jusqu'à les arrêter complètement. Nathan n'inhale plus jamais de Ventoline. Cela a dû arriver une fois en dix ans, à la suite d'une mauvaise bronchite. À part cet épisode, rien. Il a retrouvé une vie normale. J'étais si content lorsque le pédiatre nous a annoncé qu'il pourrait faire du sport comme n'importe quel autre enfant. Au point d'avoir surinvesti ce domaine. Je ne regrette pas les samedis passés à le conduire aux quatre coins du territoire pour qu'il participe à des matchs. Basket-ball, handball et, bien sûr, foot. Ah, on avait l'air malins, nous les papas, jeunes quadras à se geler les mains et à hurler des encouragements à nos rejetons comme s'ils incarnaient la relève de Zidane… Une dizaine d'années après, l'effort paie. Nathan est un ado, c'est-à-dire que, comme tous ses semblables, il économise ses mots, mais au moins il est sain. Il est grand, athlétique, ne travaille pas trop mal à l'école, et parfois, quand il n'y prend pas garde, il lui arrive même de rire à nos plaisanteries. Alors, il devient beau.

— Ta sœur ne descend pas ?

— Se maquille…, lâche Nathan entre deux bouchées.

Je soupire. Avec Juliette, c'est plus difficile. Je n'ai pas le mode d'emploi. Je ne peux pas me souvenir de ce que c'est que d'être une fille et d'avoir quatorze ans. Sans compter que Juliette ne ressemble pas aux gamines de son âge. Du moins celles de sa classe. La conseillère d'orientation prétend qu'elle n'a que deux amies dans tout le collège. Je trouve que c'est déjà bien. À condition que ce soient de vraies amies. La plupart de ses camarades passent leur temps sur Snapchat, Facebook et Instagram, à suivre les comptes des uns et des autres, à faire des selfies, à parler fringues et sorties. Juliette ne s'inscrit pas dans cette catégorie. Elle appartiendrait plutôt à celle des rebelles. Pas gothique, mais limite. Sa dernière coquetterie, c'est le piercing sur la langue qu'elle a fait en cachette. Sur le moment, cela m'a mis hors de moi, puis je me suis raisonné en me disant qu'au moins on avait échappé au tatouage. J'ai été traumatisé par cette fille rencontrée en terminale qui exhibait fièrement un Titi géant dans le dos. Il m'arrive de m'interroger sur le devenir de ce canari criard sur une peau qui s'est forcément flétrie. Titi a dû prendre un coup de vieux. Comme nous tous.

Juliette m'inquiète. Elle me fait tellement penser à ma sœur, Anouk. Intelligente et belle sans le savoir. Dotée d'un esprit fort, original, en dehors des normes. Ressemblance troublante, y compris physiquement. Même air mutin, mêmes cheveux châtains longs et souples, que depuis quelque temps elle décolore à l'eau oxygénée pour les teindre ensuite en rose ou en violet. Du meilleur effet. Surtout quand les racines repoussent. Ses ongles aussi passent par toutes les nuances de l'arc-en-ciel. Je me demande quand cela va s'arrêter. Ma principale préoccupation demeure le brevet à la fin de l'année. Ma fille n'a pas l'air de tellement s'en soucier. Elle se sent davantage concernée par l'avenir de la planète. Sa dernière marotte, c'est le zéro déchet. Elle s'est mis en tête de révolutionner la maison et nous mène une guerre sans relâche à chaque bouteille de plastique achetée. Sa mère n'a plus le droit d'utiliser son shampoing préféré. Il faut passer au solide… Soit. Si seulement elle faisait preuve d'une même opiniâtreté envers ses études.

Elle arrive, le regard aussi sombre que son rouge à lèvres. Je me lance :

— Ju, si tu veux, je t'emmène aujourd'hui.

— OK.

Plus d'enthousiasme serait difficile. J'aurais pu lui proposer une balade à poney ou un voyage à Roubaix que ç'aurait été pareil. Parfois, je voudrais les secouer tous les deux. Mais mes enfants ont hérité de leur père. Ils viennent de se lever et n'ont pas envie de palabrer pendant des heures. Ils n'ont pas encore eu leur sas de décompression. L'ennui, c'est que, contrairement à moi, ils semblent peu enclins à en sortir. En tout cas, pas à la maison. Sauf si l'on évoque la politique ou le sport. Là, oui, d'accord. D'un seul coup, ils s'animent. Ils redeviennent des animaux sociaux. Nathan s'enflamme pour les résultats d'un match et Juliette nous engueule parce que nous n'avons pas encore acquis de bac à compost. Finalement, le silence, c'est bien aussi. Je me prépare un troisième café et le bois lentement, en les regardant.

C'est à ce moment que Sophie paraît. Je ne l'ai pas entendue arriver. Comme souvent, elle a déserté le lit conjugal pour finir la nuit dans le bureau, au rez-de-chaussée. Elle s'approche de moi, la mine exténuée. Je demande, penaud :

— J'ai encore ronflé ?

— Non, pour une fois, répond-elle dans un bâillement. J'ai fait de l'insomnie.

Elle m'embrasse et, malgré son manque évident de sommeil, je la trouve belle. Elle va avoir quarante-cinq ans, elle n'est pas maquillée, pas coiffée, mais je la trouve belle. Ma femme est belle. Y compris au réveil. Cette sensation me surprend tout autant que je la juge rassurante. Certaines choses ne changent pas. Mon regard sur elle, l'amour que je lui porte. Malgré le temps qui passe et le quotidien qui nous laisse peu de répit.

Sophie s'approche du plan de travail et commence à presser des oranges pour Juliette et Nathan. C'est son rituel depuis qu'elle a des enfants. Des vitamines pour bien débuter la matinée. Je l'observe qui dépose les verres devant eux et une vieille ritournelle s'invite aussitôt dans ma tête.

« Le soleil vient de se lever, encore une belle journée, et il va bientôt arriver, l'ami Ricoré. »

Je souris tout seul. J'ai toujours été doué pour retenir les trucs débiles. La théorie des cordes, la carte des États-Unis, ma table de multiplication de 8, ça, tu peux être sûr que je les ai oubliées, mais par contre, tout ce que les publicités des années 1980 ont produit de chefs-d'œuvre musicaux, je les emporterai dans ma tombe. Quand ça commence, c'est terrible. Pire qu'un disque rayé.

« C'est notre grand et sa fiancée, il est venu nous la présenter… L'ami du petit déjeuner… »

Je me souviens précisément de la tête du comédien, de sa tenue. Polo clair et bermuda, mèche sur le côté, sourire de benêt : la panoplie du gendre idéal. M'étonnerait que Juliette nous ramène un tel oiseau. Elle verserait plutôt dans la catégorie destroy. N'importe quel altermondialiste adepte de la musique hard-rock et du doigt d'honneur face caméra. Hâte d'être au mariage !

Je secoue la tête. Sophie a raison. Décidément, parfois, j'ai des réflexions de vieux con. Heureusement que je ne m'exprime pas à voix haute. On verra bien ce que fera ma fille. L'essentiel est qu'elle trouve son chemin, qu'elle s'épanouisse… Évidemment. Mais comment la guider sur cette voie ? Alors même qu'elle refuse catégoriquement qu'on lui tienne la main ? Comment l'accompagner sans la perdre de vue ?

Largué, je saisis n'importe quelle petite occasion. Quand je le peux, je l'emmène au collège en voiture. Je l'escorte avec une distance respectueuse en espérant que, à la fin du tunnel de l'adolescence, nous nous retrouverons. Moi, avec moins de préjugés, elle, avec plus de maturité.

Il est temps. Je repose ma tasse. Sophie m'interpelle avant que je ne quitte la cuisine.

— Tu pourras prendre des œufs et des yaourts, en rentrant ?

— Noté. C'est tout ?

— Pour le reste, on devrait pouvoir se débrouiller.

Elle me regarde d'une manière étrange. Je reste en suspens.

— Tu voulais me dire autre chose ?

— C'est bien ce matin ton rendez-vous à la mairie ?

— Oui.

— On pourrait en profiter pour déjeuner ensemble.

J'étais tellement absorbé par mon agenda saturé que je n'y ai même pas songé. Sophie travaille au service des marchés publics. Ma réunion se tient deux étages en dessous du sien.

— Désolé, Soph, mais je n'ai vraiment pas le temps. Il faut à tout prix que je boucle le projet pour demain.

Mon épouse soupire, plus fataliste que déçue.

— À quelle heure prévois-tu de partir ?

— À 5 heures. Je redoute l'entrée dans Paris.

— OK.

Je m'approche d'elle, un peu gêné, coupable sans l'être. Je l'embrasse sur le coin des lèvres et me dirige vers la salle de bains.

Dans les publicités Ricoré, le père de famille ne quitte jamais la cuisine avec une liste de courses et le goût amer d'une première défaite.

Je me fais trop de souci pour tout. Je le sais. Car cette journée finira comme les autres et, au crépuscule de ma vie, plus rien n'aura d'importance. Je me répète souvent cette évidence. Pourquoi, dans ce cas, suis-je incapable de me défaire de cette anxiété qui me harponne dès le lever ? Pourquoi ne parviens-je pas à prendre l'existence à la légère ? Pourquoi je me laisse bouffer ?

Hier, je suis rentré tard, à la fin du dîner. Juste à temps pour déposer les yaourts et les œufs que j'avais pensé à acheter dans la journée, pressentant que je ne sortirais qu'après la fermeture des boutiques. Et je suis bien obligé de l'admettre, j'ai quitté le bureau à regret. Dévoré de stress à l'idée d'avoir oublié un détail dans le projet que je vais présenter au siège de cette entreprise d'envergure internationale. Le sujet, un film institutionnel pour lustrer une image écornée par quelques scandales financiers, ne me passionne pas plus que cela, mais, si nous remportons l'appel d'offres, c'est tout un monde qui s'ouvre à nous. Fait de voyages et d'argent. Beaucoup d'argent.

Quand Sophie et moi avons pris la décision de déménager, j'ai renoncé à la carrière dont je rêvais.

Difficile de faire du journalisme d'investigation en dehors de Paris, a fortiori lorsque l'on veut préserver sa vie familiale. Il a fallu faire un choix, je l'ai fait. Fort de mon expérience dans les médias, j'ai monté une entreprise de création vidéo et me suis associé avec Damien, un papa de l'école de Nathan, commercial de son état, qui, à l'époque où je l'ai rencontré, cherchait à prendre son envol. Notre duo était un pari que nous avons remporté. Damien n'a pas son pareil pour embobiner son auditoire. Il serait capable de vendre des béquilles à Usain Bolt. Je lui fais entièrement confiance. Il se charge de la prospection, de négocier nos honoraires, je m'occupe du contenu et de la réalisation. Notre binôme fonctionne bien. Au point qu'au fil des années une dizaine de talents est venue grossir les rangs de notre société. Celle-ci compte désormais douze salariés, majoritairement de jeunes diplômés. J'en tire une petite fierté, car, d'une certaine façon, Damien et moi sommes responsables de leur bien-être. Ce n'est pas rien. Et ce n'est pas exempt d'angoisse. Surtout depuis que nous nous sommes mis en tête de sortir de notre zone de confort et de conquérir de nouveaux territoires. Paris, l'étranger. Damien s'est donné beaucoup de mal. Ce rendez-vous est le troisième. C'est moi qui pars en ambassade. Cela peut paraître idiot, mais le fait d'avoir habité Paris et d'avoir travaillé pour les plus grandes chaînes de télévision fait toujours bonne impression. Je ne débarque pas de nulle part, je ne vends pas du flan. Je sais ce que je fais. Aujourd'hui, je présente le projet aux pontes de la direction.

Ceux qui décident de la communication du groupe. Parmi eux, d'après mes renseignements, un seul Français. Mais si cela fonctionne, si le film séduit, nous pourrions réaliser ceux des autres succursales. Déplacements à New York, Londres, Tokyo, Dubai, et bien sûr Séoul, où se trouve le siège. Nous devons absolument gagner.

Ce sont les seules pensées qui m'animent depuis que j'ai ouvert les yeux ce matin. Je n'ai pas rêvé cette nuit. Dans le rétroviseur, les cieux sont d'encre. Je guette l'horizon comme si j'avais peur de l'aurore. Je crois ainsi m'éviter les embouteillages de l'A13. C'est certain, tant que le soleil n'apparaît pas, je conserve mon avance sur le temps, sur le déroulé de la journée, sur tout le monde.

Comme souvent, lorsque je suis nerveux, je mets de la musique classique. *Ainsi parlait Zarathoustra* et je me trouve soudain dans un vaisseau en partance pour une galaxie lointaine, à des années-lumière des petits tracas terriens. Manque de chance, mon téléphone sonne à ce moment-là. J'active le kit mains libres et la voix de mon associé emplit l'habitacle :

— Salut, mon grand ! Ça va ?

— Ça peut aller. Tu es matinal...

— J'avais peur de te rater. Tu es arrivé ?

— Pas encore, je suis sur l'autoroute.

— Parfait. Ne t'inquiète pas, tu y seras à temps. Je voulais juste te souhaiter bonne chance. Tu vas les piler, les Japonais !

— Ils sont coréens.

— Bah, c'est pareil. L'essentiel, c'est de les avoir ! Ce projet, il est pour nous ! Nous ne sommes plus que trois agences sur le coup. On va gagner !

L'enthousiasme de Damien me revigore. Il colmate les doutes.

— T'es en forme, j'espère ?

Je mens.

— Bien sûr.

— Tant mieux ! Si tu as besoin de quoi que ce soit, s'il te manque une info, surtout, tu m'appelles.

— Évidemment.

— Tu m'envoies un message quand c'est fini ?

— Promis.

— Merci. Allez, bonne route. Sois prudent. Et n'oublie pas, tu es le meilleur !

Je souris à ce dernier encouragement. J'ai l'impression d'être un boxeur prêt à monter sur le ring. Damien me masse les épaules, ajuste mon protège-dents, sue à grosses gouttes comme si c'était lui qui courait le risque de se faire défigurer.

— Une dernière chose, ajoute-t-il. Tu repasses par l'agence, ce soir ?

— Non. Je vais en profiter pour rentrer tôt.

— OK. On débriefera demain. Allez, bonne journée.

— À toi aussi.

Je raccroche et Richard Strauss envahit de nouveau l'espace. Les tambours et les cymbales martèlent mes tympans au moment où le soleil me rattrape. Timing parfait. Je me lance à la conquête du monde. Combien de minutes se sont écoulées depuis mon départ ? J'ai dépassé Rambouillet. Un instant, je culpabilise à l'idée de ne pas revenir à l'agence en fin de journée. Damien ne me reproche rien. Je suis seul à me juger. Non, c'est une bonne initiative. Pour une fois, je serai à la maison de bonne heure. Depuis quelque temps, des mois en vérité, je n'ai pas levé le pied. Je travaille comme un dingue, je cours partout, je m'essouffle. Je vois peu ma famille. Avec un soupçon de volonté, après le dîner, nous aurons l'énergie de regarder un film. Ou une série ? Je me fais l'effet d'un vieux fossile lorsque mes collaborateurs évoquent les dernières fictions en vogue, l'ultime épisode diffusé sur Netflix en milieu de nuit. Je ne peux pas lutter. La nuit, je dors. Je dois ralentir. Cela fait plusieurs fois que cette urgence m'oppresse. J'ai des envies inassouvies, lesquelles sont en train de se changer en frustrations. Refaire du sport, par exemple. Courir, comme je le faisais avant, entre midi et deux. Déjeuner avec Juliette ou Nathan, à l'improviste. Sortir avec Sophie. Aller au restaurant. Je ne manque pas d'idées. Seulement de temps.

Tout à l'heure, après la réunion, j'ai rendez-vous avec mon père. C'est un bon commencement. Une pause salutaire. Mon père… Non seulement nos entrevues se font rares depuis que nous avons déménagé hors de Paris, lui y habitant toujours, mais en plus, maintenant qu'il est à la retraite, il est plus occupé qu'un ministre. Il s'est inscrit à des cours pour adultes, s'investit dans des missions bénévoles pour Médecins sans frontières, et surtout, dès qu'il le peut, il s'échappe. Il est revenu la semaine dernière d'un voyage en Amérique du Sud. Un peu plus et nous nous manquions.

Mon père a toujours eu sur moi l'effet d'une soupape. Hormis Sophie, et Marco, mon meilleur ami, il me connaît comme personne. Avec en sus cette indulgence, cette sagesse qui dégoupille la moindre de mes réactions explosives. Un don qui lui vient de son métier de médecin. Toute sa vie, il a sondé l'âme et le corps des humains. Alors, son fils…

Le fil de mes pensées se coupe tandis que se profilent les tours de la Défense sur le ciel jaune. Je cherche un parking dans le labyrinthe souterrain. Puis la tour dans laquelle je me suis déjà rendu une fois. Je hais cet endroit. Sur le parvis, je détaille ces hommes et ces femmes à qui j'ai ressemblé un jour, qui montent dans les gratte-ciel comme des automates. Qui se pressent pour entrer dans une prison dont ils ne sortiront même pas à l'heure du déjeuner, se contentant d'emprunter l'ascenseur qui dessert le self. Certains passent directement du quai du RER à leur bureau en zappant la case extérieure. Existence privée d'air. Et je me dis, tout en m'engageant dans une porte à tambour à la cadence infernale, que le monde moderne est une aliénation.

Deux heures et demie plus tard, je quitte l'édifice avec l'impression de m'extraire d'un sauna. J'ai si chaud sous ma chemise. Ma tête bourdonne, mes doigts sont enflés. Mon alliance me cisaille la peau. Au moins, j'aurai tout donné. J'ai dépensé une énergie de dingue. Ma bouche est sèche. Je pourrais boire un litre d'eau. Je m'assois sur un banc, mon cartable entre les jambes. Le froid m'apaise, mon pouls revient progressivement à la normale. Je saisis mon téléphone et envoie un court message à Damien : « Présentation bien passée. Dernier concurrent cet après-midi. Résultat demain. On croise les doigts. »

Dans ma tête, je refais le film de la matinée. L'accueil par l'assistante de direction qui m'a introduit dans une immense salle ovoïde et entièrement vitrée. Au moment où quelqu'un s'est levé pour baisser les stores, je me suis demandé quel était l'intérêt de concevoir une telle architecture si c'était pour l'occulter dès potron-minet. La pièce ressemblait à un tribunal, avec ses juges, tout au fond, assis en arc de cercle. Ils étaient dix. Dix jurés. Comment est-ce possible ? La plupart Américains, trois Coréens, un Français. Tous en costume. Chevelures de Playmobil et chaussures impeccablement cirées.

Un instant, j'ai regretté que mon coach ne soit pas là. J'aurais bien eu besoin de ses exhortations. *« Vas-y, Rocky, tu vas les pulvériser ! »* À défaut, j'ai continué à avancer, m'imaginant être dans une pièce de théâtre, à la mise en scène ubuesque. J'étais venu pour jouer, j'ai tenu mon rôle.

CLAUDE

Il est arrivé en avance. Devant le restaurant qu'il a mis un temps fou à choisir, les feuilles mortes ont été balayées et le gel s'est fondu en une flaque d'eau qui brille au soleil froid. L'ancien médecin souffle sur ses mains en faisant le tour du bâtiment qui borde le bois de Boulogne. Il longe la verrière, jette un œil à l'intérieur. Les tables sont nappées de blanc cassé, les serviettes en tissu disposées dans des assiettes en porcelaine, le motif de la moquette est un peu passé de mode… Atmosphère guindée, accentuée par le fait que l'endroit est encore désert. Claude espère qu'il va rapidement se remplir. Du moins suffisamment pour couvrir les conversations. D'habitude, il préfère les bistrots bruyants et sans chichis, avec un plat du jour maison et le vin du patron. Royaume des Auvergnats. Il connaît plusieurs bonnes adresses de quartier où il se flatte d'être un habitué. Mais depuis peu, justement, il change ses habitudes. Il jette un ultime regard à l'intérieur. À condition que les clients arrivent, cela devrait convenir. L'enseigne est réputée. Un couple se présente devant l'entrée. Claude leur emboîte le pas. Il pénètre dans le restaurant, où un maître d'hôtel le reçoit.

— Bonjour. J'ai réservé pour trois personnes. Au nom de Fresnais.

L'homme le guide vers une petite table ronde le long de la baie vitrée et lui retire son manteau. Mal à l'aise, Claude s'assoit et ajuste sa veste.

Qui croyait-il tromper ? Quel qu'aurait été le décor, cela n'aurait rien changé. Depuis ce matin, il se sent à l'étroit dans son costume. Pourtant, Dieu sait qu'il en a porté. Mais aujourd'hui, c'est différent. Il ignore comment dire ce qu'il doit dire, faire ce qu'il a à faire. Ce n'est pas faute d'avoir répété. Mais il n'a jamais été doué pour ces choses-là. On ne peut pas être bon partout. Paradoxalement, annoncer un cancer généralisé à un patient ou le décès d'un proche à une famille lui a toujours semblé moins difficile. Il était chevronné. En empathie avec le genre humain. À force de la traquer, il connaît bien la maladie. Il sait par cœur les marques qu'elle laisse sur ses contemporains et le moyen de les atténuer. Mais dès qu'il est question de lui, de ses propres sentiments, de sa vie, il a l'impression d'être ridicule. Cependant, il faudra bien reprendre contenance. Il consulte sa montre. Saisit un morceau de pain dont il triture la mie.

Peu à peu, le restaurant se remplit. Claude respire. Derrière lui, une grande table à laquelle s'installent des hommes d'affaires. À coup sûr, l'alcool va couler, ils vont faire du bruit.

Moins dix. Son fils va bientôt arriver. Claude s'impatiente. Il réajuste sa veste, encore une fois.

Alexandre passe un coup de fil à son père pour vérifier qu'il ne s'est pas trompé. Mais Claude confirme. C'est bien là, et il est déjà installé. Alexandre se gare, circonspect. Claude le voit entrer quelques minutes après. Son fils. Grand dans son costume gris, chemise claire, rasé de près, la silhouette un peu épaissie par les années. Ses tempes sont chaque fois plus blanches.

Depuis peu, il lui semble que le temps s'accélère. Chaque entrevue creuse le fossé. Et il a bien du mal désormais à faire le lien entre l'homme qui se tient à dix mètres de lui, qui lui fait signe, et ce bébé à la maternité dont il se remémore à peine les traits. S'agit-il bien de la même personne ? Alexandre était-il déjà ce qu'il est ? Avait-il ce regard ? Il faudra qu'il visionne les films tournés au Caméscope, un jour, s'il les retrouve. Car ces réminiscences n'ont plus aucune réalité. À peine si elles subsistent dans son souvenir. De quoi vous flanquer le vertige.

— Salut, papa !

En quelques pas, Alexandre l'a rejoint. Ils s'embrassent.

— Salut !

— Dis donc, c'est chic, ici ! Depuis quand donnes-tu rendez-vous dans ce genre d'endroit ?

— J'ai pensé que ça changerait. Ça fait longtemps qu'on ne s'est pas vus, j'avais envie de marquer le coup. Ils ont très bonne réputation.

— Sûrement ! Tu bois quelque chose ?

— Je t'attendais.

Alexandre fait signe au maître d'hôtel et commande une demi-bouteille de vin rouge.

— Je conduis après, se justifie-t-il devant l'air étonné de son père.

— Tu rentres directement chez toi ?

— Oui.

Claude ne peut s'empêcher d'en éprouver du soulagement. Ils n'auront pas le temps de se disputer.

Le serveur remplit le verre des deux hommes.

— Merci.

Ils trinquent.

— Tu as une mine superbe ! s'exclame Alexandre. Ça te réussit, les voyages !

Claude rougit.

— Il faut reconnaître que c'était pas mal.

— Je rêve ou tu as perdu du poids ?

— Un peu.

— Et tu es tout bronzé… Tu as rajeuni de vingt ans !

— N'exagère pas.

Malgré tout, il est flatté.

— Alors, raconte ! Comment était-ce ?

Claude retrace l'incroyable périple qui l'a conduit de la Terre de Feu aux îles Galápagos.

— C'est simplement inouï, résume-t-il, le regard encore émerveillé. Toute cette beauté... Tu ne peux pas imaginer. Moi, en tout cas, je ne le pouvais pas. Je suis allé sur les lieux où Darwin a achevé sa théorie de l'évolution. J'ai rencontré des dizaines d'espèces endémiques. J'ai vu des tortues qui ont connu Zola et Victor Hugo… enfin, si je peux m'exprimer ainsi. Tu te rends compte ? Le XIXe siècle ! Leur carapace fait deux mètres d'envergure. C'est prodigieux !

Surpris autant qu'amusé, Alexandre recueille le témoignage exalté de son père. Lui qui d'ordinaire s'étonne de si peu de choses. De mémoire, il ne l'a jamais vu aussi content. Non, jamais Claude ne s'est enthousiasmé de la sorte. Ni pour les arts, ni pour les femmes, ni pour son travail. Pas même pour la bonne chère, à laquelle il voue pourtant un culte. Pour preuve, son légendaire embonpoint aujourd'hui disparu.

— J'ai même fini par me demander si je ne m'étais pas trompé de vie, poursuit Claude.

Alexandre lève un sourcil interrogateur.

— Parfaitement. J'ai passé la plupart de mes journées dans l'enceinte d'un hôpital. Sans jamais prendre de vacances. Peut-être aurais-je dû faire le tour du monde et mener une existence différente…

— Sans ta retraite de médecin, tu n'aurais jamais pu t'offrir un tel voyage…

— Pas nécessairement. J'aurais vécu autrement, avec moins d'argent. Si ça se trouve, j'aurais été très heureux.

Alexandre tique sur cette dernière remarque. Des pensées similaires le heurtent de temps en temps. Que serait-il arrivé s'il n'avait pas abandonné le journalisme ? S'il était devenu grand reporter, par exemple ? Si Sophie et lui étaient partis s'installer à l'étranger, comme ils l'envisageaient au début de leur mariage ?

— Mais tu as raison, reprend Claude en interrompant le flot de ses pensées. Il est vain de s'imaginer une autre existence. Personne ne m'a forcé. Mais je suis tout de même reconnaissant d'avoir vécu jusque-là pour contempler ces paysages sublimes. Dieu, que la Terre est belle ! Plus je voyage, plus je m'en rends compte !

Alexandre se concentre sur le plat de résistance qu'on vient de leur apporter.

— Va dire ça à Juliette, soupire-t-il en découpant un morceau de viande rouge.

— Pourquoi ?

— Elle ne parle plus que d'environnement et du dérèglement climatique.

— Elle a bien raison. J'allais y venir…

Cette fois, Alexandre a un sourire moqueur. Il ne savait pas son père écologiste. Décidément, tout arrive.

— Oh, je te vois avec ton petit air narquois... Tu peux penser ce que tu veux, mais le réchauffement de la planète et la pollution sont deux choses qu'on ne peut plus nier. À moins d'être idiot. On le réalise très bien lorsqu'on longe la Patagonie. Des pans entiers de glaciers se détachent. La terre se désagrège. C'est à proprement parler… glaçant !

Beau joueur, Alexandre acquiesce. En vérité, il paierait cher pour vivre la même expérience que son père. Il espère que ce sera bientôt possible. Avoir des enfants, c'est bien, mais il ne refuserait pas une escapade pareille. L'opportunité de retrouver une liberté qu'il n'a pas éprouvée depuis longtemps.

— Tu me montreras les photos. J'imagine que tu as dû en faire.

— Plein ! Mais il faut d'abord que je fasse le tri.

Ils se sourient.

— Et sinon, tu ne t'es pas trop ennuyé le soir ? Tu as rencontré des gens sympas ?

Claude s'arrête soudain de mastiquer. Il tousse.

— Qu'est-ce qu'il y a ? Tu as un morceau de viande coincé ?

— Non, non, tout va bien...

Il boit une gorgée de vin et regarde l'heure. Son front se couvre de sueur. Il est temps. Il ne peut plus reculer. Un peu de courage, que diable !

— Justement…, dit-il en s'éclaircissant la voix. J'allais t'en parler...

À présent, il est cramoisi. Alexandre se demande si son père n'est pas en train de faire un malaise.

— Tu veux que l'on sorte ? Qu'on appelle un médecin ?

— Je SUIS médecin.

— Je sais, mais ça n'a pas l'air d'aller.

— Si, si, s'agace Claude, ça va très bien.

— OK…

Alexandre recule sa chaise, intrigué. Pendant ce temps, son père organise ses pensées.

— Voilà, dit-il, j'ai fait beaucoup de rencontres durant ce voyage… et une en particulier.

Ça y est, la vérité est lâchée. Avec l'impression d'achever le cent mètres haies, Claude souffle bruyamment avant d'observer son fils d'un air soulagé. Mais celui-ci ne paraît pas comprendre.

— Enfin, reprend-il d'un ton exaspéré, s'il faut te faire un dessin, j'ai rencontré quelqu'un !

Alexandre craint de mal interpréter. Quelqu'un… quelqu'un ? Il pensait connaître son père par cœur. Il aurait juré que Claude était condamné à mener une existence solitaire, lui qui est si pétri d'habitudes, de petites manies, qui n'aime rien tant que le calme de son appartement. Depuis qu'il a divorcé d'avec sa mère, Alexandre n'a jamais vu la moindre compagne au bras de son père. Même s'il en a forcément connu quelques-unes. Il n'a pas l'étoffe d'un moine. Mais avant tout, il était marié à son métier. Jamais une femme n'aurait pu s'immiscer dans son emploi du temps. Il n'y avait pas la place. Maintenant qu'il est à la retraite, c'est différent. Oui, certainement…

Pourtant, il peine à y croire. Il ne sait pas quoi répliquer tant la surprise est grande. Il n'en a pas l'occasion. Claude le devance, augmentant sa stupeur et le réduisant définitivement au silence.

— Elle s'appelle Sylvie, ajoute-t-il. Tu vas voir, elle est formidable. Je lui ai dit de nous rejoindre ici pour le dessert. Elle ne devrait plus tarder.

ALEXANDRE

Je suis encore sous le choc. Sur le moment, j'ai entrevu la possibilité que mon père se paie ma tête, mais non, il semble on ne peut plus sérieux. Comment suis-je supposé réagir ? Me montrer heureux pour lui ? Sans doute. Mais je me sens également trahi. Dire que je trouvais étrange ce penchant inédit pour ce type de restaurant… En vérité, mon père cherche à impressionner sa conquête tout autant qu'il désire me faire taire. Impossible d'élever la voix dans ce genre d'endroit. Bravo. Il a bien manigancé.

Il ne me reste plus qu'à espérer que les présentations ne seront pas trop pénibles. Que tout va bien se passer. Que nous repartirons de cette table l'estomac plein et le cœur léger.

Claude Fresnais a beau s'être confié avec autorité, il n'a pas fière allure. Je ressens très bien son appréhension. Ses mains tremblent et son regard me fuit. Je le soupçonne de s'être rendu malade à la seule perspective de ce déjeuner. Il a dû réfléchir des heures à la façon de m'annoncer la nouvelle. Et comme toujours, face à ce qui l'incommode, il a choisi la plus maladroite, mais aussi la plus efficace des options.

Une confrontation immédiate. Un sparadrap que l'on arrache.

Prenant sur moi, je présente un sourire affable.

— Et comment l'as-tu rencontrée ? je demande, avec intérêt.

Mon père soupire de soulagement.

Tout a commencé à bord d'un bateau qui le conduisait de la Patagonie au Chili. S'y trouvaient essentiellement des Nord-Américains, dotés d'un accent si prononcé que, même avec beaucoup de volonté, mon père ne comprenait rien à leur conversation. Il a toujours été mauvais en anglais. Dans l'éducation d'après-guerre, les langues n'étaient pas une priorité. Excepté l'allemand, curieusement. Toujours est-il que, après plusieurs tentatives d'échanges infructueuses, il s'est rapproché des quelques Européens présents sur le pont. Sylvie voyageait avec Béatrice, une amie. Au début, il s'est peu intéressé à ce duo que les vacanciers avaient surnommé « les veuves joyeuses », en référence à leur bonne humeur exubérante. Mais rapidement, faute d'interlocuteurs disponibles, ils se sont liés au point de partager la plupart de leurs repas. Sylvie et Béatrice débutaient leur périple. Toutes deux avaient hérité de leurs époux respectifs un coquet patrimoine qui leur permettait de jouir d'une retraite sans nuage. Il en résultait, surtout chez Sylvie, une énergie débordante qui se retrouvait notamment dans sa manière de parler, vive et saccadée. Elle n'avait pas de temps à perdre et c'est ce qui plut à mon père, pour qui la découverte du monde constituait une nouveauté. Et un jour, au cours d'une escale sur la cordillère des Andes, alors que le thermomètre avoisinait les – 10° et que des vents violents freinaient la petite troupe, il s'était surpris à redoubler d'ardeur, à raccourcir ses foulées, jusqu'à prendre la tête du cortège tel un coq en pleine parade nuptiale. Tout cela pour impressionner Sylvie qui marchait devant, les jambes moulées dans un legging fuchsia.

Pris à l'hameçon, mon père a ensuite développé des trésors d'ingéniosité pour la séduire. À commencer par soigner sa ligne, son phrasé... Lui, de nature plutôt réservée, a multiplié les saillies sur des sujets tant politiques que culturels sous les yeux de plus en plus admiratifs de la femme qu'il convoitait. Ainsi, à l'heure où le bateau accostait à Concepción, au Chili, il avait entrepris de faire un peu de rangement dans sa cabine tandis que Béatrice se retrouvait seule dans la sienne.

— Ah, la voici !

Je n'aurais jamais cru que, à soixante-quinze ans révolus, le cœur de mon père pût battre une telle cadence à la vue d'un être humain. Le voilà qui se lève, défroisse son costume, passe la main dans ses cheveux pour vérifier qu'une mèche rebelle ne le ridiculise pas. Il fait un pas vers la chaise demeurée vide et la tire sur le côté. Pour un peu, j'éclaterais de rire, mais je sais que la situation n'a rien de cocasse. En réalité, c'est le même scénario qui se répète indéfiniment pour tout le monde. Chacun s'imagine suffisamment fier pour ne pas tomber dans le piège, mais rares sont ceux qui y échappent. À soixante-quinze ans, mon père est aussi fleur bleue qu'un adolescent. La timidité en moins, la galanterie en plus.

Je me lève à mon tour. Sylvie se dirige vers nous, la démarche assurée. Elle porte des talons, des bas transparents et un tailleur cintré qui souligne une silhouette élancée. À ses poignets et à son cou, une quantité astronomique de bijoux la font briller comme un sapin de Noël. Son visage et son décolleté ont trop pris le soleil, mais les pommettes sont encore hautes, les sourcils fins, les traits racés. Les yeux d'un bleu perçant. Quel âge peut-elle avoir ? Je remarque que ni le brushing laqué ni la coloration ne sont naturels. Sous les reflets blonds doit se cacher une chevelure argentée. Soixante ans. À vue de nez.

Mon père a tous les droits d'être émerveillé. Il a gagné au loto. Au point que, si la veuve n'était pas rentière, c'en deviendrait suspect. Toutefois, malgré son apparence de femme de goût, ces codes qui épousent ceux d'une certaine caste, je ne peux m'empêcher de la trouver vulgaire. Je ne m'explique pas d'où provient ce sentiment. Quelque chose dans le déhanché peut-être, dans la bouche peinte d'un rouge trop voyant. Elle approche de la table et dépose sur les lèvres de son amant un baiser appuyé. Gêné, je baisse les yeux.

— Ma chérie, permets-moi de te présenter Alexandre, mon fils.

Je tends la main, mais Sylvie me devance et m'embrasse chaleureusement.

— Pas de manières entre nous, dit-elle d'une voix rendue grave par l'âge et la cigarette. Je pourrais être votre mère !

Je pense qu'elle est un peu jeune pour l'emploi, mais ne réplique rien. Quelle est cette pointe d'accent ? J'ai l'impression d'entendre un clone d'Anne-Marie de Beauch, la tante de Sophie, une femme très snob qui, lorsqu'elle parle, détache chaque mot comme s'il lui brûlait la langue. Sylvie sourit de manière identique. Les lèvres pincées.

— Vous ne m'avez pas attendue trop longtemps ? fait-elle en minaudant. J'ai eu un mal fou à trouver.

— Pas du tout. Nous allions justement commander les desserts.

Mon père fait signe au serveur, qui apporte les cartes. Je me réfugie dans le silence.

— Tu as choisi ? me demande-t-il.

— Un café gourmand, ça suffira.

— Tu es sûr ? Et toi, ma chérie, que veux-tu ?

Ils optent tous deux pour un parfait glacé en gloussant comme des gamins. J'ai le sentiment d'être invisible. Je dois reprendre les choses en main. Faisant mine de ne rien savoir, je commence poliment l'interrogatoire. *Mon père m'a dit que vous habitiez Paris… Dans quel arrondissement ? Cela fait longtemps ? Vous travaillez ?*

Sylvie se prête au jeu. Elle a toujours vécu à Paris, dans les quartiers huppés. On s'y ennuie un peu, mais son mari adorait le calme, alors elle a suivi. Non, elle n'a jamais travaillé au sens traditionnel du terme. Elle a été ce que l'on appelle une femme au foyer. Lorsque ses enfants étaient jeunes, elle s'est également occupée de quelques œuvres de charité, mais cela fait longtemps qu'elle ne s'implique plus dans les affaires de l'Église.

Désormais, elle profite de la vie. Les restaurants, les voyages, les sorties. À ces mots, mon père saisit son poignet et les tourtereaux se sourient. Je rebondis :

— Donc vous avez des enfants ?

— Deux. Mais ils sont loin, hélas. Ma fille, Caroline, vit au Canada, et Gauthier en Vendée. Je ne les vois que très peu. Et vous ?

— Deux adolescents. Juliette et Nathan.

— Ouh, là. Bon courage. À cet âge, ce n'est pas évident !

Je retiens l'avertissement tout en souhaitant échapper à cette généralité. Le déjeuner se poursuit sans heurts, d'une conversation badine entretenue savamment. Je fais de mon mieux pour arrondir les angles. Nous sommes là pour ça. Bientôt, je dois partir. J'ai encore une longue route à faire. Je m'apprête à demander l'addition quand mon père m'arrête.

— Laisse, c'est fait.

— Comment ?

— T'occupe.

Je repense au moment où il s'est éclipsé au prétexte de se rendre aux toilettes. Une ruse vieille comme le monde, j'aurais dû anticiper.

— Merci, papa.

— Je t'en prie.

Je me lève et me penche vers Sylvie pour l'embrasser. Au moment où je m'apprête à faire la même chose avec lui, mon père me lance :

— À propos, qu'avez-vous prévu à Noël ?

Je le regarde, interdit. Depuis plusieurs années, nous fêtons le réveillon chez lui. Le père de Sophie, veuf depuis des années, se joint généralement à nous. Ainsi que ma sœur cadette, Anouk, qui revient de Londres, où elle s'est établie, pour nous voir un peu.

— Je pensais faire comme d'habitude. À moins que tu aies une autre envie…

— Eh bien, Sylvie a proposé qu'on le fasse chez elle. Il est vrai que c'est plus grand, et puis cela changerait. Ses enfants seront certainement présents.

— Peut-être pas tous les deux, le coupe Sylvie. Je serais étonnée que Gauthier revienne. Mais Caroline doit rentrer cette année.

Elle se tourne vers moi.

— Je suis sûre que vous allez bien vous entendre !

Un garrot invisible enserre ma gorge. J'ai passé l'âge des présentations forcées. Oui, nous nous entendrons bien. Cordialement, du moins. Leur enthousiasme m'agace. Je n'ai aucune envie de fêter Noël entouré d'étrangers. Mon père m'observe, attendant une réponse. Acculé, j'articule d'un ton mal assuré :

— Oui… pourquoi pas… J'en parlerai à Sophie.

Il hoche la tête, satisfait, comme s'il s'agissait d'une simple formalité.

— Parfait ! Cela va être formidable ! Une grande réunion de famille !

Tout ce que je redoutais. J'ai hâte de m'échapper. Je l'embrasse rapidement avant de lever le camp.

— Salut, papa. Prends soin de toi.

— À bientôt, mon fils ! Sois prudent sur la route.

J'acquiesce en m'écartant de la table. C'est bien la première fois qu'il ne distingue pas mon état d'esprit.

D'ordinaire, il lit en moi à livre ouvert. À moins qu'il n'ait délibérément choisi de m'ignorer.

Maintenant que la baie vitrée est derrière moi, je vise la sortie. Plus qu'une porte et j'accéderai à l'air libre. Les battants claquent dans le vent froid.

Dehors, je prends une profonde inspiration. Et me brûle les poumons.

ALEXANDRE

J'ai roulé comme un bolide. Dépassant la limite autorisée tel un délinquant en fuite. Assez pour sentir le goût de l'interdit. Des années que cela ne s'était pas produit. La dernière fois, je m'en souviens très bien, nous venions de traverser la France pour prendre des vacances dans le Sud. Les enfants étaient petits. Le temps de localiser le hameau en question, nous étions arrivés à 1 heure du matin. Pile le moment choisi par Nathan pour déclarer une terrible crise d'asthme. Quelques secondes à chercher sur mon téléphone les urgences les plus proches et j'étais reparti dans la campagne avec mon gamin qui sifflait comme une vieille bouilloire. Cent dix sur la nationale. Cent soixante sur l'autoroute. Je pilotais comme un robot. Le geste sûr, la vue braquée sur les bandes réfléchissantes, m'imaginant être arrêté par les gendarmes, et, comme dans les films, leur désigner mon fils souffrant à l'arrière. C'est un cas de force majeure, monsieur l'agent ! Laissez-moi passer ! Et se faire victorieusement ouvrir la voie. Oui, honte à moi, je m'étais figuré ce scénario-là. En fin de compte, personne ne m'a jamais intercepté et je n'ai pas eu à me justifier. Je suis arrivé à temps à l'hôpital, où Nathan a aussitôt été pris en charge. Souvenir de western. Alexandre Fresnais dans le rôle de John Wayne.

À présent, je dois mon zèle à une autre urgence. Celle de retrouver mon foyer. Sophie. Lui raconter ma journée. Les Coréens qui m'ont passé à la moulinette, mon père et Sylvie qui se sont partagé les miettes. J'accélère encore. J'ai tellement hâte de rentrer. Sur le volant, mes phalanges sont blanches, malgré le chauffage réglé à fond. J'évite de penser. Juste rouler.

Je me gare dans la rue et pousse doucement le portillon de ce jardin aménagé par Sophie, qui respire la tranquillité. Je me sens déjà mieux. Seules deux lumières brillent dans la maison. J'entre et dépose les clefs dans le vide-poches. J'appelle :

— Juliette ?

Au niveau supérieur, une porte s'ouvre sur le palier.

— C'est qui ?

— Ton père.

— Qu'est-ce que tu fais là ?

— J'étais à Paris. Je suis rentré directement.

Soupir d'ennui.

— Ah oui, c'est vrai…

— C'était bien, l'école ?

— Génial…

J'attends au bas de l'escalier qu'en tombe autre chose que de l'exaspération, mais à part le grincement de la porte se refermant, je ne récolte rien.

Je me retourne sur le séjour plongé dans le noir. La morosité me gagne. D'habitude, quand je pénètre dans ce salon, les lieux vibrent d'énergie. Émission de radio, filet d'eau qui coule, tintamarre de casseroles, engueulades, parfois. La vie, quoi. Juliette aurait pu allumer. Il n'y a rien de plus sinistre qu'une maison inanimée. On s'y sent seul, même quand on ne l'est pas. J'espère que Nathan et Sophie ne vont pas tarder à rentrer. Pour une fois, nous allons pouvoir passer la soirée ensemble. Même si, depuis que j'ai posé le pied hors de ma voiture, la fatigue m'assomme. Je bâille à m'en décrocher la mâchoire. Face à moi, le canapé. Une éternité que je n'ai pas regardé la télévision à cette heure-ci. J'allume quelques lampes et m'assois confortablement. Je commence à zapper. De chaîne en chaîne, l'homogénéité des programmes me désole. Entre les démons de la téléréalité et les jeux, il n'y a quasiment rien. Pas étonnant que Netflix et Amazon aient le vent en poupe. Je finis sur Arte avec un documentaire animalier. Les images sont belles. Je suis avec attention les bondissements des lémuriens, leurs sauts de branche en liane dans la canopée de Madagascar… jusqu'à ce que je m'endorme, inévitablement.

— Papa !

Je sursaute. Juliette est plantée devant moi, un cahier à la main.

— Tu peux m'expliquer le calcul littéral, s'il te plaît ?

Je me redresse tant bien que mal. Calcul littéral, ça ne me dit rien. Mais je ne me dérobe pas. J'ai fait des études. Je dois être capable de résoudre un problème de troisième. Je fais signe à ma fille de s'asseoir à mes côtés.

— C'est du chinois…, soupire-t-elle. Ces équations…

Mon visage s'éclaire. Enfin un terme qui me parle ! Je me penche sur les formules rédigées avec des chiffres et des lettres. Mais contrairement à ce que je supposais, je dois fournir un véritable effort pour décoder, moi aussi, ce qu'elles signifient.

— Attends, Ju, laisse-moi me concentrer deux minutes.

Ma fille me renvoie un sourire narquois. Voir son père en difficulté l'amuse beaucoup. Je suis en train de perdre la face. Je me lève et me dirige vers la table de la salle à manger.

— Passe-moi ton crayon.

Finalement, avec un peu d'obstination, la solution me revient. Bientôt, j'essaie de restituer à ma fille ce qui m'apparaît désormais comme un jeu d'enfant. Je ne dois pas être si mauvais pédagogue, car, d'abord dubitative, Juliette devient peu à peu attentive. Au point, semble-t-il, de comprendre ce que je lui explique. Nous passons une demi-heure à noircir la page, à organiser les signes. Jusqu'à ce qu'elle termine la dernière équation et jette son crayon.

— OK, c'est bon, j'en peux plus !

— Tu as compris ?

— Oui.

Je me suis rendu utile auprès de ma fille. Ce n'est pas si souvent.

Fixant son cahier, elle soupire de nouveau.

— Tu peux me dire à quoi ça sert, tout ça ?

— Eh bien, si tu veux faire des études scientifiques plus tard, dis-je en sachant pertinemment que ce n'est pas le cas, cela pourrait être pratique.

— OK. Mais à part ça ? À part pour les biologistes et les astrophysiciens ? Concrètement, dans la vie de tous les jours, ça sert à quoi ?

Je hausse les sourcils. Honnêtement, je l'ignore. À aucun moment dans mon quotidien, de l'instant où je m'éveille à celui où je me couche, quand je fais les courses ou que j'entre en réunion, la question du calcul littéral ne se pose. Il ne m'est jamais arrivé de me retrouver devant l'étal du boucher à me demander combien feraient 2a + 3a kilos de gigot.

Juliette me lance un regard en biais.

— Tu vois, c'est bien ce que je pensais. Je perds mon temps dans ce collège !

Elle se lève. Que répondre à cela ? Je sais que c'est faux, mais, dans l'immédiat, je n'ai pas d'arguments. Juliette est trop mature ou pas assez. Et cela lui fait autant de tort que de bien. Elle a oublié d'être bête. Faute de repartie, je change de sujet.

— Tu sais où est ton frère ?

— Au basket !

Cela m'était sorti de la tête.

— Et ta mère ?

— Aucune idée.

À 18 h 30, Nathan est de retour et file aussitôt prendre une douche, une énorme tartine de Nutella dans les mains. Si sa mère avait été présente, elle le lui aurait interdit, mais il est 19 heures et Sophie n'est toujours pas rentrée. J'appelle, mais son téléphone sonne dans le vide. Je tombe sur son répondeur.

— C'est moi. T'es où ? Je suis à la maison avec les enfants. On t'attend.

Dépité, je raccroche et pénètre dans la cuisine. J'ouvre les placards, en panne d'inspiration. À part de l'épicerie sucrée, le kit nécessaire du petit déjeuner, il n'y a pas grand-chose. Pareil pour le frigo. Des yaourts, du fromage… c'est frugal. À court d'idées, je fais chauffer de l'eau dans une casserole. Au moment où je pars en quête d'un paquet de spaghettis, j'entends la clef dans la serrure. Je me précipite dans l'entrée. Sophie est là, des cabas plein les mains.

— Où étais-tu ? dis-je en la délestant.

— Bonjour…

— Pardon, bonjour. Je commençais à m'inquiéter. Qu'est-ce que tu faisais ?

— À ton avis ? lance-t-elle en se dirigeant vers la cuisine, la démarche déséquilibrée par les sacs.

Elle dépose sa cargaison sur la table en soufflant.

— J'étais justement en train de me dire qu'il n'y avait plus rien à manger…

— Tu as fait chauffer de l'eau ?

— Oui, je pensais faire des pâtes, mais je n'en trouve pas. Tu en as acheté ?

Sophie se tourne vers moi, l'air soudainement las.

— Que ferais-tu si je n'étais pas là ?

Sa question résonne comme une accusation.

— Je me débrouillerais, dis-je en me remémorant mon désarroi devant les placards vides. Tu aurais dû me le dire si tu voulais que je fasse des courses.

— Peut-être que tu pourrais le comprendre tout seul au lieu d'attendre que je te le demande.

Je recule devant son agressivité.

— Excuse-moi. Je suis fatiguée.

Un peu amer, je continue de vider le contenu des sacs sans broncher.

— Ta journée s'est bien passée ?

— Bof.

— Ah bon ? Quelque chose de particulier ?

— On en parlera après le dîner, d'accord ?

— D'accord...

— Et toi ?

Je pense aux événements qui se sont enchaînés ces dernières heures. De toute évidence, le plus marquant reste ce déjeuner avec mon père. Gagnant incontesté devant les Coréens.

— J'ai un scoop ! dis-je avec une grandiloquence qui masque ma confusion.

— Eh bien, comme ça, on est deux ! réplique Sophie sur le même ton.

Je lui renvoie un regard interrogateur.

— Après le dîner, murmure-t-elle en me faisant signe de quitter la pièce.

Autour de la table, chacun semble épuisé. Sophie particulièrement, mais les enfants aussi. Hormis pour nous rapporter le déroulement de son entraînement et le fait qu'il a réussi à mettre cinq paniers, Nathan parle très peu. Il nous abandonne sans prendre de dessert pour terminer ses devoirs. Mon fils a toujours été d'un naturel anxieux, mais, en grandissant, ce trait de personnalité s'accentue. Le moindre retard l'inquiète. Sans être un élève très brillant, il ne supporte pas l'idée de ne pas être à jour dans son travail. L'ombre du bac se profilant à l'horizon le terrorise. Et lorsque nous l'interrogeons, sa mère et moi, sur son avenir, il semble perdu. Nathan est trop petit pour devenir joueur de basket-ball professionnel. Malgré son impressionnante collection de posters, il ne sera jamais Tony Parker. Quoi, alors ? Trop distrait pour faire des sciences à un haut niveau, rêveur mais pas artiste, pas littéraire pour un sou... La nature, les différences de culture l'intéressent. Sophie et moi pensons au tourisme. Nous lui soumettons l'idée régulièrement, sans succès. Je voudrais croire qu'il a le temps. Mais le système éducatif m'exaspère. Comment peut-on demander à un gosse de dix-sept ans de s'engager dans une profession qu'il ne quittera peut-être jamais ? Comment pourrait-il se projeter ? Faute de vocation, la solution de repli consiste à choisir une voie suffisamment large pour bifurquer en cas de besoin. La France déteste les erreurs d'aiguillage. Les Anglo-Saxons sont beaucoup plus flexibles. Bientôt, nous l'enverrons outre-Manche afin qu'il y exerce un job étudiant et apprenne l'anglais. Nathan renâcle, mais je ne lâcherai pas. Je suis certain que cela lui fera du bien. Changer d'univers, bouleverser ses repères, se familiariser avec le monde du travail.

L'ennui, c'est que, naturellement, Juliette réclame le même traitement. Excepté qu'elle voudrait passer ses vacances à Londres, chez ma sœur, afin d'explorer le milieu underground. Bizarrement, je suis moins enthousiaste. Chaque fois que ma fille en parle, je fais la sourde oreille. Jusqu'au moment où je ne pourrai plus différer. Je ne peux tout de même pas la mettre au couvent.

Je débarrasse la table tandis que Juliette montre à sa mère une vidéo trouvée sur Internet. Le blocage d'une usine nucléaire par des militants de Greenpeace. Ces derniers temps, elle se passionne pour ce genre d'événements. Au point qu'un pot de yaourt vide à la main je m'arrête pour guetter ses réactions. Le visage de ma fille exprime une grande concentration. Elle nous interpelle, sa mère et moi :

— Ils ne bougent pas, commente-t-elle avec admiration. En plus, il fait super froid. Regardez, ils se tiennent par les bras devant les flics. Il n'y en a pas un qui baisse les yeux.

Je me demande ce qui, de la cause défendue par ces gens ou de leur attitude face à l'autorité, la fascine le plus. Au moment où les CRS chargent les manifestants, ses traits se crispent.

— Mais quelle bande de salauds ! s'exclame-t-elle.

— Juliette, surveille ton langage.

— Vous avez vu ? Ils n'ont pas le droit d'utiliser leurs matraques ! Regardez comme ils les tabassent… C'est dégueulasse !

Désireux de ne pas faire monter la tension, Sophie et moi gardons le silence. La vidéo terminée, Juliette met une seconde à sortir de sa rage et nous dévisage d'un œil distant. Je me sens passé au crible, coincé sur le banc des accusés alors que je n'ai rien fait. Puis, sans un mot, elle se lève et regagne sa chambre. Sophie et moi échangeons un regard inquiet. Nous sommes habitués à l'agressivité, pas encore au mépris.

Juliette partie, Sophie s'installe sur le canapé.

— Tu veux une tisane ?

— Je préférerais du vin, s'il te plaît.

Je m'empresse de nous servir deux verres de bordeaux. À l'étage, plus un son. Juliette s'est enfermée dans sa chambre, probablement occupée à partager la vidéo sur les réseaux sociaux, tandis que Nathan travaille.

Je trinque avec ma femme.

— Enfin seuls !

Sophie esquisse un sourire fatigué. Je demande :

— Tu n'as pas dormi, cette nuit ?

— Pas beaucoup.

— Qu'est-ce qui t'inquiète, Soph ?

Cela fait des années qu'elle n'a pas un sommeil de qualité, mais lorsque ses insomnies deviennent trop régulières, c'est toujours le signe d'une angoisse plus profonde. Et, comme souvent, c'est à moi de la faire parler. Sophie n'a pas la confidence facile.

— Toi d'abord, réplique-t-elle. C'est quoi, ta grande nouvelle ?

— J'ai déjeuné avec mon père.

— Comment va-t-il ? Son voyage s'est bien passé ? Il est content ?

— Ça, pour être content…

Elle fronce les sourcils.

— C'est-à-dire ?

— Il a une copine.

— Quoi ?

Je hoche la tête, ravi de ce coup d'éclat.

— C'est une blague ?

— Pas du tout. Elle s'appelle Sylvie.

Comme si la fatigue l'avait tout d'un coup désertée, Sophie se rue sur moi. Elle veut tout savoir. Où se sont-ils rencontrés ? Comment est-elle ? Son âge, son apparence, son caractère…

Je réponds du mieux que je le peux à l'interrogatoire. Pour un peu, j'en oublierais l'effet que cette nouvelle a eu sur moi. Finalement, Sophie se rassoit dans le fond du canapé.

— Alors, ça…, murmure-t-elle. Si on m'avait dit que ton père referait sa vie…

— Comme quoi, rien n'est impossible.

— Tu crois qu'ils couchent ensemble ?

Je recrache ma gorgée de vin.

— Hein ?! Mais je n'en sais rien… Je ne veux pas savoir !

Très heureuse de sa provocation, Sophie enfonce le clou.

— Je ne vois pas pourquoi ce ne serait pas le cas. La sexualité existe à tout âge. Tu te souviens quand j'étais vendeuse dans la boutique de lingerie ? Eh bien, les petites culottes les plus affriolantes et les guêpières, c'étaient les vieilles qui les achetaient.

— JE NE VEUX PAS SAVOIR !

Sophie rit sous cape. Je fais mine de m'indigner.

— Et puis, on ne dit pas « les vieilles ».

— OK, j'arrête. Comment as-tu réagi quand elle est arrivée ?

— À ton avis ?

— Je ne sais pas. Qu'en as-tu pensé ?

J'hésite à révéler la nature de mes sentiments. Je ne suis pas fier.

— D'un côté, je suis content pour lui, et de l'autre, j'ai l'impression qu'on me vole mon père.

— Tu n'exagères pas un peu ?

— Ou, en tout cas, ce déjeuner, dis-je pour modérer mon propos.

Au fond de moi, je sais que tout cela est absurde. À quarante-six ans, il serait largement temps de couper le cordon, mais j'ai toujours eu une relation particulière avec mon père. Renforcée par nos années de cohabitation et son éternel célibat, qui, en dehors de son travail, le laissait libre de toute occupation. Nos multiples rendez-vous en tête à tête ont tissé au fil du temps un lien unique, que peu de mes amis partagent avec leurs parents.

— Tu vas t'habituer, dit Sophie, confirmant mes pensées.

— Oui, sans doute. C'est une bonne chose qu'il ait trouvé quelqu'un pour partager sa vie. J'étais convaincu que son cas était désespéré.

— Moi aussi. Si seulement mon père pouvait suivre son exemple…

Elle pose sa tête sur mon épaule. Je me sens mieux. L'atmosphère est en train de se détendre.

— Allez, à ton tour, dis-je en lui caressant les cheveux. C'est quoi, ton scoop ?

Au regard qu'elle m'adresse, je devine que sa nouvelle ne sera pas aussi réjouissante que la mienne.

— Je suis virée ! lance-t-elle sans préambule.

Je me fige.

— Enfin, pas tout à fait, corrige-t-elle. Disons que je ne suis pas reconduite.

— Mais… comment ? Pourquoi ?

— J'ai vu les RH il y a trois jours.

— Trois jours ?!

Elle me regarde, l'air indifférent. Pourquoi suis-je surpris ? Je devrais le savoir, pourtant. Ma femme aime garder les choses pour elle. Surtout celles qui la bouleversent vraiment. Naïvement, je pensais qu'avec le temps elle se confierait à moi plus aisément. Mais rien n'a changé depuis notre adolescence. Elle résiste aux vents sans jamais s'ébranler. Du moins, en apparence. Car je sais, moi, qu'il existe des failles souterraines, invisibles et profondes.

— Pourquoi ne m'as-tu rien dit ?

— Encore faudrait-il que tu sois disponible... Et puis, ce n'est la faute de personne. La commune fusionne avec l'agglomération. On concentre les compétences. En tout, nous sommes une dizaine de personnes à travailler à la commande publique. C'est trop. Je suis la seule contractuelle. Donc la première à sauter.

Je secoue la tête mécaniquement, à mesure que les informations affluent. La première chose qui me vient à l'esprit, la première urgence, c'est l'argent.

— Mais, tu as droit au chômage, au moins ?

— Évidemment.

Soulagement. Une épine en moins.

— Mon contrat prend fin au 31 décembre.

31 décembre... À peine une cinquantaine de jours. Sophie épie mes réactions. Elle ne tremble pas, mais ses yeux cherchent désespérément un garde-fou auquel se raccrocher.

— Je ne sais pas ce que je vais faire, dit-elle à mi-voix.

Enfin les défenses tombent. De mon côté, il faudrait que je réagisse en homme, selon l'idée machiste que je m'en fais, mais la vérité est que je suis désemparé. Je pense à notre vie, telle qu'elle est. Notre quotidien surchargé. Le temps que j'aurais voulu prendre pour respirer. Le sport que je ne pratique pas. Les promenades que je ne fais plus. Les sorties culturelles qui nous manquent. Ce ne sera pas pour tout de suite. Le verdict est tombé.

Il n'est plus l'heure de lever le pied.

Pour une fois, c'est moi qui ai souffert d'insomnie. Ajoutons à cela la courte nuit de la veille, je manque cruellement de sommeil. Mais curieusement, hormis ma mine de papier mâché dans le rétroviseur, mon organisme ne semble pas trop en pâtir. Comme si le corps devinait que je compte sur lui, que ce n'est pas le moment de flancher. L'esprit, en revanche, c'est autre chose. Toute la nuit, j'ai ressassé. À 1 heure, je me suis levé, fatigué de voir les minutes défiler. Sophie m'a laissé croire qu'elle dormait. Je suis descendu au rez-de-chaussée et me suis fait un premier café. Fichu pour fichu, la caféine serait mon alliée. Ensuite, j'ai réfléchi en boucle. Ou, plus exactement, mille pensées me sont tombées dessus dans le désordre. Sophie allait-elle retrouver du travail ? Certainement, mais quand ? Et où ? Les postes équivalents ne sont pas légion dans notre périmètre. Elle occupait en fin de compte le seul de la ville. Et si elle changeait de métier ? Elle aura quarante-cinq ans en février. Elle pourrait se reconvertir, mais la société tolère difficilement les revirements, surtout tardifs. Depuis que je la connais, elle cumule les contrats précaires. Cela n'a jamais été un problème, car, jusqu'à présent, on faisait toujours appel à ses services, et enchaîner des CDD lui offrait une certaine liberté quand venait le moment de négocier son salaire. Elle travaillait pour la fonction publique, sans être fonctionnaire. Une situation plutôt avantageuse.

En vérité, tout ce dont j'ai été capable, c'est m'inquiéter à outrance. La sagesse aurait voulu que je prenne un somnifère et retourne me coucher. Au lieu de ça, j'ai fait couler un second café et me suis préparé un énorme sandwich, comme au temps où j'étais étudiant et que je rentrais fin saoul de boîte de nuit. Festin de 4 heures du matin rime rarement avec gastronomie, mais ce fut salvateur. Résultat, j'accuse désormais une même gueule de bois, sans avoir bu une goutte d'alcool. À 7 heures, j'ai vu le jour se lever. Juliette et Nathan débarquer. Sophie n'est pas descendue. Comme si elle voulait esquiver la peur qui suinte par tous les pores de ma peau. Je suis parti sans l'embrasser.

Je roule maintenant face au soleil qui m'aveugle. Je pourrais fermer les yeux tant mon esprit vagabonde. Sophie fera ce que bon lui semble, la décision ne m'appartient pas. Tout le reste, en revanche, repose sur moi. Et c'est bien ce qui m'empêche d'être serein. Ce poids inédit sur ma poitrine. Pendant une durée incertaine, je vais devoir assumer plus que je ne le fais déjà. Je me dois d'être tout à la fois la charpente et le toit. Sophie touchera le chômage, mais pas à hauteur de son salaire actuel. À moi de combler la différence. Elle va forcément être plus fragile, douter, se remettre en question. À moi de la rassurer, de lui donner de l'élan. Elle devra consacrer son énergie à trouver du travail. Le quotidien jusqu'ici bien huilé va connaître des ralentis. À moi d'y remédier.

— Ça va, papa ?

Sur le siège passager, Juliette me scrute d'un œil inquiet. Je suis tellement obsédé par mes problèmes que j'en oublie ma fille. Je fais bonne figure.

— Très bien. Juste un peu fatigué.

Juliette doute de ma sincérité, mais n'insiste pas. Je profite du feu rouge pour me masser le crâne. Mes yeux sont douloureux.

— Tu peux me laisser là, dit-elle.

— Tu es sûre ? Je peux aller jusqu'à l'entrée du collège. Ça ne me rallonge pas beaucoup.

— Non, pas besoin. Ici, c'est très bien.

Elle ouvre la portière.

— Bonne journée !

Le temps que je réponde « toi aussi », elle est déjà partie.

Lorsque l'ascenseur s'immobilise au troisième étage de la petite résidence qu'occupe notre agence, j'aperçois Damien à l'œuvre derrière son ordinateur, encore seul dans les bureaux.

— Eh bien, dit-il lorsque je passe devant sa porte, ça te réussit de rentrer chez toi plus tôt… Tu as une tête de déterré.

— Merci.

Vexé, je gagne la pièce voisine sans m'arrêter. Damien me rejoint.

— Je plaisantais.

— Je sais.

— Tu veux un café ?

Je manque de répondre par l'affirmative, mais m'abstiens sagement au dernier moment. Ce serait le cinquième, je vais finir par avoir des palpitations. S'apprêtant à faire demi-tour, il marque une pause.

— Quand doivent-ils rendre leur décision, déjà ?

— Aujourd'hui. Mais ils n'ont pas précisé l'heure.

— OK. J'espère que ça va aller vite. Deux mois qu'on est sur cette affaire. Je n'en peux plus.

Je lui demande de refermer la porte. Plus que n'importe quel matin, j'ai besoin de silence. Je n'ai pas envie d'entendre mes collaborateurs qui travaillent dans l'open space face à mon bureau. Les voir à travers la vitre me suffit amplement. Je n'ai pas envie d'être distrait par leur conversation, le cliquetis des souris, le ronron de la photocopieuse. Ni par le rire de Cassandre, notre dernière recrue. Jolie en diable, au propre comme au figuré.

Je me frotte une nouvelle fois les tempes et allume mon ordinateur. Très vite, je suis dans ma bulle. Je passe en revue les projets que nous avons en production et ceux qui concernent uniquement la prospection. Ceux qu'il nous faut gagner. Plus le choix désormais. Il y en a beaucoup. Une vingtaine d'appels d'offres en tout. Je refuse de bâcler les dossiers, comme je ne peux me permettre de renforcer les équipes. Sauf si les Coréens nous donnent le sésame. Une hypothèse qui changerait tout. Nous pourrions embaucher des intérimaires pour nous épauler.

À 11 heures, Damien fait irruption dans mon bureau comme une furie.

— Les Japonais !!! s'écrie-t-il, hystérique.

Je corrige, stoïque :

— Coréens.

— Dépêche-toi ! Ils sont sur mon poste.

Je quitte mon siège et le rejoins. Je me penche au-dessus du haut-parleur.

— Bonjour.

— Bonjour, Alexandre, me répond un consortium de voix.

Puis une seule, plus grave, prend la parole. Sans doute possible, celle du Français présent durant ma présentation.

— Voilà, Alexandre. Comme vous le savez, nous avons reçu le dernier concurrent hier après-midi. Nous avons consacré la soirée à déterminer lequel des trois finalistes nous paraissait le plus armé, si je puis dire, pour soutenir notre projet. Or, malgré…

À ces mots, mon souffle se coupe et la voix sombre dans un précipice. Je n'écoute plus ce qu'elle marmonne.

« Autre agence… plus d'expérience… domaine du luxe… il nous a semblé… travail très intéressant… MAIS… »

Toujours ce « MAIS » contre lequel je viens buter. Contre lequel Damien et moi nous écrasons à cent à l'heure.

Nous raccrochons, hébétés.

— Connards de Japonais, murmure Damien.

Je ne le reprends pas. Il le fait exprès et je m'en fous. Pour lui, c'est du temps gaspillé, une promesse qui part en fumée. Pour moi, c'est plus que cela. C'est un risque qui s'accroît. Une porte que l'on me claque violemment au nez. Car je veux bien courir comme un forcené, dépenser toute mon énergie jusqu'à mon dernier souffle, mais pour aller où ?

Déjà, mes muscles s'ankylosent, comme s'ils refusaient de se mobiliser pour une cause qu'ils estiment perdue d'avance.

Décembre. Ces dernières semaines ont filé sans que je m'en aperçoive. L'avortement du projet avec les Coréens m'offre un répit dont je ne jouis finalement pas. C'est avant qu'il aurait fallu que cela advienne. Ou plus tard. Désormais, j'ai trop à penser. Chaque minute libre est aussitôt réinvestie. Damien et moi démarchons à tout vent. Mais ce n'est pas la bonne période. Les fêtes se profilent et les clients ont la tête ailleurs. Bientôt, la trêve des confiseurs. Où que l'on frappe, on nous rabâche le même refrain. « Oui, nous avons bien reçu votre dossier, nous vous répondrons en janvier. » Janvier ! Comme si je pouvais attendre. Ce n'est pas que l'argent manque, la société fonctionne, nous avons suffisamment de trésorerie, mais j'ai besoin d'être rassuré. Besoin que l'on me dise : ne t'inquiète pas, ça va aller, le père Noël ne t'a pas oublié. Tu ne déposeras jamais le bilan, tu vas décrocher beaucoup de contrats, ta qualité de vie ne se détériorera pas.

Chaque soir, avant de rentrer, durant les quelques mètres qui séparent le parking de la maison, je pratique la méthode Coué. *Respire, arrête d'angoisser…* Lorsque je passe la porte d'entrée, l'inquiétude s'est effacée de mon visage, retranchée au plus profond de moi. À la surface, une expression joviale. Parfois trop. L'autre jour, Nathan m'a demandé si je prenais du Guronsan. Il n'en fallait pas plus pour que Sophie le soupçonne d'en avaler avant ses matchs. Mais non. Nathan grandit, c'est tout. Dans quelques années, il me proposera du Xanax.

De son côté, Sophie pratique la politique de l'autruche. Depuis ce fameux soir, nous n'avons pas reparlé de son licenciement. Elle me rapporte la teneur de ses journées comme elle l'a toujours fait. Elle aurait même tendance à s'impliquer davantage. Certes, elle est d'un naturel perfectionniste, mais je soupçonne son zèle de dissimuler ce qu'elle ressent vraiment : de la peur. À moins qu'elle ne veuille laisser, et cela ne me surprendrait pas non plus, les affaires en ordre avant de partir.

Depuis peu, un éléphant s'est installé dans le salon, que nous contournons avec précaution à chacun de nos passages. Ses énormes pattes piétinent le plancher dans l'attente du grand remue-ménage. Moi aussi. Mais comme Sophie ne dit rien, je fais profil bas. Je demeure fidèle à mon devoir, à ce que l'on attend de moi. Je travaille d'arrache-pied, je participe aux tâches domestiques du mieux que je peux, et avec le temps qu'il me reste, je m'intéresse aux études de nos enfants. Nathan nous a d'ores et déjà avertis, le premier trimestre ne sera pas mirobolant ; Juliette, en revanche, n'a pas la même prévenance : son carnet de notes sera notre cadeau de fin d'année ! Une sorte d'ultime coup d'éclat afin de bien nous achever.

Jusqu'à il y a peu, les enfants n'étaient même pas au courant du changement de situation professionnelle de leur mère. Sophie avait dit plus tard. Mais j'ai fini par la convaincre lorsque la question des cadeaux de Noël s'est posée. Nos enfants sont des adolescents, ils peuvent comprendre. La vie ne sera pas toujours rose et leurs parents ne sont pas invincibles. Et je les soupçonne d'avoir percé depuis longtemps notre jeu de dupes. Sinon comment expliquer qu'ils rasent les murs depuis quelques semaines ? Même Juliette ne fait pas de vagues. Elle ne nous prend pas à partie, vocifère moins que d'habitude. Eux aussi contournent l'éléphant en attendant que l'on veuille bien leur révéler la raison de sa présence. Il est temps.

Un samedi matin, alors que nous traînons nonchalamment autour de la table du petit déjeuner, Sophie se lance :

— Votre père et moi avons quelque chose à vous dire…

Nathan lève le nez de son bol tandis que Juliette arrête aussitôt de triturer ses cheveux. Son regard se durcit.

— Vous vous séparez ?

— Quoi ? Mais non !

Je fronce les sourcils. Tout ce que je craignais. Nous aurions dû leur dévoiler la vérité depuis le début. Ils ont eu le temps de tout imaginer. Juliette baisse un peu la garde. À l'autre bout de la table, je suis surpris de constater à quel point, sous son air en apparence si révolté, si aguerri, elle est en fait fragile. Une chiquenaude et elle s'effondre. Sophie l'a perçu également.

Elle poursuit d'une voix sûre, soucieuse d'atténuer l'inquiétude de sa fille.

— Il n'y a rien de grave, explique-t-elle. Je vais simplement devoir changer de travail, car mon contrat n'est pas reconduit.

— T'es virée ?

Sophie demeure un instant interdite. Juliette a le verbe cruel. Elle appelle la réalité par son nom. Je me porte à la rescousse de ma femme.

— C'est plus compliqué que ça. Aujourd'hui les pouvoirs publics cherchent à faire des économies. On restreint les effectifs…

— Et tu vas faire quoi ? demande Nathan, qui jusque-là n'avait rien dit.

— Je ne sais pas encore. J'ai le temps d'y réfléchir.

Est-ce vrai ? A-t-on réellement le temps d'y penser ? Je préfère me taire et rebondir sur la conséquence directe de cet événement.

— Vous comprendrez donc que, cette année, la hotte du père Noël va être un peu réduite. Et notre train de vie aussi. Il va falloir faire attention.

Sophie et moi échangeons un regard chargé d'appréhension. C'est la première fois que nous tenons un tel discours. Nous n'avons jamais été prodigues, toujours été précautionneux avec l'argent, mais jusqu'à présent nous gagnions assez pour que cela ne soit pas un problème. Nous sommes des privilégiés. Je le sais. La question est : jusqu'à quand ?

Face à nous, Juliette et Nathan semblent peu affolés. Leur réaction correspond en tout point à ce à quoi ils nous ont accoutumés. C'est-à-dire nulle. Avec cette indifférence dont eux seuls ont le secret, ils prononcent chacun un « OK », avant de se recentrer sur leur petit déjeuner. *Information reçue. On peut recommencer à manger, maintenant ?*

Je les observe d'un air pantois. C'est peut-être mieux ainsi. Ils auront tout le temps de s'inquiéter pour l'avenir. Au bout d'un moment cependant, Juliette relève la tête et déclare qu'elle se sent prête à faire du baby-sitting. Tous les week-ends, s'il le faut. De sorte à financer l'achat de ses habits, son titre de transport, ses déjeuners…

Mon adolescente est décidément imprévisible. Alors qu'à la minute précédente j'aurais juré qu'elle se moquait de tout, elle nous prouve le contraire. Elle veut aider. Se sentant peut-être visé, son frère enchaîne immédiatement :

— Euh, moi, impossible. Le week-end, j'ai mes matchs.

Je souris, goguenard. Si Juliette est insondable, on ne peut pas en dire autant de Nathan. Au moins, son mode de fonctionnement est simple. Le monde peut s'écrouler, tant qu'il conserve le sport et ses copains, tout va bien. Je me tourne vers Juliette.

— C'est gentil, ma chérie. Mais nous n'en sommes pas encore là. Je préfère que tu te consacres à tes études.

Elle se referme aussitôt.

— Je disais ça comme ça, soupire-t-elle en débarrassant son assiette.

Sophie et moi la regardons faire d'un air attendri. Même si nous ne comprenons pas toutes ses révoltes, même si ses colères nous excèdent souvent, notre fille est douée d'empathie. Reste à savoir s'il s'agit d'un atout ou d'une faiblesse dans la vie.

Plus tard, alors que Nathan est occupé à jouer avec son téléphone et que Sophie et moi buvons notre café tranquillement, imaginant quel pourrait être le programme de la journée, Juliette revient, le courrier à la main.

— C'est quoi, ce truc ? lance-t-elle en brandissant une grande enveloppe carrée en papier vergé sur laquelle est écrit d'une calligraphie soignée : *Famille Fresnais*.

— Sûrement un faire-part, dis-je en m'en saisissant.

Je décachette le rabat et extrais le carton glissé à l'intérieur. Je ne tarde pas à faire la même tête que Daffy Duck quand il est pris dans le viseur du fusil.

— Que se passe-t-il ? demande Sophie.

— Non, mais, je rêve !

— Qu'est-ce que c'est ?

Impatiente, elle me retire le bristol des mains et lit à haute voix :

— « *Madame la baronne du Puy de Clinchamps a le plaisir de vous inviter à la soirée du réveillon de Noël le 24 décembre à 19 heures, au 10, rue George-Sand, 75016 Paris. Réponse souhaitée avant le 15 décembre.* »

Elle me regarde, interloquée.

— C'est une blague ?

Juliette s'empare à son tour du carton.

— C'est qui, la baronne du puy machin ?

— C'est la nouvelle compagne de votre grand-père.

— Quel grand-père ?

— Claude.

— Quoi ?

Ça me rassure. Je ne suis pas seul à trouver la situation incongrue. Mes enfants aussi tombent des nues. Même Nathan a daigné lever les yeux de son téléphone.

— Grand-père a une copine ?

— Il semblerait, répond Sophie, embarrassée.

— Et on va fêter Noël chez elle ?

Cette fois-ci, Sophie ne fait aucun commentaire. Tous les regards se tournent vers moi. Mais je n'en reviens toujours pas. De cette invitation si officielle. Comme si nous étions des étrangers et Sylvie première dame à l'Élysée.

— Je ne sais pas, dis-je d'un air plein d'ironie. À votre avis, je peux appeler directement mon père ou il faut que je renvoie un carton ?

Sophie me jette un regard réprobateur.

— Elle a sans doute voulu bien faire.

— C'est réussi. J'ai l'impression d'aller à un rallye !

Juliette nous coupe :

— Et pour papi ? Comment on va faire ?

Je consulte Sophie. Depuis notre déménagement, ajouté au fait que les enfants ont grandi, nous voyons son père beaucoup moins qu'auparavant. Il faut dire qu'il est de plus en plus dur à déloger de son pavillon. L'idée de le laisser seul à Noël m'est insupportable. Décidé, j'attrape un stylo et retourne le carton. Telle une vieille institutrice, j'écris tout en ronds et déliés.

Nathan lit par-dessus mon épaule.

— Famille Fresnais + 1 ?

Satisfait, je repose le stylo.

— Affaire réglée !

— Je ne le sens pas, ce réveillon…

Sophie lève les yeux au ciel. Cela fait à peine vingt-quatre heures que nous sommes en congé que déjà nous arpentons les allées bondées d'un centre commercial. Les badauds se pressent et se heurtent sauvagement à l'affût du gibier convoité : les cadeaux.

Je grogne :

— Pourquoi fait-on toujours nos emplettes au dernier moment ? On est mal organisés !

— Je te rappelle que nous travaillons. Ce mois-ci, nous n'avons pas eu une minute de libre.

— Tu parles. Chaque année, c'est pareil.

— Arrête de râler.

Sophie me pousse devant elle. Nous tâchons de nous frayer un chemin parmi la foule qui ondule sous les guirlandes multicolores. Nous voilà partis à la recherche du cadeau idéal.

— On lui prend quoi, à la reine d'Angleterre ? je demande, tandis que Sophie tente de pénétrer dans une boutique d'articles de cuisine avant de renoncer devant la cohue.

Depuis que nous avons reçu le carton, c'est ainsi que je surnomme Sylvie. Parfois Marie-Antoinette. Cela varie.

— Aucune idée, répond-elle au moment où nous passons devant un magasin de lingerie.

Elle s'y attarde un instant. Je me penche sur son épaule et désigne un ensemble entièrement transparent.

— On pourrait lui acheter ça, par exemple ?

— Bien sûr…

— Pourquoi pas ? C'est toi-même qui prétendais que les vieux avaient une sexualité débridée.

Sophie a le sourire en coin.

— Tu n'arrives pas à avaler, hein ?

— Du moment qu'elle, elle le peut…

Outrée, Sophie s'écarte en grimaçant. Je jubile. Cela fonctionne toujours. Fier de mes gamineries, je plonge un œil attentif dans la vitrine. Je n'avais pas d'idée pour elle, je viens d'en trouver une. Des années que je ne lui ai pas offert de lingerie. Mentalement, je note le modèle qui semblait lui plaire avant de la rattraper. J'enroule un bras autour de ses épaules.

— Et les enfants, que veulent-ils ?

— Pour Nathan, j'ai commandé un maillot de basket sur Internet. Il arrivera directement à Paris, chez ton père.

— Parfait. Et Juliette ?

— Elle voudrait aller passer les vacances de Pâques à Londres, chez ta sœur.

— C'est tout ce qu'elle a demandé ?

— Oui.

— Pas folle, la guêpe. Dans le genre têtue…

— Elle a de qui tenir…

Nous entrons dans une boutique de prêt-à-porter.

— On devrait lui acheter un bac à compost. Depuis le temps qu'elle en réclame un.

— Je te laisse le lui offrir…

Nous tournons dans les rayons autour des mannequins. Je propose à Sophie de choisir quelque chose pour notre fille tandis que je me charge de mon père. Elle accepte le marché.

— Et pour Sylvie ?

Je hausse les épaules.

— Un parfum ? Au passage, j'en prendrai un aussi pour ma sœur.

— Et ton père ?

— Je vais faire un saut à la librairie. Voir si je ne trouve pas un beau livre sur l'Amérique du Sud.

Sophie n'a pas l'air de juger l'idée mauvaise. En tout cas, elle n'a rien de mieux à proposer. Je consulte ma montre.

— Rendez-vous au parking dans une heure ?

— Parfait !

Je m'éloigne d'un pas pressé. Nous formons une bonne équipe.

Deux jours après, c'est le grand départ. La voiture ressemble à l'arche de Noé. Entre les valises, les friandises, les cadeaux et le lit pliant, c'est à peine s'il reste de la place pour nos pieds. Dieu merci, nous n'avons pas de chien. Il aurait couru derrière le pot d'échappement.

Je m'installe au volant et inspire profondément. Depuis que nous avons reçu le carton d'invitation, je fanfaronne, je fais mine de prendre les événements avec humour, mais, en fait, c'est la première fois que j'appréhende de me rendre à Paris pour les fêtes. Comment paraître naturel avec une femme que je connais à peine ? Comment manifester de l'enthousiasme à l'idée de rencontrer ses enfants, dont, avouons-le, je me moque éperdument, et que je ne serai sans doute jamais appelé à revoir ? Je suis déterminé à fournir un effort pour mon père, s'il y trouve son bonheur, à me montrer sous mon meilleur jour, mais dans le contexte actuel, je serais volontiers resté à la maison. Ç'aurait été l'occasion de me détendre un peu. Mais un programme très différent nous attend. Faute de budget, nous allons loger chez mon père, avec ma sœur. Quatre jours en mode camping. Je veux croire que l'ambiance sera bon enfant, mais je redoute le manque d'espace. Sans compter la présence de François, le père de Sophie, qui séjourne à l'hôtel, juste à côté, et qui viendra prendre ses repas avec nous. Percevant mes craintes, Sophie me caresse la nuque, comme pour dire « Ne t'inquiète pas, tout ira bien ».

Au cœur de cette nébuleuse, une pensée me réjouit : je vais revoir ma sœur. Anouk n'est pas revenue en France depuis un an et notre dernier coup de téléphone date de la rentrée. Je me demande si elle est au courant pour notre père et Sylvie. Ou si, comme il l'a fait pour moi, il compte la mettre devant le fait accompli. Dans tous les cas, je la soutiendrai.

Anouk rencontrant Sylvie, c'est le choc des cultures assuré.

Je souris à cette idée. Avec un peu de chance, on va peut-être s'amuser.

— Si vous avez froid, il y a des couvertures supplémentaires dans l'armoire.

Mon père rabat la couette tandis que Sophie enfile une taie d'oreiller.

— Ne t'inquiète pas. Nous serons très bien.

— Sûr ? De toute façon, si vous avez une question, il suffit de me téléphoner.

— On te chasse de chez toi… Ça m'ennuie.

— Penses-tu ! Cela ne me dérange pas du tout ! Je dors régulièrement chez Sylvie. Elle a un lit gigantesque. Un king size…

Mon père a appris un nouveau mot. Il semble très fier de lui. J'interviens d'un ton las :

— Je sais, papa, tu nous l'as déjà dit.

Sophie me jette un regard de reproche. Mais mon père n'a pas relevé. Il flotte sur son nuage, tel un chérubin bienheureux. Tout le monde aurait parié qu'il finirait vieux garçon, mais non. Depuis qu'il a rencontré cette femme, tout l'enchante, rien ne le contrarie. Il se fait une joie de ce réveillon. Sortez les cotillons ! S'il n'était pas médecin, je le soupçonnerais d'être sous amphétamines.

— Je vais vous laisser, ajoute-t-il en claquant des mains. Vous devez être fatigués.

— Tu ne veux pas rester dîner ?

Il hausse les épaules.

— J'aimerais bien, mais je dois aider Sylvie à tout préparer.

Son visage s'illumine.

— À moins que vous ne veniez avec moi et que l'on grignote un morceau, tous ensemble ? La fille de Sylvie est en France depuis deux jours. Je l'ai rencontrée, elle est charmante !

— Merci, papa, c'est gentil. Mais je pense que, pour ce soir, on va rester ici. Histoire d'être en forme pour demain.

— Vous avez raison. Et puis ta sœur va bientôt arriver. Elle devrait déjà être là, d'ailleurs. J'espère que l'Eurostar n'a pas de retard.

— À propos, dis-je, Anouk est au courant pour toi et Sylvie ?

— Je lui en ai touché deux mots au téléphone.

— Et ?

— Elle avait l'air ravie !

Mon père me regarde d'une étrange manière. Comme s'il n'y avait absolument pas lieu de s'inquiéter. Comme si j'étais seul à trouver la situation singulière. Il gagne la porte.

— Allez, je file. J'ai laissé deux trousseaux de clefs. Bonne soirée, les enfants ! À demain !

Sophie et moi nous retrouvons en tête à tête. D'un accord tacite, afin d'éviter de reparler de mon père, nous entreprenons de mettre de l'ordre dans nos affaires. Je dois également installer le lit pliant pour Juliette dans le bureau. Nathan dormira sur la banquette. Tout en rangeant, je découvre cet appartement dans lequel je n'ai jamais habité et où tout me semble étranger. Même certains bibelots que pourtant je connais. La configuration est très différente du logement que nous occupions autrefois, mon père et moi. L'espace est plus exigu. Bon nombre de meubles ont disparu, donnés ou vendus. Ce qui composait le charme suranné de notre tanière a succombé à la modernité. La sonnette retentit au moment où Nathan et moi nous débattons avec le lit. Je manque de perdre une phalange entre deux ressorts. Je pousse un cri tandis que Juliette bondit vers la porte.

— Anouk !

Le doigt endolori, je les retrouve toutes les deux enlacées. Les sœurs jumelles nées à trente années d'écart. Le spectacle de leur communion m'émeut. Comment se fait-il qu'elles s'entendent si bien ? Depuis toujours. Alors même qu'elles ne se voient que très peu, séparées par la Manche et des centaines de kilomètres. Il faut croire que leur connivence se moque de la distance. Elles s'étreignent comme deux vieilles amies. Jusqu'à ce que j'arrive, tout de même, à me frayer un chemin vers ma sœur. Je la serre fort. Enfin un élément que je reconnais dans ce décor.

— Salut, petit frère.

Je desserre les bras et la dévisage avec tendresse. Elle s'est coupé les cheveux et arbore désormais un carré flou. Sa peau est fraîche comme la rosée, ses joues rendues vives par le froid, et des taches de rousseur parsèment son nez. Peut-être est-ce dû à son accoutrement, sorte de longue tunique sur un pantalon ample, ou à ses poignets cerclés de bracelets en perles de bois, toujours est-il que ma sœur ne change pas. Hormis quelques fils d'argent perdus dans sa chevelure, elle ressemble beaucoup à l'adolescente que j'ai connue. C'est sans doute ce qui plaît à Juliette. Anouk n'a pas d'enfants. N'en a jamais eu. Et ni Sophie ni moi n'osons lui demander pourquoi. Si bien que les nôtres sont en quelque sorte les siens.

Je saisis sa valise et la dépose dans le salon. Anouk me suit, Juliette lovée dans ses bras. Quand Sophie paraît, elles se sautent dessus en s'embrassant chaleureusement. Je commence à me sentir vraiment bien. Voilà ce que représente Noël pour moi. Du temps passé avec ceux que j'aime.

Aussitôt, nous nous enquérons des dernières nouveautés. Sophie raconte son licenciement. La simplicité avec laquelle elle se confie à ma sœur me rendrait presque jaloux. Toutes deux sont installées sur le canapé, Juliette au milieu. Je débouche une bouteille de vin. Anouk boit en écoutant attentivement sa belle-sœur. Face à elle, Sophie fait bonne figure. Elle prétend ne pas être inquiète. Enfin elle va avoir un peu de temps pour elle. Et tiens, pourquoi ne pas en profiter pour venir à Londres ? Depuis le temps qu'elles en parlent… Naturellement, Juliette demande tout de suite à accompagner sa mère. Assis à la table ronde, je regarde les trois femmes de ma vie comploter ensemble. Elles sont si complices… Ma sœur se tourne vers moi.

— Et toi, Alex, ça va ? Le boulot ?

J'opine en faisant mine d'être sûr de moi. Je m'en voudrais de briser leur insouciance.

— Et toi ? Londres ?

— Tout va bien.

— Tu exposes en ce moment ?

— Dans une galerie, oui. Ça ne paie pas les factures, mais ça me permet de continuer à sculpter. J'aime tellement ce que je fais. Je ne pourrais plus m'en passer.

— Comment fais-tu, alors, pour vivre ?

— Je donne des cours de yoga, répond Anouk, sereine. Un peu d'art plastique aussi. Suffisamment pour subvenir à mes besoins. J'ai un train de vie simple. Et puis, je n'ai pas d'enfants.

Sophie et moi échangeons un regard que ma sœur intercepte. Elle change de sujet.

— Alors, quel est le programme pour ce soir ?

— On pensait rester ici et commander chez le traiteur chinois…

Anouk affiche un sourire espiègle.

— Comme au bon vieux temps ?

— Si ça te convient.

— C'est parfait !

Finalement, comme nous avons dîné tôt, Anouk a proposé que l'on aille marcher dans Paris afin d'admirer les illuminations de Noël. Sophie et moi étions fatigués, mais les enfants étaient si heureux que nous avons capitulé. Nous avons arpenté les rues pendant plus de deux heures. Le climat est doux pour la saison. N'étaient les arbres dénudés et les décorations ornant les avenues, on se croirait en mars. Poussés par Juliette et Nathan, nous avons fait un tour de grande roue afin de contempler la vue du sommet. Puis Anouk a payé sa tournée de gaufres. Il soufflait un vent de vacances que Sophie et moi n'avions pas connu depuis longtemps. Au point que, l'espace d'une soirée, j'ai oublié toutes nos contrariétés. Tandis que Sophie ouvrait la marche avec les enfants, lesquels étaient attirés par les lumières des vitrines comme des moustiques en plein été, ma sœur est venue se pendre à mon bras.

— Comment vas-tu, petit frère ? a-t-elle de nouveau demandé, cette fois-ci sans me regarder, comme si elle n'avait pas besoin de voir pour deviner.

J'ai jeté un coup d'œil à Sophie, et j'ai soupiré :

— Tu veux la version officielle ou l'officieuse ?

— À ton avis ?

— J'ai la trouille, ai-je murmuré, soulagé de pouvoir enfin avouer mes sentiments.

J'ai confiance en peu de gens. Mais Anouk, en plus d'être ma sœur, est mon amie. Depuis que Sophie a annoncé son licenciement, j'ai l'impression de tomber dans un tourbillon qui m'aspire et m'entraîne vers le fond. Et je ne peux en parler à personne. Ma sœur me tend la main dont j'ai besoin.

— Je comprends, dit-elle. Ça ne doit pas être simple. Mais je suis sûre qu'elle va retrouver du travail.

— J'espère.

Elle s'arrête et me fixe.

— Cesse de t'angoisser pour une situation qui n'existe pas, lance-t-elle avec autorité. Il y a toutes les raisons pour que Sophie rebondisse. Elle est compétente, qualifiée, expérimentée…

— Je sais. Mais les offres sont rares dans son secteur.

— Eh bien, peut-être que ce sera l'occasion de changer.

— À condition de savoir pour quoi.

Anouk soupire, peu étonnée par ma réaction. J'ai toujours été l'inquiet, et elle, la légèreté incarnée. En ce moment plus que jamais, j'aimerais fonctionner comme elle. Avoir cette confiance en la vie, quels que soient les événements qui surviennent. Ma sœur traverse l'existence comme les enfants les rivières. En sautant de pierre en pierre. S'éclaboussant, tombant parfois, se relevant, et toujours en riant. Je voudrais avoir cette force.

— Ne t'inquiète pas, renchérit-elle en me pressant contre elle. Bientôt, tu en plaisanteras.

Même si elles n'offrent aucune garantie, ses paroles me réconfortent. Elles correspondent exactement à ce que j'ai besoin d'entendre en ce moment. Je pose ma main sur la sienne et la serre. Depuis quelque temps, Anouk a pris l'habitude de m'appeler « petit frère ». Jadis, j'étais l'aîné. Aujourd'hui, c'est elle. Et je ne refuse pas l'abri de ses ailes.

Je ne me souviens pas d'avoir jamais ressenti une telle pression pour une soirée de réveillon. Au début, Anouk s'est moquée de moi, clamant que ce n'était qu'un dîner et que j'étais fou à lier. Elle a changé d'attitude lorsque je lui ai montré le carton d'invitation. Et de vêtements. Subitement, elle a jugé que ses tuniques détonneraient avec les très chics toilettes du 16e arrondissement. Comme Sophie avait emporté trois robes différentes, craignant elle aussi de commettre un impair, elles ont réussi à trouver chacune la tenue adéquate. Nathan porte un nœud papillon acheté pour l'occasion, moi un costume bleu assorti d'une cravate en soie rouge, et Juliette a consenti à enfiler une jupe. Jusque-là, les dieux semblent collaborer. Le temps de passer prendre François, nous arrivons à 19 h 30 dans le quartier de Sylvie. Je regarde mon téléphone, qui affiche déjà trois appels en absence de mon père.

— Une demi-heure de retard, dis-je en resserrant le nœud autour de mon cou. Pour une première, ça la fout mal.

— Relax…, soupire Anouk. On ne pouvait pas prévoir que le métro s'arrêterait.

Une fois devant l'immeuble, son aplomb se ternit. Nous nous trouvons au pied d'un bel édifice haussmannien, construit en pierre de taille, fraîchement ravalé, qui nous écrase de sa hauteur. Un digicode verrouille une première entrée, laquelle donne sur un patio et, plus loin, sur une guérite en verre occupée par un vigile. Sophie consulte le carton et s'applique à répéter la bonne combinaison. La porte bascule, nous pénétrons dans la cour. Nous nous présentons au gardien, au faciès plus sérieux que celui d'un pape. Nous supposons naïvement qu'il va tout de suite nous laisser passer, mais l'homme est habité par sa fonction. Il raye consciencieusement nos noms, un à un, sur la liste qu'on lui a fournie.

— Ce n'est plus un immeuble, c'est le Pentagone ! dis-je pour lui soutirer un sourire.

Mais il lève le regard et me toise, l'air de penser qu'il n'est pas là pour faire de l'humour. Tout le monde est gêné. Visiblement, je ne suis plus le seul à me demander ce que je fais ici. Après son minutieux examen, le gardien nous indique finalement la direction de l'ascenseur.

— Sixième étage, déclare-t-il au moment où nous nous engageons sous le porche.

La cage d'escalier est monumentale, sertie d'une rampe en fer forgé finement ouvragée. Un lustre est suspendu au plafond tandis qu'une moquette aux motifs inspirés des tapis orientaux recouvre les marches en pierre polie.

— Wow ! s'exclame Juliette en tournant sur elle-même tandis qu'un ascenseur à claire-voie s'immobilise au rez-de-chaussée.

C'est une minuscule boîte de conserve dans laquelle tiennent à peine trois personnes.

— Allez-y. Je monte à pied avec les enfants.

Quelques minutes plus tard, nous nous retrouvons sur un palier desservant une seule entrée. Sophie et moi échangeons un regard circonspect. L'appartement occupe vraisemblablement tout l'étage et, si l'on en croit la rumeur qui nous parvient au travers des murs, il s'y trouve un nombre inattendu de convives.

— Tu es sûr que c'est là ?

— Certain.

— Il y a l'air d'y avoir beaucoup de monde…

Elle regarde son vieux père, qui paraît autant à son aise qu'un sanglier perdu en centre-ville. Lui qui ne quitte son potager que pour remplir son Caddie à l'épicerie, cette immersion dans la haute société parisienne ressemble à un baptême de saut en parachute. Sophie pose une main sur son épaule et sonne. Nous pensions attendre un moment avant que quelqu'un ne nous entende, mais la porte s'ouvre aussitôt sur un majordome en livrée.

— Bonsoir, mesdames, bonsoir, messieurs, fait-il en esquissant une courbette.

Je réprime un rire nerveux. Aurais-je été transporté dans une pièce de Feydeau ?

— Puis-je prendre vos manteaux ?

Mais certainement, Nestor. Faites donc, mon brave. Stupéfait, j'aide Sophie à se dévêtir tandis que l'homme se retourne pour accrocher nos affaires. Le portant croule sous les fourrures et les cachemires.

Un sentiment de mal-être m'envahit. J'ai l'impression de plus en plus étouffante de ne pas être à ma place. Une sorte de vilain petit canard au milieu du lac des cygnes. Et pourtant, j'ai été élevé dans les beaux quartiers. Ce n'était pas mon univers, mais j'en comprenais les codes. Assez pour circuler incognito. Or, à cet instant, j'ignore si c'est dû au fait d'avoir déserté Paris depuis longtemps, mais l'échelle sociale ne m'a jamais paru si hors d'atteinte. Mes doigts se referment sur le bouquet de fleurs que nous avons acheté en chemin et je ne peux m'empêcher de me demander si nous l'avons choisi assez volumineux. Je m'engage malgré tout dans le vestibule, ma petite famille tapie derrière moi. Tout d'un coup, une silhouette connue surgit du fond du couloir.

— Ah, vous voilà enfin ! s'exclame-t-elle en faisant claquer ses escarpins sur le parquet ciré. Nous vous attendions !

Sylvie est fidèle à mon souvenir. Démarche balancée et auréole blonde figée par la laque, bougeant comme de la gelée à chaque mouvement de hanche. Et cet accent un peu snob que l'on pourrait croire d'ascendance allemande si madame la baronne ne portait pas un patronyme cent pour cent français. Elle est vêtue d'une robe noire au décolleté abyssal, sur lequel brille, attirant tous les regards, un énorme rubis taillé en navette. Arrivée devant moi, elle me lance une bise distante tandis que mon bras, articulé comme celui d'un automate, tend brusquement le bouquet.

— Oh, vous n'auriez pas dû... Jean va le porter en cuisine pour le mettre dans un vase.

À peine esquisse-t-elle un signe de tête que le dénommé Jean, l'homme qui jusque-là gardait l'entrée, se précipite pour la débarrasser avant de disparaître par une porte dérobée. Sylvie se penche vers Sophie.

— Je suis ravie de faire votre connaissance. Depuis le temps que Claude me parle de vous ! Ce sont vos enfants ?

Cachés dans les jupons de leur mère, Juliette et Nathan sourient gauchement.

— Je vous présente mon père, répond Sophie en bousculant un peu François, qui ne sait s'il doit baiser ou serrer la main qu'on lui offre.

Dans le doute, il opte pour une poignée maladroite.

— Et Anouk, dis-je en m'écartant.

Sylvie est aux anges. Elle pousse des exclamations de joie dont on ne pourrait dire si elles sont sincères ou soufflées par la bienséance.

— Venez. Allons dans le salon !

Intimidés, nous traversons un couloir habillé de hauts miroirs avant de bifurquer sur une pièce de réception qui couvre à elle seule toute la façade de l'immeuble. Comme dans les films d'action, j'opère un tour de vue à cent quatre-vingts degrés. L'appartement est aménagé dans le style Directoire. Le foyer d'une cheminée délimite un côté de la pièce tandis qu'à son opposé se dresse une immense table garnie de plateaux dans lesquels sont disposés des petits-fours. Des enfants voltigent à proximité comme des mouches autour d'un pot de miel. Leurs petites mains attrapent les toasts, qu'ils enfouissent dans leurs poches avant de repartir en courant vers le fond de l'appartement.

Partout des tableaux sont suspendus dont je dirais, bien que n'étant pas spécialiste, que certains ressemblent à des toiles de maître. Sur le manteau de la cheminée notamment, une peinture aux tons bleus rappelle l'œuvre d'Yves Klein. Je suis éberlué. Tant par l'aspect des lieux que par l'agitation qui y règne. Car entre ces murs magnifiquement décorés se tient une quarantaine d'inconnus, tous vêtus avec une extrême élégance, lesquels discutent entre eux sans remarquer notre présence. Perdu, je cherche mon père, qui doit se trouver quelque part dans cette foule étrangère. Après plusieurs secondes, je l'aperçois qui s'entretient avec un couple de personnes âgées.

— Ne restez pas là, dit Sylvie en m'entraînant vers lui. Claude, tes enfants sont arrivés !

À sa mine réjouie, je devine qu'il nous attendait comme le Messie. Lui aussi s'est travesti pour l'occasion. Il porte une pochette, un costume neuf et des mocassins vernis. Je remarque aussi qu'il a épinglé au revers de sa veste le petit ruban rouge de la Légion d'honneur. Cela me fait sourire. Lorsqu'on lui a proposé cette décoration, il a failli la refuser. Je l'entends encore se récrier : « Je n'ai pas soigné le ministre pour être récompensé ! » Avant, finalement, d'accepter, dans l'espoir de faire rejaillir une partie du prestige sur son hôpital. Il est rasé de près et ses cheveux ont été peignés en arrière, tenus en respect grâce à la laque magique de Sylvie. C'est incroyable, il a encore minci. Où la métamorphose s'arrêtera-t-elle ? S'il n'y avait Sylvie à ses côtés, auprès de qui il désire tant briller, il se serait déjà penché vers nous en disant : « Vite, les enfants, tirons-nous d'ici ! » C'est du moins ce que l'ancien Claude aurait fait. Mais le nouveau se contente de se jeter dans nos bras tel un naufragé qui aurait passé trop de temps en mer. Il enlace Sophie et Anouk comme s'il ne les avait pas vues depuis des années. Il embrasse François.

— Je suis content que vous soyez là ! Tenez, buvez quelque chose !

Il fait signe à un serveur de s'approcher, lequel nous tend un plateau de coupes de champagne. Je profite du fait quc Sylvie se soit éloignée pour exprimer mon étonnement.

— Tu ne nous avais pas dit que c'était un buffet… J'imaginais que ce serait un dîner assis, entre nous.

Mon père opine.

— Moi aussi. Mais Sylvie a pensé que ce serait l'occasion d'inviter la famille élargie. Sa fille revient rarement en France, tu comprends. Cela lui permet de voir ses cousins.

Sylvie nous rejoint à ce moment-là.

— Vous avez tous quelque chose à boire ? Parfait ! Alors, tchin !

Juliette et Nathan demeurent dans notre ombre, où Sylvie ne tarde pas à les débusquer.

— Suivez-moi, jc vais vous présenter mes petits-enfants. Ils sont dans le bureau en train de jouer à la console vidéo. J'ai également ressorti les anciennes bandes dessinées de Gauthier.

Devant leur air hésitant, elle insiste.

— Allons, venez. Je suis sûre que vous allez vous amuser.

Nos adolescents finissent par obtempérer. Avant de disparaître de la pièce, Juliette me lance un regard de condamnée. Sophie, Anouk et moi profitons de ce moment d'intimité pour interroger mon père.

— Alors, papa, explique-nous. Qui sont ces gens ?

À voix basse, il débute l'inventaire. Il prend un air inspiré, comme celui qu'ont les écoliers lorsqu'ils récitent une poésie.

— À gauche, dit-il en pointant discrètement son index, vous voyez la dame avec la voilette ? C'est la sœur aînée de Sylvie. Bénédicte. Son mari est avocat. À côté d'eux, c'est leur frère, Jean-Philippe. Je ne sais pas très bien ce qu'il fait dans la vie, car je n'ai pas encore eu l'occasion de m'entretenir avec lui. Sa femme discute avec la dame rousse, près de la cheminée. Celle qui porte une robe rouge. Il s'agit de la sœur cadette de Sylvie.

— Ça fait beaucoup de frères et sœurs…, commente Anouk, perplexe.

— Sylvie descend d'une grande famille aristocratique. Ses parents ont eu onze enfants.

— Onze ?!

— Tous ceux que le Seigneur leur a envoyés, répond mon père dans un sourire complice. Et encore, vous ne voyez que la partie émergée de l'iceberg. N'ont été invités que ceux avec qui elle s'entend bien.

Il regarde à la ronde et poursuit son exposé. Quelques cousins, cousines, un autre frère dont il a oublié le nom et qui ressemble à un gros mérou avec son goitre et ses joues couperosées, une sœur habillée en dévote, une dizaine d'enfants, neveux, nièces… Puis il s'arrête sur une femme d'une quarantaine d'années, aux cheveux blonds relevés en chignon, au teint de porcelaine et aux mains parfaitement manucurées. Vêtue d'un tailleur d'inspiration Chanel, elle est en pleine discussion avec une autre invitée.

— C'est Caroline, chuchote Claude. La fille de Sylvie.

Je plisse les yeux. La fameuse Caroline avec qui nous sommes censés nous entendre. L'une des rares personnes de cette assemblée dont l'âge avoisine le nôtre. Un coup d'œil suffit à comprendre que nous n'évoluons pas dans les mêmes sphères. Caroline a le menton haut et une bouche qui ne sourit pas franchement. Tout au plus esquisse-t-elle un rictus entre deux gorgées de champagne. À son doigt brille un diamant gros comme le Mont-Saint-Michel et, de sa main restée libre, elle caresse les cheveux d'une fillette lovée entre ses jambes. Six ans environ. Une tenue rose poudrée qui la fait ressembler à une dragée. Je songe à Juliette et me dis que jamais au grand jamais nous n'aurions pu habiller notre fille ainsi. Même à cet âge-là, elle nous aurait jeté la robe à la figure pour l'échanger contre une salopette. Mon père me pousse du coude.

— Vous devriez aller lui parler. C'est une femme brillante. Elle est juriste à Toronto. Son mari travaille dans l'import-export. Il s'appelle Alexandre, comme toi. C'est lui qui est assis sur le canapé, là-bas, à côté de la tante de Sylvie.

Mon attention dérive naturellement vers mon homonyme, un quadragénaire au profil droit et à la mâchoire carrée. Des boutons de manchette brillent à ses poignets et, à son annulaire, une énorme chevalière. Il tourne le dos à une très vieille dame que l'on a calée à côté de lui, entre quelques coussins, comme on se serait débarrassé d'un objet encombrant. Une toute petite chose recroquevillée sur elle-même, à la mise en plis impeccable, dont le regard évaporé traduit les absences. Je songe, non sans cynisme, que quitte à la laisser ici toute la soirée, autant lui coller un vase entre les mains. Et pourquoi pas, avec mes fleurs dedans. Au moins, on les aurait remarquées. Mais, en place de bouquet, ses doigts déformés par l'arthrose s'agrippent à sa pochette comme à une couverture de survie. Soudain, je n'arrive plus à détacher mes yeux d'elle. Elle me rappelle ma grand-mère, dans les derniers moments de sa vie. Je l'observe qui n'observe rien, juste le vide au milieu de ces étrangers qu'elle ne reconnaît plus. Cela nous fait un point commun. Si elle pouvait s'exprimer, je suis sûr qu'elle aussi se demanderait ce qu'elle fabrique ici.

Lorsque 22 heures sonnent, l'alcool dont on nous abreuve généreusement depuis notre arrivée a fait son œuvre et nous sommes beaucoup plus détendus. Ces gens ne nous sont pas hostiles. Simplement indifférents. Nous pourrions être transparents que cela ne changerait rien. Au-delà du fait qu'ils sont contents de se revoir, comme nous le sommes de notre côté, nous ne parlons pas le même langage. Aucun de nous ne part en vacances à Deauville, ne possède de maison secondaire dans les Yvelines, pas plus qu'un manoir breton dans le Morbihan. Nos enfants ne sont pas scolarisés dans le privé, encore moins en pension. Juliette et Nathan ne pratiquent ni le golf ni l'équitation.

Même Caroline, la fille de Sylvie, à qui Anouk et moi sommes allés parler, nous a paru difficile d'accès. Le courant ne passe pas. L'éducation construit des ponts comme elle les démolit parfois. Caroline est avocate en droit des sociétés à Toronto. Elle travaille douze heures par jour, sans compter les week-ends. C'est une femme d'affaires accomplie qui souffre de sacrifier sa vie familiale à sa carrière. Mais de son propre aveu, elle n'a pas le choix. Je la crois volontiers. Il faudrait vivre ailleurs, exercer un autre métier. Mais ce serait une histoire différente. Une fois évoquées nos occupations professionnelles, nous nous retrouvons dans l'impasse, sans la moindre banalité à échanger. Je trouve une porte de sortie dans la nécessité d'aller rejoindre mon beau-père et Sophie, ce que Caroline accueille avec politesse. Elle aussi doit être soulagée. Finalement, nous ne nous en sommes pas trop mal tirés. Ni affinités ni animosité. Neutralité exemplaire.

Après cela, plus personne n'est venu nous aborder. Cependant, la soirée s'avère beaucoup moins désagréable que je ne le redoutais. La seule chose que je déplore est l'absence de mon père. Il escorte Sylvie partout où elle va, de petit groupe en petit groupe. D'après ce qu'il nous a confié, c'est la première fois qu'elle introduit auprès de son clan un homme autre que son mari depuis que ce dernier est décédé. Il se fait un sang d'encre à l'idée de dépareiller. Alors, à défaut d'être bien né, il porte son ancien métier en écharpe et ses expériences professionnelles comme des médailles. Lui qui déteste se vanter, nous l'entendons narrer quelques anecdotes croustillantes où le patient et le corps médical n'apparaissent pas sous leur meilleur jour. Anouk, Sophie et moi l'écoutons pérorer avec étonnement. Il est à la parade, au défilé.

Il nous rejoint plus tard dans la soirée, avec Sylvie.

— Tout va bien, les enfants ? demande-t-il d'un ton las en prenant appui sur mes épaules.

Je hoche la tête et me tourne vers Sylvie.

— Merci pour votre accueil. Nous sommes reçus comme des rois !

— Je vous en prie. C'est un plaisir. Et vous n'avez pas encore vu la pièce montée.

Sophie échange avec son père un regard ahuri. De mon côté, je ne suis plus à une surprise près. Je répète, très naturellement :

— Une pièce montée ?

— Je l'ai commandée chez le meilleur pâtissier du quartier. Elle est magnifique…

Nous faisons mine d'être impressionnés. C'est le cas, en vérité, et le vin nous rend de plus en plus gais. Mon père tire une chaise supplémentaire qu'il propose à Sylvie.

— Merci, mais je dois aller faire un tour en cuisine.

— Veux-tu que je t'accompagne ?

— Non, reste avec tes enfants.

Mon père s'assoit avec soulagement. Il semble tout d'un coup très fatigué.

— Enfin ! souffle-t-il. Pas fâché de faire une pause !

Il se frotte le dos, le visage crispé.

— Il faut dire que tu n'as pas arrêté.

— Oh, c'est surtout Sylvie. Moi, je ne fais que suivre.

— Justement. Si je peux me permettre, vous n'avez pas le même âge. Ni la même condition physique.

— C'est vrai. Mais je suis heureux de rencontrer sa famille.

Il passe la main dans ses cheveux, lesquels reprennent progressivement leur liberté. Un épi se dresse derrière son oreille. Cela me fait sourire. On ne dompte jamais totalement sa véritable nature.

— Papa, pourquoi ne viendrais-tu pas nous voir un peu en janvier ? Cela fait une éternité que tu n'es pas venu. Ça te ferait du bien de respirer un autre air que celui de Paris.

Il gonfle les joues.

— L'air de Paris ne me réussit pas si mal que ça, tu sais. Je vais plutôt bien, vous ne trouvez pas ?

Nous sommes obligés d'abonder dans son sens.

— Si, approuve Anouk. Tu as même rajeuni.

— Ah ! Tu vois ?

— Ça n'empêche pas de venir en janvier, renchérit Sophie. En plus, j'aurai fini mon contrat.

— Comment ça, tu auras fini ton contrat ? Tu ne travailles plus à la mairie ?

— Seulement jusqu'au 31 décembre. Après, une nouvelle vie commence.

— Mais… c'était prévu, ça ?

— Pas vraiment, répond Sophie d'un ton sûr. Mais on va rebondir. Et puis, j'aurai le temps de m'occuper de toi.

— C'est gentil, je vais y réfléchir. Comme tu le sais, je suis un retraité très affairé. En plus, en janvier, j'emmène Sylvie à Venise.

— À Venise ?

Anouk, Sophie et moi dégrisons subitement. Je siffle.

— Eh ben ! Ça ne rigole pas !

— Ça t'en bouche un coin, hein ? J'ai réservé une suite au Danieli.

— Alors là, je suis jalouse ! s'exclame Sophie.

Je regarde Anouk, puis mon père.

— Au Danieli, papa ? Mais c'est l'hôtel le plus cher de la ville…

Ma sœur me donne un coup de pied de côté tandis que mon père m'observe d'un air étonné. Il faut dire que je n'ai pas pour habitude de me mêler de sa vie privée. Et pour cause, jusqu'à présent, il n'en avait pas. La réaction d'Anouk me dissuade de poursuivre. Sylvie revient.

— La pièce montée arrive ! annonce-t-elle, extatique.

Mon père se relève aussitôt.

— Fantastique !

Je me réveille le lendemain, la tête étonnamment légère. Nous nous sommes pourtant couchés tard. Mais nous n'avons bu que des vins d'exception. Il faudra que j'essaie plus souvent. Sans bruit, je m'extrais du lit pour atteindre la cuisine. Je bute sur le cadeau que j'ai offert à Sophie dans la nuit. Je ne voulais pas qu'elle l'ouvre devant tout le monde. J'ai attendu que nous soyons couchés et, au moment où elle s'apprêtait à éteindre, j'ai fièrement brandi mon paquet. Sophie a eu l'air étonnée. Les surprises ne sont pas ma spécialité. Elle n'était pas au bout des siennes.

J'avais pris soin de confectionner l'emballage moi-même afin de ne pas trahir son origine. Une fois le dernier morceau de scotch arraché, elle a fait une tête dont je me souviendrai longtemps.

— Ça ne te plaît pas ? ai-je demandé, en proie au doute.

Lentement, elle a retiré l'ensemble de lingerie, l'a tendu en l'air devant elle et l'a observé sous toutes ses coutures, comme s'il s'agissait d'un ovni. Puis elle a éclaté de rire. Désarçonné, j'ai répété ma question.

Sophie ne s'arrêtait pas. Ça commençait à devenir humiliant.

— C'est toi-même qui le regardais dans la vitrine ! ai-je plaidé pour ma défense.

À travers ses larmes, elle a réussi à articuler :

— Mais, Alex, c'était celui d'à côté que je fixais ! Le noir. Pas cet affreux truc violet à froufrous !

Je me suis senti bête. J'étais sûr de moi. Défaite cuisante. Après avoir séché ses joues, Sophie m'a regardé, attendrie.

— Ne t'inquiète pas. J'irai le changer.

Je devais avoir l'air vexé, car elle m'a embrassé.

— Remarque, si je ne retrouve pas de travail tout de suite, ça pourra servir à arrondir les fins de mois.

J'ai souri à son ironie et nous nous sommes de nouveau embrassés. Dans ma tête, une petite voix a crié victoire. Tout n'était peut-être pas perdu. La suite m'a détrompé. Après notre baiser, Sophie s'est mise à bâiller et, me caressant le menton, m'a souhaité une bonne nuit. Une minute après, elle sombrait dans les bras de Morphée.

Je regarde à présent d'un air dépité le carton d'où dépasse une bretelle. Je la remets en place, quitte la chambre et longe le bureau dans lequel dorment mes enfants. Fini le temps où ils se levaient aux aurores en réveillant toute la maison au son du clairon. « Le père Noël est passé, le père Noël est passé ! » Et nous, la tête enfarinée, trébuchant sur nos vêtements chiffonnés, à la recherche d'un pull, d'un vieux peignoir, les rejoignant auprès du sapin avant qu'ils ne se jettent comme des fauves sur leurs cadeaux.

François, le père de Sophie, m'avait une fois dit : « Ce sont ces moments qui justifient la vie de famille. » Et pourtant, le pauvre, on ne peut pas dire qu'il en ait tellement connu. Sa femme était dépressive et son fils cadet autiste Asperger. L'enfance de Sophie fut loin d'être insouciante. Elle a beaucoup supporté sans jamais pouvoir se plaindre ni se confier à quiconque. Pallier les incapacités de sa mère, faire les courses, préparer le dîner, ne pas oublier ses devoirs, veiller sur son petit frère. Un monde de responsabilités qui lui a forgé cette carapace dont elle ne s'est plus jamais départie. Sophie est solide en apparence. En apparence, seulement. Ce n'est que depuis que sa mère est morte d'un cancer il y a plusieurs années et que son frère a émigré au Japon après avoir coupé les ponts avec ce qu'il lui restait de famille qu'elle respire mieux. Désormais, sa principale angoisse concerne son père, qui vit à deux cents kilomètres de chez nous. Pour l'instant, il est encore autonome, mais cette situation ne sera pas éternelle. Viendra un temps où François entrera dans le grand âge. Quand elle y pense, Sophie n'en dort plus. De savoir qu'elle sera seule à s'occuper de son parent, comme si elle était enfant unique.

Je me glisse dans la cuisine en même temps qu'un rayon de soleil. Dans l'immeuble d'en face, on aperçoit des sapins de Noël, des fenêtres décorées. Pour nous, cette année, pas d'arbre enguirlandé. J'ouvre les placards en quête de café. J'en trouve du lyophilisé. C'est mieux que rien.

Je me souviens d'avoir eu l'idée il y a quelques années d'offrir à mon père une cafetière électrique.

Mais l'ancienne école avait parlé : « Pourquoi veux-tu que je m'encombre d'une machine hors de prix alors que ça fonctionne très bien ainsi ? » J'ai renoncé. Pourquoi s'entêter ? De ses parents, nés dans les années 1920, mon père a hérité la générosité, la gentillesse, la rigueur, mais aussi les séquelles d'une guerre qu'il n'a jamais connue. Mes grands-parents ont souffert des tickets de rationnement. Ma grand-mère évoquait parfois les interminables files d'attente devant les magasins d'alimentation. Souvent, son tour n'était pas encore arrivé que les étals étaient déjà vides. Alors il fallait revenir le lendemain. Ou passer un arrangement avec un voisin dont l'oncle habitait la campagne. Quelques œufs en échange de services rendus. Toute leur vie, mes grands-parents ont fait la chasse au gaspillage. Chaque objet était recyclé, réutilisé jusqu'à l'usure. Les croûtes de fromage que mon grand-père coupait méticuleusement dans son assiette étaient offertes aux oiseaux. Les graines de melon aux poules. Ma grand-mère conservait les ficelles de papier cadeau, les bougies d'anniversaire, y compris lorsqu'elles n'avaient plus que quelques millimètres de mèche, et même les boîtes des gâteaux qu'on apportait le dimanche et dont elle enlevait les restes de crème au couteau avant de les replier soigneusement pour les consigner dans un tiroir. Parce qu'on ne sait jamais. Lorsqu'il a fallu vider leur appartement, on a retrouvé des paquets de sucre par dizaines, de la farine infestée de vers et des conserves périmées depuis des lustres. Parce qu'on ne sait jamais…

Sans atteindre de tels excès, mon père a toujours été sobre. C'est dans son éducation. Il n'a jamais dépensé plus qu'il n'avait besoin. N'a jamais accordé d'importance aux marques, pas plus qu'à l'état de ses vêtements. Je me souviens d'une dispute entre ma mère et lui, à ce sujet. Il s'apprêtait à partir pour l'hôpital avec des mocassins dont la semelle commençait à se décoller, quand ma mère l'avait invité à changer de chaussures. Pressé, il avait refusé. Elle s'était mise dans une rage folle. Elle l'avait traité de radin, de pingre, de grippe-sou. « Tu as des oursins dans les poches ! » lui avait-elle reproché. À l'époque, je m'étais demandé comment les petits hérissons de mer avaient pu atterrir dans le fond d'un pantalon. Parmi d'autres, cette scène m'a marqué. Mon père était parti en claquant la porte. Ma mère était revenue vers nous, furieuse et les joues en feu. Le petit déjeuner avait été expédié.

Ma mère… Il faut que je sois chez mon père et que ce dernier l'ait enfin remplacée pour que je pense à elle. C'est étrange. Sa présence traverse rarement mon esprit. Je ne lui téléphone même pas une fois par mois. Je la vois deux fois par an. Elle vit à Saint-Germain-en-Laye avec son deuxième mari, Jean-Louis, un homme pour lequel je ne ressens rien. Ni aversion ni connivence. Il s'occupe d'elle, ce qui m'arrange. Tous deux mènent une existence tranquille dont j'ignore tout. Anouk prend des nouvelles régulièrement. Elle a toujours été plus fusionnelle. De nous deux, c'est elle qui a davantage souffert du divorce. Lorsque notre mère est partie, ma sœur l'a vécu comme un déchirement. Je la revois debout devant la porte, en pyjama, serrant son doudou dans ses bras, attendant que notre mère fasse demi-tour pour la border dans son lit. Cela a duré des mois. Notre mère n'est jamais revenue, mais dès qu'elle a pu retrouver un emploi et avoir son propre logement, au début une studette dans le 19e arrondissement, Anouk est allée vivre avec elle. À présent, je crois qu'elles s'entendent bien. Je le suppose. Nous n'en parlons jamais.

Je secoue la tête pour chasser ces souvenirs qui m'encombrent. Il me faut une casserole. Les récipients s'entassent sur l'étagère la plus haute et à leurs poignées brûlées, pour certaines déformées, je me doute que le matériel n'a pas été acheté la veille. Fidèle à lui-même, comme à l'époque où j'habitais avec lui, mon père se nourrit de ce qui lui tombe sous la main. Bien que fin gourmet, il n'a jamais voulu se mettre aux fourneaux. Il faut dire que, lorsqu'il était encore actif, il manquait de temps. Difficile de cuisiner une blanquette de veau entre deux gardes à l'hôpital. Je me hisse sur la pointe des pieds et attrape la première casserole. Mais à peine l'ai-je soulevée que le manche me reste dans la main et que le fond rebondit sur le carrelage en faisant un boucan du diable. Moi qui voulais être discret, c'est réussi ! Je ramasse le tout en bougonnant. Évidemment, le temps que j'allume la gazinière, Anouk et Sophie font leur entrée dans la cuisine.

— C'est toi qui fais tout ce bruit ? lance ma sœur en s'étirant.

— Désolé, ça m'a échappé. Café ?

— Thé, s'il te plaît.

— Pas sûr qu'il y en ait.

Je fouille à nouveau et tombe sur une vieille boîte de Lipton dans laquelle sont rangés des sachets disparates. Principalement des tisanes datant de Mathusalem.

— Verveine-menthe ?

Sophie hoche la tête. Je sors trois tasses et m'assois face à elles.

— Bien dormi ?

— Hum… pas assez à mon goût, répond Anouk, mais oui, le matelas est confortable. J'ai l'impression que le canapé est neuf. Papa a fait une razzia chez Ikea ou quoi ?

— Ah, tu as remarqué ? Il a tout racheté. Je me demande ce qu'il a fait de ses anciens meubles.

— Ce n'est pas plus mal. Au moins, on peut s'asseoir sur un fauteuil sans risquer de finir empalé sur un ressort.

Je bois une gorgée de café, hésite un instant, puis me lance.

— Vous croyez que c'est à cause de Sylvie ?

Anouk et Sophie éclatent de rire.

— Ah, quand même ! On se demandait à quel moment tu craquerais.

— Plus de douze heures, renchérit Anouk. Bravo !

— De quoi parlez-vous ?

— Du temps qu'il t'a fallu pour mettre le sujet sur la table. J'aurais parié que tu le ferais en rentrant hier soir.

— J'étais crevé.

— Et ivre mort.

Ignorant leurs quolibets, je poursuis :

— Alors ? Vous en pensez quoi ?

Anouk et Sophie se regardent en haussant les épaules. Je m'insurge.

— C'est tout ? D'habitude, vous êtes les premières à ragoter !

— Que veux-tu que je te dise ? rétorque Anouk. Elle a l'air gentille.

— Manquerait plus qu'elle morde. Je ne te parle pas de ça.

— De quoi, alors ?

— Je ne sais pas, moi. De sa façon de s'exprimer, comme si elle avait une patate chaude dans la bouche, de sa tenue vestimentaire, de son attitude… Ne me dites pas que rien ne vous choque ?

À cet instant, ma sœur se tourne vers Sophie.

— Oh ! Tu as vu son collier ? À ton avis, c'est du toc ?

— Je pense… Un truc aussi gros, ça ne peut pas être vrai.

— En même temps, vu l'appart…

Je les regarde toutes les deux qui m'ignorent. Je les interromps :

— Son mari était lapidaire.

— C'est-à-dire ?

— Tailleur de pierres. Joaillier.

— Comment le sais-tu ?

— Je l'ai entendu, hier, pendant la soirée. Nous ne sommes pas les seuls à avoir remarqué le collier.

— Tout s'explique. Tu crois qu'elle sort avec pour faire ses courses ?

— Pas l'air d'être le genre à aller elle-même au supermarché.

— Ça doit valoir une fortune…

— Tout dans cet appartement coûte une fortune, dis-je d'un ton las.

— Et c'est un problème ?

Je soupire. Pas à cause du problème en question, mais parce que je suis seul à le percevoir.

— Oui. Ça m'inquiète pour papa.

— Je ne vois pas pourquoi. Il n'a jamais été aussi heureux.

— Justement. Je ne voudrais pas que ça s'arrête.

Anouk et Sophie ne comprennent pas.

— Écoutez, je trouve très bien qu'il refasse sa vie, qu'il soit amoureux, et cetera. Mais vous ne pensez pas qu'ils sont mal assortis ? Papa est un ours. Jusqu'à présent, ses seuls plaisirs s'articulaient autour de trois priorités : boire, manger et dormir. Un peu de culture de temps en temps. Il a toujours apprécié les choses simples. Sylvie est aux antipodes. Vous avez entendu ? Ils vont au Danieli ! Vous savez combien ça coûte ?

— Tu t'inquiètes pour ton héritage ?

Sophie n'ose pas rire. Je me rembrunis.

— Il peut faire ce qu'il veut de son argent. Au contraire. Qu'il en profite. Il le mérite. Il a bossé comme un dingue pour le gagner.

— Dans cc cas, quel est le souci ?

— Le souci, c'est que, même s'il a une retraite confortable, il n'a absolument pas les moyens de mener ce train de vie. Toutes ses économies vont y passer. La première fois que j'ai rencontré Sylvie, je me suis demandé ce que papa lui trouvait. Mais maintenant, c'est presque l'inverse.

Anouk me renvoie un regard contrarié. Je précise :

— Ce que je veux dire, c'est que j'ai peur qu'il y laisse sa chemise. À force de tout faire pour lui plaire, il risque de se retrouver sur la paille.

— Eh bien, Sylvie paiera pour deux. Puisqu'elle peut.

— Hum… Ou alors, quand il n'aura plus un sou, elle le quittera, et on récupérera un ado de soixante-quinze ans au cœur brisé.

Anouk et Sophie échangent un regard entendu, ce qui a le don de m'agacer.

— L'argent n'a pas d'importance, conclut Anouk. Surtout lorsqu'il y en a trop.

Je voudrais les croire comme j'aimerais croire aux contes de fées. Mais mon pessimisme me talonne. Mon père n'est pas un prince charmant, pas plus que Sylvie une demoiselle en détresse. À défaut d'avoir beaucoup d'enfants, vivront-ils heureux très longtemps ?

Nous avons repris la route le surlendemain. Sophie doit absolument finaliser ses dossiers et je ne suis pas contre la perspective de travailler au calme. L'agence est fermée pour la semaine. Mes collaborateurs sont en congé, Damien parti en vacances à l'autre bout de la France. Personne pour me déranger, me demander de corriger un déroulé, de revoir un montage, aucune réunion à l'horizon, pas de rendez-vous client. Je vais en profiter pour prévoir un plan d'attaque. Une offensive pour tenir le front jusqu'à ce que Sophie retrouve un emploi.

Noël a toujours été une course. Depuis l'enfance, je passe les fêtes entre les trains, les trajets en voiture... J'en retire de la fatigue et un sentiment de frustration. J'aurais voulu voir ma sœur davantage. Mon père également. Il est revenu le lendemain de la réception pour dîner avec nous. Sylvie l'accompagnait. Trop nombreux pour tenir autour de la petite table de la salle à manger, nous sommes allés au restaurant. Mais ce n'est pas pareil. On fait plus attention, on est moins à l'aise… Épuisés de la veille, nous n'avons pas eu l'énergie de nous éterniser. À 23 heures, nous étions sortis.

Même si je le déplore, la présence de Sylvie fausse la sincérité de nos échanges. Personne n'est à blâmer, mais le fait est que nous ne la connaissons pas. Mon père voudrait d'emblée nous la faire adopter et je le comprends, mais ces sentiments-là prennent du temps. On ne force pas l'intimité. Nous nous sommes séparés en promettant de nous retrouver en janvier.

31 décembre. Dernier jour de Sophie en tant que responsable des contrats à la mairie. Je suis rentré plus tôt à la maison. Même si elle m'a prévenu : elle a prévu de faire un pot de départ et arrivera plus tard que d'habitude. Ce matin, lorsqu'elle s'est levée, je n'ai détecté aucun changement dans son attitude. Sophie a fait comme si ce jour ne différait en rien des autres. Pourtant, il vient clore six années au sein d'une collectivité qu'elle connaît désormais par cœur. Les postes et les surnoms de chacun. Les collègues compétents et ceux qui sont là faute de mieux, espérant que passe le temps et arrive la retraite.

Au fil des ans, l'absence de défi a diminué son appétit, sa volonté de changer le monde. Elle s'est heurtée aux rouages de la politique, aux intérêts des élus, mais aussi, même si elle n'en a jamais eu la preuve formelle, aux pots-de-vin que certains acceptent pour accorder leur préférence à certains contrats. Elle croit en l'intégrité et au travail bien fait, mais elle est plus amère qu'à ses débuts. C'est l'une des raisons pour lesquelles elle songe à une reconversion.

Un peu anxieux, pensant à la manière dont va se dérouler l'après, je patiente sur le canapé en zappant.

J'ai du mal à arrêter mon attention sur un programme en particulier. Depuis l'annonce de son licenciement, nous n'avons toujours pas évoqué les différentes options qui se présentent à elle. J'imagine qu'elle attend, comme moi, que sonne le glas. Ce soir, à minuit, nous serons fixés.

Nous aurions pu sortir, nous avons reçu deux invitations pour la soirée, mais nous avons choisi de rester en tête à tête. Nathan s'est rendu à une fête et Juliette dort chez une amie. Nous sommes seuls.

Alors que je m'apprête à me servir un verre de vin, j'entends la porte d'entrée grincer. Je me rue dans le salon. Sophie est en train de passer le seuil. Elle porte deux énormes dossiers. Je consulte ma montre, il est à peine 19 heures.

— Déjà ?

Le désarroi marque son visage. J'ai l'impression qu'elle va pleurer. Je crains qu'elle ne lâche ses papiers et son manteau, mais elle prend une grande inspiration et marche droit vers la salle de bains. J'ignore si je dois la laisser ou bien la rejoindre. Au moment où je m'apprête à la suivre, elle reparaît comme si de rien n'était, les yeux secs et l'expression endurcie.

— J'aurais dû anticiper, lance-t-elle sur le ton du reproche, comme si l'un de nous s'était rendu coupable de quelque chose.

— De quoi parles-tu ?

— Nous sommes le 31 décembre. Évidemment, personne n'a pu rester très longtemps. Sans compter ceux qui sont en vacances. Nous étions cinq. C'était sinistre.

Sa mauvaise humeur dissimule sa tristesse. Je la prends dans mes bras. Je l'entends contre mon épaule, qui respire fort. Je ressens les vibrations de son cœur comme si son être résonnait dans le mien. Sophie a toujours prétendu que le contact de mon corps l'apaisait, lui redonnait de l'énergie. Au début de notre relation, dès qu'elle était fatiguée, elle se collait à moi dans le lit et pouvait demeurer une heure contre ma peau, sans bouger, à reprendre des forces. Cela fait si longtemps qu'elle ne m'a pas étreint de cette façon. Quand nos mains se délacent, je la garde captive encore un instant.

— Pourquoi n'y retournes-tu pas en janvier ? Pour un déjeuner ? Ou après le travail. Tes collègues seront rentrés et contents de te voir.

Elle sourit tristement.

La soirée de clôture s'est finalement déroulée sans drame ni effusions. Sophie a vite repris le contrôle de ses émotions. À un moment, alors que nous dînions d'un plateau de fromages devant la télévision, j'ai tout de même demandé ce qu'elle pensait faire de ses journées désormais. Je m'attendais qu'elle hésite, se rembrunisse peut-être, mais ce ne fut pas le cas. Elle sait très précisément ce qu'elle souhaite faire, en tout cas dans un premier temps. Rien. Se reposer. Prendre du recul. S'acquitter de tout ce qu'elle n'a pas eu l'occasion d'accomplir depuis des années. S'occuper d'elle, de la maison, profiter des enfants. Le travail ? Elle va y réfléchir. Elle refuse de se précipiter. Son licenciement est un coup porté à sa fierté, qu'elle espère transformer en opportunité. Elle veut croire qu'à son âge tout est encore possible. Face à sa détermination, réelle ou factice, je n'ai rien à opposer. Mieux vaut en effet considérer les faits comme une aubaine. Je prie pour que cet optimisme nous pousse tous les deux dans la bonne direction et que, bientôt, le bateau soit de nouveau à flot.

Je m'attendais à vivre un tsunami, or nous dérivons lentement vers des terres inconnues. Je me débats comme un forcené pour remonter le courant. J'arrive désormais à l'agence aux aurores et en sors rarement avant 20 heures. Je travaille beaucoup, certes, mais, surtout, cela m'évite de peser sur le quotidien de Sophie, et m'épargne aussi de la voir rester à la maison toute la journée. Si j'en étais le témoin, les angoisses que je m'efforce d'ignorer reviendraient à la charge, plus sournoises que jamais. La semaine après les vacances, je suis rentré plus tôt, supposant qu'elle réclamerait ma présence. De nous deux, je suis en fin de compte celui qui l'a le plus mal supporté. Depuis que plus personne ne l'attend, les minutes semblent couler sur elle sans qu'elle tente de les mettre à profit. Je la soupçonne de rester en pyjama plus longtemps qu'elle ne l'a jamais fait, même lorsqu'elle était étudiante. Le soir, lorsque nous nous retrouvons, elle n'évoque jamais sa recherche d'emploi, et, de mon côté, je n'ose l'interroger. En revanche, elle me rapporte les menus bricolages qu'elle a effectués dans la maison, les plats qu'elle souhaite préparer pour la semaine, la teneur des devoirs de Nathan et Juliette. Je lui prête une oreille attentive, mais inquiète. Il est vrai que le portant de la salle de bains était à deux doigts de tomber et que le système électrique extérieur souffrait d'un faux contact depuis des années. Au moins, maintenant, lorsque je pars le matin, je ne risque plus de trébucher dans l'obscurité.

Sophie témoigne également d'un enthousiasme croissant pour le jardinage. De plus en plus, la table basse du salon disparaît sous une quantité d'ouvrages qu'elle emprunte à la bibliothèque. Cela favorise les échanges avec notre fille, qui voit dans la nouvelle lubie de sa mère une façon d'épouser ses convictions. Toutes deux ont résolu de créer un potager en permaculture. Juliette n'aura pas eu besoin de batailler longtemps pour obtenir son bac à compost, Sophie l'a déjà commandé auprès des services de la ville. C'est gratuit, rentable et bon pour l'environnement. Nathan et moi ne pouvons que nous incliner. Plus surprenant encore, Sophie s'est inscrite à un cours de yoga. Elle a bien tenté de m'expliquer les différentes approches de cette discipline, les particularités du hatha yoga et du vinyasa yoga, mais j'y perds mon latin. D'ailleurs, je le perds en toute circonstance. Comme si une main invisible avait enlevé mon épouse pour la remplacer par quelqu'un d'autre. Avant, elle rentrait le soir, lasse et désabusée. Elle manquait de motivation pour tout, y compris le week-end. Organiser une sortie lui semblait une épreuve insurmontable. Désormais, c'est un tourbillon. La réincarnation de Mary Poppins ! Elle déploie une énergie inhabituelle, pathologique, comme si elle désirait rattraper le temps perdu, tout ce qu'elle n'a pas eu l'occasion de faire jusqu'à présent. Ou combler le vide. Car, de cette agitation tous azimuts, aucun projet n'éclot. Un soir, je la trouve dans la cuisine, au milieu d'un vaste capharnaüm. Avec l'air d'une enfant jouant à la dînette, elle teste plusieurs combinaisons d'ingrédients. J'y perçois un signe. Plus jeune, elle rêvait d'ouvrir un restaurant.

— Tu te remets à cuisiner ?

— Comment ça, je me remets à cuisiner ? me répond-elle avec véhémence. Si vous mangez tous les soirs, c'est grâce à moi.

— Je voulais dire professionnellement.

Sophie me renvoie un drôle de regard.

— J'ai passé l'âge de monter une affaire, dit-elle, saisissant mon allusion.

— C'était juste une idée.

— Comme celle que tu m'as soufflée l'autre jour ? C'était quoi, déjà ? Une formation en comptabilité ?

Je fais mine de ne pas comprendre. Elle coupe le feu sous une casserole et me toise.

— Bon, parlons-en une bonne fois pour toutes ! Comme ça, tu arrêteras peut-être de tourner autour de moi avec cet air perpétuellement inquiet.

J'acquiesce, heureux de crever l'abcès. Depuis qu'elle est à la maison, l'éléphant grossit chaque jour un peu plus. Bientôt, on ne pourra plus le contourner. Elle me confie le pain afin que je le coupe et poursuit :

— Angoisse-toi pour des causes justes, Alex. Je vais retrouver du travail. Je ne compte pas rester toute ma vie à ne rien faire. Mais je veux prendre le temps de réfléchir. Il n'y a pas d'urgence absolue. Nous avons de l'argent de côté, je touche le chômage… Que je sache, nous ne sommes pas à la rue.

— Je n'ai jamais dit ça.

— Alors quoi ? Tu as peur que je ne retrouve pas ?

— Ce n'est évident pour personne. Surtout à nos âges.

— Je te remercie.

— Tu n'es pas vieille. Mais le marché du travail est violent avec les plus de quarante ans.

Elle ne répond pas. Est-ce que j'exagère vraiment ? Je vois tellement de gens se faire licencier, qui mettent parfois plus d'une année avant de retrouver un emploi. Quand ils en retrouvent un. Trop seniors, trop chers. Les entreprises préfèrent payer des stagiaires au lance-pierre, qu'ils pourront ensuite former à leur guise en développant chez eux un esprit de fidélité. Jusqu'à ce que les oisillons s'envolent ailleurs. Meilleur retour sur investissement qu'un quadragénaire expérimenté qui saura défendre ses intérêts.

Je préfère garder mes réserves pour moi. Sophie est confiante, et peut-être a-t-elle raison. Cela ne résout pas pour autant la question. Je lui demande si elle a des pistes. Des aspirations particulières. Son regard se voile.

— Non, avoue-t-elle, je ne sais pas.

— Je peux peut-être aider…

— En me proposant une formation de compta ?

— OK, ce n'était pas ma meilleure idée. Mais ça n'empêche pas de réfléchir à deux.

Elle ne proteste pas, toutefois je vois bien que ma suggestion la gêne.

— Non ?

— Non... Ne te vexe pas, mais je ne veux l'aide de personne. En ce moment, j'éprouve le besoin de me retrouver seule. Cela me fait un bien fou de faire des choses pour moi. De me mettre au jardinage, au yoga. J'ai l'impression de reconnecter.

— Avec quoi ?

— Avec moi.

Je fronce les sourcils. Une petite voix me souffle que la conversation dépasse le simple cadre professionnel. Pour la première fois depuis notre mariage, Sophie me semble hors d'atteinte.

— Quelque chose ne va pas ? dis-je, préoccupé.

— Au contraire, je t'explique que je vais bien.

— OK… Mais, entre nous, ça va ?

Sophie me regarde avec l'air de se demander par quels méandres de mon cerveau arrive cette question. Puis son expression change. Moins franche.

— Oui, ça va.

Mauvaise comédienne. Je deviens exsangue. Elle me prend la main.

— Tout va bien, Alex. C'est juste que, ces derniers mois, nous n'avons pas eu beaucoup de moments à nous. Entre ton travail et mon licenciement, les enfants…

Je ne peux qu'approuver. Sauf que, de mon côté, je ne l'ai pas envisagé comme un problème majeur. Pour moi, il ne s'agit que d'un report. Pas d'un manquement. Je croyais qu'elle partageait cet avis.

— Je peux essayer de me rendre plus disponible, dis-je, la gorge sèche.

— Je ne te demande rien.

Sa réponse me confine au silence.

— Tu as beaucoup de travail et je le comprends. Tu fais tout pour maintenir notre niveau de vie. Ce qui me permet de prendre du temps pour moi. C'est peut-être égoïste, mais je n'ai besoin de rien d'autre. Cela fait des années que je m'oublie. Que je vous fais passer devant, toi et les enfants. J'ai l'impression d'avoir consacré la majeure partie de ma vie à travailler, à faire des courses et des lessives. J'ai besoin de respirer.

Elle se tourne vers le piano de la cuisinière, me signalant que la discussion est close. Pour moi, elle ne l'est pas. Au contraire, elle ouvre une brèche qui va s'élargir encore. Je distingue dans son discours une grande confusion. Tout s'y mélange. Sa situation professionnelle, notre couple. Je m'écarte, troublé, et viens coller mon front à la baie vitrée. Je fouille la nuit en quête d'un signe. Sur quoi puis-je réellement m'appuyer ?

SOPHIE

Je suis arrivée en avance. J'ai bien failli renoncer. La faute au mauvais temps qui me tient prisonnière dans une habitation que j'arpente toute la journée, entre quatre murs que je connais trop. Je n'avais jamais remarqué jusque-là que la peinture s'écaillait dans un coin du salon, derrière la lampe bleue. Désormais, je ne vois plus que cela. J'ai prévu de le repeindre la semaine prochaine, si je trouve l'énergie. Si la pluie continue de s'abattre sur le pays, comme elle le fait sans discontinuer depuis un mois, je finirai par avoir notre maison en horreur.

Aujourd'hui, je suis fière d'être sortie. Car j'en ai de moins en moins l'envie. Au début, pourtant, j'étais heureuse d'avoir enfin du temps pour moi. Un couvercle se soulevait au-dessus de ma tête. J'allais réaliser mes rêves, mes fantasmes oubliés, ensevelis sous les impératifs de l'existence. La vérité est différente. Je m'en rends compte. Ce que je désirais autrefois n'a plus de continuité, plus aucune consistance. Et le peu qui subsiste m'est à présent inaccessible. Comme cette ambition que je nourrissais, en commençant mes études, de défendre la veuve et l'orphelin, de créer une association, de faire tomber les frontières. Je vibrais de bonnes intentions. J'y croyais. J'y croyais vraiment. Qui, de moi ou du destin, en a décidé autrement ? Une certitude : le bilan n'est pas à la hauteur des objectifs. Faute de combat homérique, j'ai fini par superviser des procédures et des contrats publics. Avec ou sans moi, le monde ne tournerait pas différemment. Ma contribution ne change rien à sa révolution.

À l'époque, j'ai remisé les nobles causes que je soutenais pour de solides raisons. J'ai sciemment choisi d'endosser moins de responsabilités afin de profiter de Juliette et de Nathan. Mais le temps me trahit. Bientôt, ils quitteront le nid et je me retrouverai seule avec Alexandre et mes désirs déchus. Mon mari continuera de travailler. Il s'investira de plus en plus, il en prend la direction. Il sera souvent en déplacement, reviendra rarement, et toujours fatigué. Jusqu'au jour où il partira pour de bon. Avec une autre femme. Plus active, plus dynamique, plus jeune que moi. Qui voudrait rester auprès d'une épouse vieillissante que la déprime gagne peu à peu ? J'ai peur. Je pense sans cesse à ma mère, éternelle dépressive, dont la maladie a gâché la vie et celle de son entourage. Je m'étais juré de ne jamais lui ressembler, de ne jamais me laisser aller à une quelconque fragilité. Mais c'est plus fort que moi. Je tourne en rond. J'erre dans la maison comme une âme en peine. De plus en plus, j'attends le dernier moment, celui qui précède l'instant où les enfants rentreront de l'école, pour prendre une douche et m'habiller. Exactement comme ma mère le faisait, et que je surprenais parfois lorsque je quittais le collège en avance.

Je devrais peut-être en parler à quelqu'un, mais la honte m'inhibe. Mon père s'inquiéterait comme un fou, je ne peux pas lui faire ça. Mon frère vit au Japon et ne donne plus aucune nouvelle. Comme si je n'avais jamais existé, comme si je ne m'étais jamais occupée de lui. Faute de réponse à mes questions, je suis obligée de lui pardonner. Avec plus ou moins de succès. Parfois je rêve que je le rejoins dans son appartement à Osaka et que je me retrouve nez à nez avec sa femme et des enfants que je ne connais pas. Alors je parcours les pièces à sa recherche et, le trouvant enfin, je me jette sur lui avec fureur. Je le pousse, je lui hurle dessus pour le faire réagir. Je déverse sur son indifférence une colère terrible. Jusqu'à ce que je me réveille, haletante. Je l'aime autant que je le déteste. J'adore encore l'enfant qu'il était, je veux toujours le protéger, mais je hais l'adulte qu'il est devenu. Mieux vaut cette distance entre nous. Elle m'interdit de lui faire mal.

Quant à Alexandre, il a déjà trop de pression sur les épaules. Je n'ai pas le droit de peser davantage. Si je lui dis la vérité, il pensera que c'est héréditaire, que je glisse sur la même pente que ma mère. Finalement, j'ai bien fait de me faire violence. C'est la seule chose qui me sauve en ce moment. Le cours de yoga. Ma bouée de sauvetage. Parce que aussi mon unique obligation. Maintenant que j'ai payé, je n'ai plus le choix. Jamais je n'aurais imaginé qu'une telle discipline pût m'intéresser. Mais à ma grande surprise, pendant une heure et demie, j'oublie. Les craintes, les incertitudes, les tensions. Le yoga met mes angoisses à distance. J'apprends à respirer. À prendre conscience du monde. À m'y enraciner.

Et puis, il règne dans cette classe une profonde bienveillance. Il émane des élèves, des femmes de soixante à quatre-vingts ans, une sérénité que j'espère contagieuse. Après une vie passée à courir, ces retraitées prennent désormais le temps. Elles ne se pressent jamais, parlent doucement, évitent tout jugement. Pendant vingt ans, Jacqueline a été hôtesse de caisse en supermarché. À force de se pencher sur des codes-barres, elle s'est bousillé le dos. Mais pas les zygomatiques. « Déformation professionnelle, dit-elle en gloussant. C'était dans mon contrat de travail. Toujours être aimable avec les clients, même si, parfois, l'envie ne me manquait pas de les gifler. » En vérité, elle n'a pas dû rire souvent. Jacqueline raconte son divorce comme d'autres la Libération. Son mari était un fainéant qui passait son temps à regarder des matchs de foot à la télévision et ne s'intéressait à son épouse que pour ses pot-au-feu et ses côtelettes de porc. Ou assouvir sa libido. Après quarante années à souffrir sous son joug, Jacqueline a posé son veto. Elle est partie un matin, avec une valise et sa modeste retraite. J'admire son courage. Elle habite désormais un studio, en HLM. La paix est son seul luxe. Elle s'est mise au yoga sur les conseils de son médecin, pour soulager ses vertèbres. Sinon, elle n'y aurait jamais songé. Pour elle, c'était un truc de riches. Elle connaît désormais toutes les postures. J'étale souvent mon tapis à côté du sien afin de prendre exemple sur elle. Elle me guide avec patience. À part Jacqueline et moi, le cours compte quatre autres femmes. Claudine, une ancienne institutrice très « new age », également divorcée, anticléricale jusqu'au bout des ongles, qui s'habille dans un camaïeu de couleurs invraisemblables et s'exprime toujours très distinctement. Son air en apparence sérieux dissimule un caractère fantasque. Elle n'est jamais à court de blagues, dont certaines feraient rougir un vieux routier. Ses cibles préférées sont les hommes et les curés. Et nous rions à gorge déployée, comme des idiotes, la tête à l'envers en position du poirier. Ensuite il y a Anne, plus discrète mais très gentille, ancienne postière et la plus jeune après moi, et Nicole, une comptable à la retraite qui gère les finances de l'association et perçoit les cotisations des adhérents. Elle est férue de jardinage et m'a promis de m'aider au printemps avec mon potager. Enfin, Bénédicte, qui s'est occupée toute sa vie de son foyer et tient maintenant bénévolement la permanence de la bibliothèque municipale. Chaque semaine, elle nous dispense ses conseils de lecture. Je note tout, même si, pour l'instant, je n'ai pas lu une seule de ses recommandations. Je n'ose avouer que le soir, dans mon lit, je ne trouve même plus cette énergie. Je me sens tellement inutile.

Et puis, veillant sur cette petite troupe sémillante, David, notre professeur, qui nous inculque patiemment une discipline dont il a fait un art de vivre. Il n'a pas la quarantaine, mais semble plus sage que nous toutes réunies. On ne sait rien de son passé ; s'il a connu des souffrances, il s'en est affranchi. D'un ton imperturbable, comme s'il était hermétique au tumulte de l'existence, David parle de nature, de pleine conscience. J'avoue que ses préceptes me laissent souvent de marbre, tant ils me paraissent inaccessibles, mais, parfois, je suis sa voix qui me guide, de la même manière que j'écouterais un docteur. C'est aussi l'une des raisons pour lesquelles je m'accroche à ce cours. Même si je n'arrive pas à tenir la moitié des positions. J'ai le sentiment, peut-être faussé, que j'y trouverai, à force d'assiduité, une forme de rédemption. Parmi ces doyennes, je me sens en sécurité. Leur présence me rassure, elles sont mes anges gardiens. Nous nous connaissons seulement depuis un mois, mais elles m'ont tout de suite adoptée. Peut-être que dans quelque temps, à elles, j'oserai dire que je suis terrifiée. Que je ne sais pas quoi faire de moi. Oui, peut-être qu'à elles j'oserai me confier.

ALEXANDRE

Cassandre toque à la porte de mon bureau. Je relève la tête.

— Café ? propose-t-elle dans un sourire.

— Merci, ce n'est pas de refus. Je n'ai même pas eu le temps d'aller à la machine.

— Je m'en suis aperçue. En ce moment, tu n'arrêtes pas.

Je saisis le gobelet et la regarde un instant à travers la fumée qui s'en élève. Sa sollicitude me touche. Ce n'est pas la première fois qu'elle se montre attentionnée à mon égard. De toute l'équipe, elle est la seule à avoir remarqué ma fatigue et l'état de nervosité inhabituel dans lequel je me trouve.

Lorsque Damien l'a embauchée, au début en CDD, je la considérais comme une allumeuse. Sa manière de sourire à tout bout de champ, à tout le monde, d'user d'un ton perpétuellement enjoué, m'agaçait. Au point de m'être demandé si elle n'était pas un peu idiote. Mais non. Elle a prouvé qu'elle était apte à gérer seule des dossiers fastidieux. Malgré son mètre soixante-quinze, son teint solaire et ses yeux clairs, Cassandre ne joue pas de son physique. Elle pourrait, pourtant, à en croire les regards concupiscents qui s'attardent régulièrement sur ses fesses. La majorité de nos employés rêvent de la mettre dans leur lit, et peut-être certains ont-ils eu ce privilège, mais j'en doute. Je n'ai rien détecté de déplacé. Peut-être une fois, seulement, de la part de Damien, mais Cassandre l'a vite recadré. J'aime bien cette fille. Je l'aperçois à travers la vitre qui sépare mon bureau de l'open space, penchée sur son ordinateur, l'air concentré. Nous nous tenons compagnie. Et parfois, quand l'heure tourne, elle vient gentiment m'apporter un café.

— Merci, Cassandre. C'est sympa.

Elle hoche la tête, s'apprête à sortir.

— Tu sais, j'apprécie le fait que tu travailles tard, mais ce n'est pas une obligation. Tu peux partir à l'heure normale, comme les autres.

Elle rougit.

— Je sais. Je ne me force pas. J'adore ce que je fais. J'ai du mal à m'interrompre.

J'ai connu cela, moi aussi. Cette passion qui me faisait parfois rester des nuits entières éveillé. Désormais, je m'attarde lorsque c'est nécessaire. Je la remercie à nouveau, ce qui clôt la conversation. Elle sort en refermant la porte.

Je m'enfonce dans mon fauteuil et souffle sur mon café. Une pause bienvenue au milieu de tous ces budgets. J'inspire les effluves, pense à autre chose.

Le 23 février prochain, Sophie aura quarante-cinq ans. C'est la première fois que je considère son anniversaire comme une date butoir. Je ne sais pas quoi lui offrir. J'ai le sentiment que tout glisse sur elle, comme si plus rien ne lui procurait aucune joie. Même ses sourires sont feints. Produits à volonté, comme ceux d'un pantin. Comment a-t-on pu en arriver là ? En septembre dernier, à peine six mois en arrière, tout allait bien. La vie poursuivait son cours sans débordement. Sophie était Sophie. Ma femme, ma partenaire, ma meilleure amie. Je n'avais pas besoin de décodeur pour la comprendre, tout juste de paroles. Désormais, je vis avec sa pâle copie. Je voudrais l'aider, mais ne sais comment m'y prendre. Moi aussi, la lassitude me gagne. Je passe beaucoup de temps sur la route. Et je redoute de rentrer le soir. Si je fumais encore, je grillerais une cigarette sous le porche, avant d'ouvrir la porte. Histoire de décompresser, de contenir mon souffle. Pourtant, à l'intérieur, je ne suis confronté à aucune violence. Plutôt à une insupportable langueur. Sophie a le geste léthargique, la parole économe. Elle fait le minimum. Le linge s'accumule dans les panières. Je n'ai plus aucune chemise à me mettre. La seule fois où j'ai osé demander ce qu'elle faisait de ses journées, elle m'a lancé un regard sombre. Le visage de sa mère, que j'ai bien connue, m'est revenu en mémoire. Je me souviens du désespoir de Sophie et de son père, de leur impuissance à sortir cette femme du trou noir qui l'avait engloutie. Subirais-je le même sort ?

Le soir même, je reçois un appel de mon père. Nous n'avons pratiquement pas échangé depuis Noël. À peine deux coups de fil, dont le dernier date de la semaine précédant son départ à Venise. Je ne lui ai pas encore parlé de Sophie, des difficultés que nous traversons. Il avait promis de venir nous voir après son excursion en Italie. J'ai besoin de son soutien.

— Salut, le vacancier, dis-je en décrochant.

Il s'esclaffe.

— Ah ! Je ne prétendrai pas le contraire !

— C'était bien ?

— Merveilleux, tu veux dire ! Je n'étais pas retourné à Venise depuis une éternité. La dernière fois, c'était lors d'un voyage étudiant avec des copains. J'avais vingt ans et, comme on n'avait pas un rond, nous dormions à l'Armée du salut.

— Différent du Danieli, j'imagine.

— Ça, tu peux le dire ! Ça m'a coûté les yeux de la tête, mais c'était formidable. Que c'est beau, cette ville ! Le problème, ce sont les touristes. Il y en a trop. La place Saint-Marc est plus encombrée que les Champs-Élysées.

— Je te rappelle que tu en fais partie.

— C'est vrai. Mais ce sont les autres qui m'ennuient.

— L'enfer, c'est toujours les autres...

— Exactement.

Je souris. Malgré sa vocation de médecin, une vie passée au chevet de ses patients, pour la plupart des inconnus qu'il n'a jamais revus, mon père conserve un côté vieil ours misanthrope.

— Alors, papa, quand viens-tu nous rendre visite ?

— Je t'appelais justement pour ça. Nous pensions arriver le 21 et rester toute la semaine, cela irait ?

— Qui ça, nous ?

— Eh bien, Sylvie et moi.

Je me crispe. Plus fort que moi. Je réponds, un peu embarrassé :

— Je n'avais pas compris que tu venais avec Sylvie.

— Cela pose un problème ?

La question demeure une seconde en suspens. J'ai le choix entre deux options : assumer mes pensées, les exprimer, ou bien les ravaler sans broncher. Sans doute ce que je devrais faire. Pourtant, je décide du contraire.

— Non, mais ç'aurait été l'occasion de nous retrouver en famille. En plus, cela tombe pendant l'anniversaire de Sophie. Ce n'est pas la grande forme, en ce moment.

— Pourquoi ?

— Elle supporte mal son licenciement.

Le silence s'installe, pesant. J'ignore si mon père est mal à l'aise ou mécontent. Je cherche mes mots.

— Comprends-moi, papa, je n'ai rien contre Sylvie, mais ce n'est pas pareil si elle est là.

— Je ne vois pas pourquoi.

— Allons, tu sais bien ce que je veux dire. Nous la connaissons à peine. Si elle vient, nous ne serons pas aussi à l'aise que si nous sommes juste entre nous.

— Très bien.

Je me sens dc plus en plus malhabile.

— Ne le prends pas contre toi. Mais vous rentrez tout juste de Venise. Vous pouvez bien passer quelques jours l'un sans l'autre ?

— Évidemment, répond-il d'un ton distant. Mais j'aurais bien voulu voir ta tête lorsque tu as commencé à fréquenter Sophie si je t'avais dit qu'il n'était pas question qu'elle t'accompagne à nos réunions familiales.

— Tu mélanges tout.

— Ah bon ?

— Oui. Tu connais Sophie depuis qu'elle est née. Tu la connaissais avant que l'on ne sorte ensemble.

— Quelle différence cela fait-il ?

— Ce n'était pas une inconnue.

Il soupire.

— En attendant, ce n'est pas en agissant ainsi que tu apprendras à connaître Sylvie. Je ne t'imaginais pas capable d'une telle réaction.

Ses reproches me blessent.

— Écoute, papa, je suis ravi que tu aies rencontré quelqu'un et que tu refasses ta vie. Mais ne nous demande pas du jour au lendemain de la considérer comme un membre de la famille !

— Et pourquoi pas ?

— Parce que je l'ai vue deux fois !

Cette fois, j'ai crié. Des années que je ne m'étais pas emporté contre lui. Je ne suis même pas certain que ce soit déjà arrivé. Je le devine aussi surpris que moi. Je devrais reprendre la parole, me rattraper, pourtant je demeure muet. De longues secondes s'écoulent. Au bout d'un moment, je l'entends qui s'éclaircit la voix.

— Très bien, lâche-t-il, plus faiblement, je vais regarder de mon côté. Je te rappellerai plus tard.

— OK…

— Bonne soirée.

— À toi aussi.

Nous raccrochons comme des étrangers.

Je suis arrivé à la maison à 18 heures précises. Je voulais me garder le plaisir de ménager la surprise à Sophie. Lorsque je lui ai annoncé que nous dînions au restaurant pour son anniversaire, un très bon, un étoilé, elle a paru heureuse. Son sourire m'a réchauffé le cœur. Il a néanmoins disparu quand je lui ai conseillé d'aller s'habiller.

— Je n'ai rien à me mettre, a-t-elle lancé, désemparée.

— Qu'est-ce que tu racontes ? Tu as plein de robes !

— Je ne me sens pas à l'aise dedans.

Je me demande si elle ne minaude pas. Mais, à mon grand regret, je constate qu'elle semble réellement démunie. Je saisis son visage entre mes mains.

— Qu'est-ce qu'il te prend ? Tu es magnifique. Dans n'importe quelle tenue.

Elle fait la moue.

— Mets la robe noire avec le décolleté dans le dos. Elle te va à ravir.

— J'ai passé l'âge.

— N'importe quoi.

Devant mon insistance, elle finit par s'éloigner. J'en profite pour appeler les enfants.

— Ju ? Nathan ?

Je dois m'y reprendre à plusieurs fois pour que les portes s'entrebâillent à l'étage.

— Oui ?

— Préparez-vous, on part dans une demi-heure.

— Où ça ?

— À ton avis ? À la déchetterie !

Je reprends, fatigué :

— Au restaurant, pour l'anniversaire de ta mère. Tu te souviens ?

— Ah oui, c'est vrai…

Mon fils m'exaspère. On dirait que rien n'a d'emprise sur lui. J'espère qu'il ne se comporte pas de la même manière avec ses amis. Car c'est de pire en pire.

Pendant que chacun s'habille, je patiente dans le salon. Je décide de me réjouir. Nous sommes sur le point de passer une excellente soirée. Un dîner en famille, tous les quatre, au restaurant. Comme cela ne s'est pas produit depuis longtemps. La dernière fois, c'était avant l'été. Cela va nous faire du bien. Fêter un événement autour d'une table d'où nul ne pourra s'échapper sous prétexte de dessert à préparer, de devoirs à finir, de clients ou de copains à rappeler. Juste nous. Résolu, je claque des mains pour me donner de l'élan. À cet instant, j'y crois vraiment.

Une demi-heure plus tard, nous sommes sur le départ. Sophie a préféré garder le pantalon noir qu'elle porte quotidiennement, mais peu importe. Elle est là, c'est le plus important. J'entraîne mon petit monde dans la voiture. Les enfants se montrent plus enthousiastes que je n'aurais cru. C'est la première fois que nous les emmenons dans un tel endroit. Même Juliette est souriante. Mais je ne suis pas dupe. Elle fournit cet effort pour Sophie. Contrairement à Nathan, qui traverse chaque jour le domicile familial en traînant des pieds, sans se soucier de rien, ma fille a remarqué que sa mère avait changé. Sa sensibilité l'a tout de suite détecté, bien qu'elle n'en dise rien. Nous sommes au moins deux sous ce toit à essayer de prétendre que tout va bien. À jouer la mascarade. Peut-être qu'à force Sophie et Nathan finiront par nous imiter. Peut-être réussirons-nous à les contaminer. C'est tout l'espoir que je nourris.

Nous arrivons pile à l'heure et pénétrons dans ce restaurant que Sophie et moi connaissons de réputation et qui n'a pas été dénaturé par les récents éloges du *Guide Michelin*. Seule la note des cuisines a augmenté, comme celle de l'addition. Mais je refuse d'y penser. Ce soir, tout est pour Sophie. Nous prenons place et le serveur nous confie les cartes. Nous commandons chacun un plat différent. Je choisis le vin.

— Je peux en boire ? demande Nathan.

— Vois ça avec ta mère, c'est elle qui décide.

Nathan supplie Sophie, qui finit par accepter. Notre fils exulte. D'un sourire franc qui le rend soudain plus charmant et me rappelle le petit garçon facétieux qu'il était. Lorsque les plats arrivent, nous jouons aux pique-assiettes. Sophie et moi gardons un souvenir impérissable des deux fois où nous sommes allés dans des restaurants étoilés pour des anniversaires de mariage. Mais celui-ci les supplantera. Parce que nous sommes tous ensemble. Sophie s'amuse à deviner ce que contient le plat de Juliette, qui a préféré se laisser surprendre par le chef. Complices, elles finissent, à force de digressions, par s'entendre sur une liste d'ingrédients qu'elles soumettent ensuite au maître d'hôtel, qui les félicite. Elles ont presque tout bon. Puis arrive le moment du dessert. J'ai commandé des bougies. Nous chantons discrètement tandis que Sophie regarde son gâteau venir à elle. La lueur des flammes éclaire ses traits. Elle se couvre le visage de ses mains pour faire un vœu. J'enregistre mentalement cette image. Les enfants, leurs sourires, les yeux embués de ma femme, ses joues qui se gonflent pour souffler. Les applaudissements de Juliette, les baisers échangés. Je capture chaque détail. Cet instant existe pour l'éternité. Plus tard, je me le remémorerai.

Juliette et Nathan tendent ensuite une enveloppe à leur mère, qui la décachette avec impatience.

— Un bon pour un massage, commente-t-elle, ravie.

— On s'est dit que ça te détendrait, explique Juliette. Comme tu es un peu fatiguée en ce moment.

Sophie baisse les yeux.

— Merci. Je suis sûre que ça va me faire beaucoup de bien.

Nathan m'apostrophe :

— Et toi, c'est quoi, ton cadeau ?

Je lui renvoie un regard amusé. Nathan et son tact légendaire.

— Eh bien, pour commencer, il y a ce dîner. Ensuite, je préfère offrir à votre mère quelque chose qui lui fera vraiment plaisir. Qu'elle aura choisi. Ça évitera qu'elle aille le changer sitôt que j'aurai le dos tourné.

Juliette et Nathan rient. Sophie lève les yeux au ciel. Pourtant, je n'invente rien. Mon dernier cadeau de Noël en est la parfaite illustration. En presque vingt années de vie commune, j'ai dû tomber juste une dizaine de fois.

— Nous irons cette semaine, dis-je en m'adressant à elle.

Le repas se termine sur un accent joyeux. La tristesse de Sophie a disparu. Au cours du dîner, elle a ri spontanément, a participé à la conversation avec engouement. Seule la trahit une propension plus marquée à s'émouvoir. À plusieurs reprises, les larmes lui sont montées aux yeux. Cela n'a pas échappé aux enfants. Pas même à Nathan. Mais, lorsque nous passons la porte de la maison, nous sommes repus et heureux. Moi, le premier. J'ai gagné mon pari.

Dans la chambre, Sophie me regarde me déshabiller. Pour la faire rire, j'improvise un strip-tease. Je suis ridicule, mais cela fonctionne. À la fin, je saute sur le matelas pour l'embrasser. Je ne me sens plus du tout fatigué.

— Tu es contente de ta soirée ?

— Très. C'était parfait. Merci.

— Et ce n'est pas fini ! Je ne t'ai pas encore fait de cadeau. Qu'est-ce qui te ferait plaisir ?

Sophie passe la main sur ma joue avec tendresse. Elle sait que, porté par l'instant, je déplacerais des montagnes pour la faire aller mieux. Que je coince le pied dans l'interstice de la porte que, pour une fois, elle a laissé entrouverte.

— Le restaurant, c'est bien suffisant. Ça a dû coûter une fortune.

— Ne t'inquiète pas pour ça. J'avais prévu le budget.

Elle se montre moyennement convaincue. Je me répète :

— Alors, que voudrais-tu ?

— Je ne sais pas. Je n'ai besoin de rien.

— Je ne te parle pas de besoin. Mais d'envie.

Je regrette aussitôt. Sophie bascule. Tout d'un coup, elle semble perdue. Son esprit cherche désespérément une idée à laquelle se raccrocher. Comme si elle n'avait aucun début d'indice.

— Des cours de cuisine ? Un sac ? Une tablette ? La tienne est cassée depuis des lustres…

Elle ne me répond pas. Je vois bien qu'elle fouille, qu'elle se débat. Je tente un trait d'humour.

— Un ensemble de lingerie ?

Elle me fusille du regard. Je préfère ça. Puis son expression se fige. Elle plonge ses yeux dans les miens.

— Tu veux vraiment savoir ? lance-t-elle d'un ton décidé qui me rassure.

J'acquiesce fermement.

— Je voudrais partir.

— Comment ça ?

— À Venise.

— Venise ?!

— Oui. Comme ton père. Je ne pensais pas que cela me ferait envie, mais, quand je l'ai entendu en parler à Noël, j'ai réalisé qu'en fait, si.

— Parce que ça fait un peu cliché, non ?

— Peut-être. Mais si ça plaît à la majorité, ce n'est sans doute pas pour rien.

Je reste coi. Sophie poursuit d'un ton neutre :

— Tu m'as demandé ce que je voulais ? Je n'ai pas mieux à répondre. Mais je sais aussi que nous ne pouvons pas nous le permettre.

Elle a raison. Impuissant, je conserve le silence.

— Ne t'inquiète pas, conclut-elle en me prenant la main. Le restaurant, c'était très bien.

Je me sens stupide tout d'un coup. Je n'ai jamais pensé à l'emmener à Venise. Pourtant, c'est un classique du romantisme. Comme la Saint-Valentin. Le bouquet de fleurs. La bague. Des poncifs, certes, mais efficaces.

— On ira quand on pourra, ajoute-t-elle pour nous extraire de ce faux pas.

Je fais oui de la tête. Je me sens gauche. Nous nous fixons un moment en silence. Puis Sophie fronce les sourcils.

— Est-ce que tu me trouves encore belle ?

J'écarquille les yeux.

— Évidemment ! Qu'est-ce qu'il te prend ?

— Je ne sais pas... J'ai quarante-cinq ans. J'ai l'impression d'être vieille et moche. J'ai de plus en plus de rides. Je n'ai plus le même corps qu'avant.

— On s'en fout. Tu es belle quand même.

— Tu parles.

— Mais si. C'est dans ta tête.

— Tu n'en as pas marre d'être constamment avec la même personne ?

— Non.

— Tu n'as pas envie, de temps en temps, d'aller voir ailleurs ? De toucher une autre peau ?

Je plisse les yeux d'un air méfiant.

— Pourquoi, toi, tu le voudrais ?

Elle sonde le vide en soupirant.

— Personnellement, je n'ai envie de rien.

Nous atteignons le cœur du problème. Sophie s'enlise. Victime d'une inertie qui concerne l'ensemble du monde comme elle-même.

— Tu ne sais pas ce que tu dis. Tu es fatiguée.

— Je dors toute la journée.

— Justement. Tu te rends malade à rester ici, sans rien faire. Cela ira beaucoup mieux quand tu auras retrouvé un travail.

— Tu crois ?

— Tu as envoyé des CV ?

— Oui. Quelques-uns.

— Et ?

— Et rien. De toute façon, même si je décrochais un entretien, je ne serais pas convaincante. J'en ai ras le bol des marchés publics. J'ai envie de faire autre chose.

— Comme quoi ?

— Je ne sais pas.

Je voudrais l'aider, mais me trouve à court d'arguments. Malgré tout l'amour que je lui porte, je ne peux la secourir. C'est impossible. Je n'ai pas les clefs. Faute d'alternative, je suggère l'unique solution à laquelle je songe depuis des semaines et que, jusqu'à présent, je n'ai pas osé prononcer.

— Tu devrais aller voir un psy, dis-je timidement.

Je craignais qu'elle ne se cabre, qu'elle ne se rebelle, qu'elle ne m'envoie au diable, mais non. Pire, elle se met à pleurer.

Sophie a commencé les séances de psychothérapie. Elle s'y attelle deux fois par semaine. Cela nous privera de vacances à Pâques, mais il s'agit d'un sacrifice nécessaire. J'ai l'impression qu'elle va mieux. En tout cas, elle paraît moins abattue, plus concentrée. À présent que son mal-être est admis, révélé au grand jour, y compris auprès des enfants, à qui nous en avons touché deux mots, maintenant qu'elle peut s'appuyer sur un expert pour l'aider, elle entrevoit l'espoir d'une guérison. Cela change tout. À commencer par la volonté qu'elle place dans ses démarches. Elle ne manque pas un rendez-vous au cabinet de consultation, pas plus que ses cours de yoga, dans lesquels elle s'investit de plus en plus, puisant dans cette activité la sérénité à laquelle elle aspire et qui lui fait tant défaut. C'est du moins ce qu'elle daigne me rapporter de ce nouvel aspect de sa vie que je ne partage pas. Même si j'aurais très envie d'en savoir davantage. Un soir, devinant ma curiosité, et la légère frustration qui en découle, elle se livre un peu.

— Je suis nulle, Alex.

— Comment peux-tu dire ça ?

— Parce que c'est la vérité. Je n'ai rien fait de ma vie. Toi, tu as créé une entreprise, tu diriges plusieurs salariés, tu produis quelque chose. Mais moi, qu'ai-je bâti d'utile ? Quelle est ma place dans la société ?

Sur le moment, je refuse d'entendre ce qu'elle veut me dire.

— Et notre famille ? Notre couple ? Ce n'est pas rien. C'est même le plus important. Tu as choisi d'exercer ce métier pour profiter des enfants. Je ne te l'ai jamais imposé. C'était ton initiative.

— Je sais. Mais, à la fin, je n'ai rien accompli que je ne doive qu'à moi. Je ne regrette pas de m'être occupée de Juliette et de Nathan. Mais ils sont grands, maintenant. Ils sont indépendants.

— Si tu n'avais pas été là, ils ne seraient pas ce qu'ils sont aujourd'hui.

— On ne le saura jamais... Bien sûr que c'est important, la vie de famille, le couple. Mais ça ne fait pas tout. Je ne peux pas vivre à travers vous. Que fais-tu de la réalisation personnelle ?

Elle pousse un soupir.

— Tu sais ce dont je me suis rendu compte récemment ?

— Non.

— J'ai toujours été l'assistante de quelqu'un. Ça a commencé avec mes parents, puis avec mon frère. Ensuite toi, et les enfants. Même dans mon travail, je n'ai jamais dépassé ce stade. Toute ma vie, j'ai aidé les autres à devenir ce qu'ils sont. Mais moi ? Qu'est-ce que je vaux, seule ?

Cette conversation date d'une dizaine de jours et elle me hante encore. Je suis allé me coucher sans un mot. Parce que, si tout n'est pas aussi noir que Sophie le prétend, je décèle tout de même dans ses propos un fond de vérité. Et de la voir si peu fière d'elle, si peu confiante, j'en ai eu le cœur brisé. Même si j'en suis exclu, je comprends mieux désormais le yoga, la thérapie… Quoi qu'elle fasse sans moi, il ne s'agit pas d'égoïsme ni d'une stratégie d'évitement. Mais d'un acte de survie, tout simplement.

Je me suis bien gardé d'expliquer à Sophie comment je m'étais procuré l'adresse du psychiatre qui la suit. Je ne voulais pas qu'elle échafaude un scénario rocambolesque. Elle est déjà trop vulnérable. J'ai seulement dit que les coordonnées m'avaient été données par un collègue, sans préciser lequel. En vérité, je dois cette trouvaille à Cassandre. Ce n'était pas prémédité, mais je dois reconnaître que son intervention est tombée à point nommé.

Un matin, alors que nous nous apprêtions à travailler ensemble sur mon ordinateur afin de revoir le découpage d'un film, j'avais oublié de fermer les nombreuses fenêtres de recherche ouvertes une heure plus tôt. Toutes concernaient une seule requête : comment trouver un bon psychiatre. Lorsque je m'en suis rendu compte, j'ai fait disparaître les onglets d'un air embarrassé. Sur le coup, Cassandre n'a rien dit. J'ai pensé qu'elle n'avait pas remarqué. Mais le soir, quand tout le monde a été parti, elle est revenue toquer à ma porte et m'a tendu un Post-it sur lequel était inscrit un numéro de téléphone.

— Je ne sais pas pour qui c'est, mais tu peux y aller les yeux fermés.

J'ai fait mine de ne pas comprendre. Elle a ajouté :

— Entre mes seize et dix-huit ans, j'ai été internée en hôpital psychiatrique. Ce médecin m'a sauvé la vie. Il est très compétent et bienveillant avec ses patients.

Puis elle est partie rejoindre son poste, comme si de rien n'était. Avant de refermer la porte, elle a simplement glissé :

— Tu peux me faire confiance. Je ne dirai rien.

Trois jours après, Sophie avait rendez-vous.

Depuis, nous sommes entrés dans un tunnel dont nul ne sait quand nous en sortirons. Ni Sophie, ni moi, ni probablement ce professionnel de santé pourtant très réputé. À quoi tient une guérison ? Comment Cassandre s'est-elle retrouvée dans une unité psychiatrique, elle qui paraît si saine d'esprit, si pleine de vie ? Lui en reparler serait déplacé. Je ne voudrais pas briser la relation de confiance qui s'est instaurée entre nous. Pourtant, je dois admettre que, parfois, je suis tenté de lui faire part de ce qui me tourmente. Cassandre n'est pas une amie, mais il me semble qu'elle comprendrait. Car moi aussi, de plus en plus, je ressens le besoin de parler. J'ai le désagréable sentiment que tout se délite autour de moi et que je n'arrive pas à mobiliser l'énergie nécessaire pour rassembler les pièces. J'ouvre les bras le plus largement possible pour contenir mon monde, pour l'empêcher d'imploser, mais je faiblis, petit à petit.

Damien aussi a compris que quelque chose n'allait pas. Il a décelé ma fatigue et mon angoisse. Et il sait que ça ne concerne pas seulement notre surcharge de travail. Mais je ne me sens pas suffisamment en confiance pour lui faire part de mes états d'âme. Mon père comprendrait, mais je n'ose lui raconter mes amours difficiles alors même que je refuse d'entendre parler des siennes. Après notre dernier échange, je n'ai reçu de lui qu'un message déposé sur ma boîte vocale, dans lequel il indiquait ne plus pouvoir quitter Paris : Médecins sans frontières l'avait appelé pour lui demander son aide sur une mission de logistique. Pieux mensonge que j'ai avalé sans hésiter. En fait, il ne reste qu'une seule personne à qui je peux téléphoner.

Quand, une semaine plus tard, Sophie m'annonce qu'elle compte partir dix jours avec ses copines de yoga dans un genre de retraite spirituelle, je n'y tiens plus et compose le numéro de Marco.

Marco est mon meilleur ami et ce n'est pas les centaines de kilomètres qui nous séparent, maintenant qu'il vit dans l'Oise et moi en Loire-Atlantique, qui changeront quelque chose à cela. Il arrive qu'on ne se contacte pas durant des mois, mais, lorsque l'un de nous refait surface, c'est comme si pas un jour ne s'était écoulé depuis la dernière fois. Marco est le frère que je n'ai jamais eu et, accessoirement, le cousin de Sophie. Ce qui dans la situation actuelle en fait un interlocuteur privilégié. J'ai bien sûr songé à l'appeler avant, mais je ne voulais pas l'alarmer. Il a vu naître notre histoire d'amour, a suivi l'évolution de notre couple. Depuis nos débuts chaotiques, lorsque nous étions adolescents, jusqu'au véritable engagement, bien plus tard, vers les trente ans. Si Marco était mon témoin de mariage, il aurait tout aussi bien pu être celui de Sophie. À l'époque, incapables de nous départager, nous avions tiré à la courte paille.

Après quelques sonneries dans le vide, il décroche enfin :

— Ma brune !

— Ma blonde !

— Comment tu vas ? Ça fait un moment...

— J'ai été pas mal occupé.

Marco souffle.

— M'en parle pas. Depuis la rentrée, je ne vois pas les semaines passer. Quel bon vent t'amène ?

— Une tempête.

— Ah ?

J'entends un robinet couler.

— Qu'est-ce qui ne va pas ? demande-t-il entre deux gorgées.

J'hésite à me lancer.

— À ce point ? C'est Sophie ?

— Comment as-tu deviné ?

— Ce n'est pas très compliqué. Tu ne vas pas m'appeler pour me raconter tes emmerdes de boulot.

— Pas faux.

— Alors, que se passe-t-il ? Vous vous êtes engueulés ?

Je lui résume la situation dans laquelle nous sommes enlisés. Le licenciement de sa cousine, dont il n'était même pas au courant, et son début de dépression. Je finis par ce stage de bien-être auquel elle veut participer et que je considère d'un œil méfiant, craignant qu'il ne s'agisse d'une nouvelle lubie. Je précise :

— C'est un genre de retraite avec plein de gens bizarres.

— C'est-à-dire ?

— Elle m'a parlé de magnétiseurs, de naturopathes, de profs de yoga… Tout ce petit monde va s'enfermer pendant dix jours dans un ermitage au beau milieu du Massif central.

— Sympa…

— N'est-ce pas ?

Marco réfléchit.

— Qu'est-ce qui te fait peur ? poursuit-il. Après tout, si l'envie lui prend d'aller fumer des pétards au milieu des chèvres, je ne vois pas où est le mal.

— Le problème, c'est que je la trouve de plus en plus perchée. Elle ne s'intéresse plus qu'à ça. Tu verrais sa table de nuit, c'est devenu pire que le rayon développement personnel d'une librairie.

Marco rit.

— En plus, elle ne me parle pas. Elle ne m'explique rien. Voire, elle me tient à l'écart. Il n'y en a plus que pour son groupe de yoga. Quand je lui pose des questions, elle me répond de manière évasive. Et maintenant, elle veut partir seule.

— Ce n'est pas une secte, son truc, quand même ?

— M'étonnerait, ça coûte presque rien. J'espère que non…

Je réfléchis avant d'ajouter :

— J'ai l'impression qu'elle me fait le même coup qu'à Londres. Tu te souviens ?

Marco acquiesce. Après le décès de sa mère, Sophie avait traversé une phase d'excitation intense, propre aux maniaco-dépressifs. À ses yeux, tout était formidable, fantastique, elle n'avait plus aucune balise, plus de limites. Un soir, ivre morte, elle s'était abandonnée aux mains d'un illustre inconnu. Nous ne sortions pas encore ensemble à l'époque, mais cette scène m'avait mis hors de moi.

— Ce serait plutôt la crise de la quarantaine, commente Marco.

— Mouais. Même si je déteste ce cliché.

— Tu devrais la laisser partir...

— Quoi ?

— Écoute, il n'y a rien de pire que de retenir quelqu'un qui a des envies d'ailleurs.

Mon cœur se serre.

— Mais... si elle ne revient pas ?

— C'est un risque à prendre.

— C'est tout ce que tu as trouvé ?

— Eh, je ne suis pas conseiller conjugal !

Je secoue la tête, dérouté.

— De toute façon, je n'ai pas le choix. Je ne vais pas l'enfermer.

À l'autre bout du fil, je sens que Marco est gêné. Qu'il voudrait me réconforter, me convaincre que ma femme m'aimera toujours et que tout ira bien, mais ce serait mentir. Comme je ne suis pas idiot, je n'en croirais pas un mot. J'ai toutes les raisons de craindre pour mon mariage.

SOPHIE

C'est un ermitage perché sur un plateau des Cévennes où paissent des troupeaux de moutons à la belle saison. Nous sommes à la fin du mois de mars et les bêtes commencent tout juste à sortir. Les nuits sont encore fraîches. Même en plein été, paraît-il, le thermomètre n'excède pas les cinq degrés le matin. C'est le propriétaire des lieux qui l'a indiqué en nous faisant visiter. À côté du bâtiment principal, un gîte dénombre une vingtaine de chambres, comprenant chacune des lits jumeaux, une grande pièce à vivre chauffée par un poêle et une cheminée, et deux sanitaires communs. De notre groupe habituel, seule Claudine m'accompagne. David, notre professeur, est également présent. Il est à l'initiative de ce stage qu'il coorganise avec quelques connaissances. Des spécialistes, chacun dans leur discipline. Au programme : jeûne, randonnée, yoga et méditation. Et des ateliers facultatifs de sophrologie et d'aromathérapie. Je me suis inscrite à tout ce qui était proposé. Sur place, nous rencontrons une trentaine de participants. Certains sont déjà venus, d'autres non. Une chose me rassure : malgré les différences d'âge et de milieu, tout le monde est bienveillant.

Dès notre arrivée, il nous a été demandé d'éteindre nos téléphones portables, on nous les rendra à la fin du séjour. Sur le moment, j'ai craint de confier le mien, songeant aux enfants et à l'éventualité d'un problème, mais je me suis vite raisonnée. Recluse à des centaines de kilomètres d'eux, que pourrais-je faire en cas d'urgence ? Et puis Alexandre est sur le pied de guerre. C'est un excellent père, je n'ai pas d'inquiétude à me faire.

Ce soir a lieu la première veillée. Nous allons partager un simple bouillon de légumes et faire une première séance de méditation. J'ignore dans quelle aventure je me suis engagée, mais je fonde beaucoup d'espoirs dans ce stage. J'ai l'intuition que j'en sortirai apaisée. Je ne souhaite que cela. Il faut que j'avance. Je ne supporte plus ce vague à l'âme qui me submerge au point de m'empêcher d'agir et de penser.

ALEXANDRE

Sophie est partie pour dix jours de retraite. Je n'aurai aucune nouvelle d'elle. Elle m'a prévenu, les communications avec l'extérieur sont proscrites. Je repense, malgré moi, à ce que m'a dit Marco quand il a demandé s'il ne s'agissait pas d'une secte. Je compte sur le bon sens de mon épouse pour ne pas tomber dans ce type de piège. En attendant, j'assure l'intérim. Sophie n'est pas partie depuis quarante-huit heures que je galope déjà de toutes parts. Je jongle avec mon emploi du temps et celui des enfants. Le travail, les courses, leurs devoirs, la préparation du dîner. J'ai été honnête avec Juliette et Nathan. Qu'ils n'espèrent pas de la haute gastronomie. Ils n'ont pas eu l'air surpris. Peut-être parce que je n'ai jamais brillé dans ce domaine. En revanche, j'ai en réserve quelques numéros utiles, comme celui d'une pizzeria livrant à domicile. Sans compter les placards que j'ai pris soin de remplir de plusieurs variétés de pâtes et de sauces. Pesto, bolognaise, basilic. Si, avec ça, ils ne sont pas contents…

Au moins, cela m'oblige à rentrer tôt à la maison. J'arrive peu de temps après eux, ce qui nous offre l'occasion de parler et pas seulement de nous croiser. Un soir, Nathan me tient compagnie dans la cuisine tandis que je fais cuire des spaghettis. Il me raconte fièrement le tournoi de basket qu'il a remporté avec son équipe. S'ils gagnent le suivant, ils seront qualifiés pour la demi-finale. Il a des étoiles dans les yeux, et moi, je suis content de le voir si heureux. Dimanche, en fin de journée, un match de rugby est retransmis à la télévision. Je lui demande s'il serait partant pour qu'on le regarde ensemble. Il semble ravi. Dans un coin de ma tête, je note d'acheter quelques bières et un paquet de chips. En fin de compte, cette semaine en tête à tête avec mes enfants, même si elle mobilise toute mon énergie, m'apporte un réconfort inopiné. C'est du moins ce que je pensais, jusqu'à cet après-midi.

J'étais en réunion avec des clients lorsque mon téléphone s'est mis à sonner avec insistance, plusieurs fois de suite. Comme il s'agissait d'un numéro inconnu, je n'ai pas répondu immédiatement. J'ai attendu le troisième essai.

— Allô ?

— Bonjour, monsieur, vous êtes Alexandre Fresnais ?

— C'est moi.

— Thierry Favre, officier de police. Votre fille a été interpellée ce matin lors d'une manifestation.

— Pardon ?

Je ne comprends pas ce que raconte mon interlocuteur. *Ma fille… interpellée ?*

— Vous êtes sûr qu'il s'agit bien de ma fille ? dis-je, déconcerté.

— Juliette Fresnais, d'après ses papiers d'identité. Ce qu'elle a d'ailleurs confirmé.

— Mais… elle va bien ?

— Très bien. Il faudrait que vous veniez la chercher au commissariat.

— J'arrive tout de suite.

Je bafouille des excuses inintelligibles avant de raccrocher. Puis, je rassemble mes dossiers et m'échappe sans délai. Une fois dehors, ma confusion se dissipe. Juliette a été arrêtée. Que lui reproche-t-on ? De quoi a-t-elle été victime ? Car elle ne peut être coupable de rien, c'est inenvisageable. Tandis que je m'installe au volant, une petite voix me souffle pourtant que, ce matin, elle aurait dû être en classe. Pas ailleurs.

J'ai la conduite dynamique et jure à tout-va, seul dans ma voiture. *Putain… Il ne manquait plus que ça !* J'imagine Sophie en train de marcher dans sa montagne, sans se douter de rien. Je voudrais qu'elle soit là. Moi qui pensais maîtriser la situation. Je me gare devant le commissariat, qui se trouve à deux rues de notre domicile. Pas difficile à localiser. Si on m'avait dit qu'un jour…

Le poste n'est pas très grand, mais il y a beaucoup de monde à l'intérieur. Je cherche ma fille du regard, ne la vois pas. Je fais la queue au guichet. Quand vient mon tour, je murmure :

— Bonjour, je suis M. Fresnais. Ma fille a été interpellée, Juliette Fresnais…

L'officier consulte son ordinateur, décroche son combiné et prévient de mon arrivée. Il me demande de patienter sur le côté. Je m'exécute, la tête basse.

Naturellement, c'est à cet instant que mon portable se remet à sonner. Le policier me jette un regard courroucé. Je réponds sans même m'aviser de l'identité de mon interlocuteur.

— Alex ?

— Papa ?!

— Je te dérange ?

— Un peu, oui. Ce n'est pas le moment.

— Dis-moi quand je peux te rappeler.

J'hésite.

— C'est urgent ?

— Je voudrais te voir. Cela fait longtemps. Tu viens à Paris prochainement ? Il faudrait que l'on se parle, non ?

Je suis touché par sa requête.

— Oui, papa, d'accord. Mais pas cette semaine. Sophie n'est pas là et je suis seul avec les enfants. Et honnêtement, ce n'est pas simple.

— Très bien, j'ai compris. Rappelle-moi quand ce sera plus calme.

— OK. Je dois vraiment te laisser.

— Oui, oui. Bon courage.

— Merci.

Je raccroche et fixe le couloir que l'on devine derrière la vitre du guichet. Juliette doit se cacher par là. J'espère qu'elle va bien. Avoir quatorze ans et se retrouver au commissariat. C'est ubuesque !

Après quelques minutes interminables, un officier s'avance vers moi.

— Monsieur Fresnais ?

Je hoche la tête.

— Suivez-moi, s'il vous plaît.

Il me conduit dans un bureau où je retrouve enfin Juliette. Je constate, soulagé, qu'elle n'est pas blessée.

— Asseyez-vous.

Je prends place à côté de ma fille, laquelle n'ose pas me regarder. Je m'adresse au policier.

— Que s'est-il passé ?

Ce dernier a l'air ennuyé. J'ai la gueule d'un honnête citoyen. Un honnête citoyen qui se serait fait rouler dessus par un trente-huit tonnes. Pour me répondre, il use d'un ton doux, que je n'aurais jamais soupçonné exister chez ce type de fonctionnaire.

— Il n'y a pas mort d'homme, dit-il pour me rassurer. Votre fille a été interpellée dans le cadre d'une manifestation de désobéissance civile.

— C'est-à-dire ?

— Plusieurs ONG ont bloqué les locaux d'une entreprise spécialisée dans la production d'engrais chimiques. Votre fille faisait partie des manifestants.

Juliette s'obstine à fixer ses pieds. Je l'apostrophe :

— C'est une blague, Juliette ? Ce n'est pas vrai ?

L'officier poursuit :

— Les forces de l'ordre ont dû intervenir pour mettre fin au blocus. Certains manifestants s'étaient enchaînés aux grilles, dont votre fille. D'autres se sont débattus. Nous avons dû faire usage de bombes lacrymogènes.

J'imagine la scène. Je calque sur le discours du policier des images aperçues à la télévision. Celles d'évacuations plus ou moins violentes. Jamais je n'aurais cru que Juliette figurerait un jour au générique.

— Votre fille ayant plus de treize ans, nous serions en droit de la placer en garde à vue.

Juliette frémit.

— Mais en l'absence d'antécédents, et compte tenu du fait qu'il n'y a pas eu de résistance de sa part, nous passons l'éponge. Pour cette fois.

Je pousse un soupir de soulagement.

— Je lui ai expliqué que ce type d'actes avaient des conséquences et qu'à son âge elle était responsable. On est libre d'avoir des opinions, mais pas de contrevenir à la loi.

Je baisse les yeux, tel un bon pénitent. À mes côtés, Juliette ne bronche pas.

— Vous pouvez partir, conclut notre interlocuteur avec indulgence.

Il quitte son siège et ouvre la porte. Je le remercie et me lève à mon tour. Juliette me suit.

— J'espère ne jamais vous revoir, lui glisse le policier au moment où elle passe devant lui.

Elle ne réplique pas tandis que, regardant devant moi, je m'éloigne en serrant la mâchoire et les poings.

Dieu merci, je n'ai pas eu à conduire longtemps. Cela valait mieux. À trop étrangler le volant, je risquais de finir dans le décor. Dans un silence à couper au couteau, Juliette et moi pénétrons dans la maison. Nathan n'est pas rentré. Ma fille a beau garder les épaules hautes, la peur imprime son regard. Elle se demande à quelle sauce elle va être mangée. Son air gauche plaide pour elle. Subitement, elle m'apparaît comme l'enfant qu'elle est encore, malgré ses quatorze ans. On ne peut hurler sur une enfant. Du moins, on essaie d'éviter. Je songe à ce que ferait Sophie à ma place. Jouerait-elle la carte de l'indifférence, de la colère, ou bien du châtiment ? Je n'ai jamais été doué pour la psychologie, mais je subodore, connaissant ma fille, qu'il vaut mieux tenter de la raisonner plutôt que de la réprimander sévèrement. Ne pas clore le dialogue. Sinon, c'est la porte ouverte à tous les excès. Juliette est en pleine rébellion, mais elle n'est pas idiote. Même si je dois reconnaître que son geste m'échappe totalement. Que l'on ait des velléités de changer le monde à son âge, je le conçois. Que l'on y parvienne me paraît beaucoup plus hasardeux. Juliette vit dans un rêve. Celui d'un pouvoir qu'elle n'a pas. Sans prendre en considération la réalité de la situation et de son avenir. Comment le lui faire comprendre ?

— Assieds-toi.

Ma fille gagne le canapé et fixe la table basse où s'entassent les nouvelles lectures de sa mère. Partisan de la médiation, je décide de donner la parole à la défense.

— Je ne comprends pas, Juliette. Que faisais-tu là-bas ?

Mutisme total. J'adoucis le ton.

— Écoute, je n'étais pas sur place, je ne connais pas l'entreprise en question, mais ç'aurait pu être très dangereux. Imagine que les flics ne se soient pas contentés de lancer des lacrymogènes. Imagine que ça ait dégénéré en émeute ?

Elle lève les yeux au ciel.

— Tu aurais pu recevoir des coups. Être blessée. On ne résout rien par la violence.

Ses pupilles sont deux fentes noires.

— Ils ne comprennent que ça, réplique-t-elle.

— Qui ?

— Les dirigeants. Les pollueurs, les lobbyistes…

J'ignorais que ma fille connût ce type de vocabulaire. J'ai l'impression de m'entretenir avec une militante de Greenpeace. Au ton qu'elle emploie, à son attitude véhémente, je pressens qu'elle maîtrise son sujet. Mieux que moi, en tout cas.

— Ils nous empoisonnent depuis des années avec leurs pesticides et leurs hydrocarbures, poursuit-elle.

Et le gouvernement les laisse faire en toute impunité, au nom de la rentabilité et du capitalisme. Malgré l'explosion de cancers, malgré l'impact de ces produits sur notre santé.

— Comment sais-tu tout ça ?

— Je me suis renseignée. C'est mon avenir, je te signale. Ça fait des années que les scientifiques le disent. Si on ne fait rien, bientôt il n'y aura plus d'abeilles, la plupart des animaux auront disparu. Les poissons que nous mangeons sont gavés de métaux lourds. Même les rivières sont polluées. Et tout le monde s'en fout !

— Je ne m'en fous pas.

— Tu parles ! Rien que le zéro déchet, tu refuses de t'y mettre. Tu ne veux même pas faire cet effort.

Je rêve ou c'est moi qui suis tout d'un coup mis en accusation ?

— Ta génération et celle du dessus, les députés qui votent les lois à l'Assemblée, vous vous en foutez. Vous êtes à peu près certains de finir votre vie tranquillement. Après avoir bien profité, bien exploité les ressources de la planète. Le futur n'est pas votre problème.

— C'est faux.

Ma fille hausse les épaules.

— Vous dites que vous ne voulez pas laisser ce monde-là à vos enfants et, en même temps, vous ne faites rien pour que ça s'arrange. Vous continuez de vivre avec vos vieilles habitudes. Tout en comptant sur les jeunes pour tout réparer. Comme si on avait une baguette magique. C'est totalement hypocrite.

Un peu estomaqué, je regarde ma fille me tendre un miroir où pâlit mon reflet. J'étais parti dans l'idée de la sermonner, de faire valoir mon autorité de père, et je me retrouve en train de chanceler, en équilibre sur mes principes. Comment la contredire ? Elle a raison, le zéro déchet m'ennuie. Par flemme, reconnaissons-le. Je ne pense pas systématiquement à recycler les objets que j'utilise. Je suis le premier à acheter des bouteilles en plastique lorsque je suis en déplacement. Sans compter les aliments dont les emballages, inutiles et trop nombreux, s'entassent dans la poubelle. Je mange des tomates en plein hiver et, si Sophie n'était pas là pour faire la sentinelle, je remplirais le frigidaire de produits dilués à l'huile de palme. Même si je sais pertinemment que l'on détruit des forêts entières pour la fabriquer et que l'île de Bornéo n'est plus qu'un vaste cimetière de la biodiversité. Je ne vote même pas pour les Verts. Or, pour une fois, je ne peux me dédouaner en songeant que ce n'est rien, que mes négligences du quotidien ne changeront rien au résultat final. Craignant de perdre la face, je me réfugie derrière un prétexte que je sais fallacieux.

— En attendant, ton avenir, c'est surtout le lycée. Depuis quand sèches-tu les cours ?

Juliette se pare d'un silence insolent.

— Tu as entendu ma question ? Depuis quand ça dure, cette histoire ?

J'ai haussé le ton malgré moi. Mon attitude est pitoyable. Elle concernerait quelqu'un d'autre, je la condamnerais. Mais ne sachant comment m'en sortir, je m'y enfonce, tête baissée.

— C'est la première fois, si tu veux savoir, rétorque-t-elle.

— Et la dernière.

Elle ne répond pas. Son expression change. Je sens que je la déçois. J'en conçois un sentiment de détresse inédit. Je viens m'asseoir à côté d'elle.

— Écoute, Ju, je ne remets pas en question la cause que tu défends. Je la trouve même très noble. Contrairement à ce que tu peux penser, je ne m'en fiche pas du tout. Mais il faut aussi songer au reste. Tu as le brevet à la fin de l'année.

— Ça ne sert à rien, le brevet, répond-elle sans colère.

— Peut-être, mais il faut quand même que tu le passes. Parce que ça te met en condition pour le bac, parce que certaines personnes y accordent de l'importance, et que tu dois garder toutes les chances de ton côté pour faire ce que tu veux de ta vie. Tu comprends ?

Elle semble peu convaincue. Je réfléchis avant d'ajouter :

— Je te propose un marché. Tu t'investis au collège, tu ne sèches plus aucun cours, tu termines ton année en obtenant le brevet, et en ce qui me concerne, je te promets de faire des efforts et de me mettre au zéro déchet.

Son visage s'illumine. Soudain, j'ai l'impression de retrouver la petite fille qu'elle était il y a encore quelques années, lorsque, à ses yeux, j'incarnais un héros sans défaut.

— C'est un contrat de confiance, dis-je, ému.

— Comme Darty ?

— Ouais. Comme Darty.

J'offre la paume de ma main afin que Juliette tape dedans. Finalement, je ne m'en tire pas si mal.

Sept jours que Sophie est partie. C'est la première fois depuis notre mariage que nous passons autant de temps sans avoir de contact l'un avec l'autre. J'en retire un sentiment mitigé. La fierté de me débrouiller seul et de déjouer ainsi tous les pronostics. Ceux de mon épouse, des enfants, mais aussi les miens. À quel moment me suis-je figuré que le fonctionnement de la maison reposait intégralement sur Sophie ? Je me suis fourvoyé. Car, bien forcé d'improviser, je fais face. De manière un peu chaotique, certes, mais j'y arrive. J'ai même réussi l'exploit de cuisiner autre chose que des pâtes. Une poêlée de légumes au poulet dont j'ai trouvé la recette sur un site Internet, lequel m'a ouvert de nouvelles perspectives. Lorsque j'ai déposé les assiettes sur la table, Juliette et Nathan se sont moqués de moi. Je devais avoir la même tête que le gagnant de « Top Chef ». Il n'empêche. Je l'ai fait. Sans l'aide de personne, hormis celle de mamienova83 et de ses copines. Et de cette expérience a découlé un drôle de sentiment. Hier soir, alors que j'étais dans mon lit, je me suis surpris à scruter la place vide à côté de moi. Cette place qui recueille normalement le parfum de ma femme et le diffuse encore longtemps après qu'elle est partie. Les draps, changés en début de semaine, n'exhalent rien d'autre que des effluves de lessive. Seul un creux dans le matelas marque le poids qu'il porte habituellement.

Des pensées inédites me sont venues à l'esprit. Si par malheur Sophie ne revenait pas, ce serait terrible, mais je pourrais m'en sortir. Le plus surprenant étant que, au lieu de m'inquiéter, cela m'a réconforté. Jusque-là, je pensais que c'était elle le pater familias, et dans un sens c'est un peu vrai. C'est elle, le pilier. Néanmoins, je prends conscience que, s'il venait à s'écrouler, la maison tiendrait toujours debout. Bancale comme un animal à trois pattes, mais sur pied. Depuis hier soir, cette image me rassure autant qu'elle m'obsède. Au point que désormais à mon poste, le nez sur mon ordinateur, je n'arrive pas à terminer le projet que je suis censé présenter dans deux heures. Je ne pense qu'à cela. Sophie n'a aucune raison de ne pas revenir. Nous sommes mariés. Elle n'abandonnerait pas son époux ni ses enfants. Mais si c'était moi qui me lassais, qui avais subitement des envies d'ailleurs ? Jusque-là, je nous croyais insubmersibles. Je suis un grand naïf. Que possédons-nous de plus fort que les autres ? Il faut que j'arrête avec toutes ces questions. À force, je vais devenir taré. Heureusement, Damien vient toquer à ma porte pour s'enquérir de l'avancée du dossier. Il souhaite que nous le finalisions ensemble. Merci, mon pote. Sans le savoir, tu me sauves de moi-même.

Trois heures plus tard, nous quittons les locaux de l'entreprise où nous avons fait notre présentation.

Un film sur les objectifs environnementaux que doit atteindre cette firme pharmaceutique sur les cinq prochaines années. Le budget a été validé, ainsi que le déroulé. Pour fêter ça, je propose à Damien et à Cassandre de les inviter dans une brasserie située à proximité. Cassandre a l'air partante, mais Damien se défausse. Il doit emmener son fils chez le médecin. Tant pis. Même si je ne suis coupable de rien, au moment d'entrer dans le restaurant, je suis mal à l'aise. Comme si je trahissais Sophie. Et c'est finalement cette pensée qui m'absout : ma femme séjourne dans un gîte en compagnie d'inconnus avec qui elle partage non seulement ses déjeuners, mais aussi l'intégralité de ses journées et de ses nuits. Je n'ai aucune raison de culpabiliser.

— Prends ce que tu veux, dis-je à Cassandre, c'est l'agence qui invite.

— Vraiment ?

— Encore heureux ! Non seulement, ça me fait plaisir, mais, en plus, c'est largement mérité.

J'aime la voir sourire. Somme toute, au nombre d'heures qu'elle consacre à son métier, cette fille devrait recevoir plus belle récompense qu'un simple déjeuner. Elle fait partie de nos meilleurs éléments. Pas forcément d'un point de vue créatif, mais c'est une excellente exécutante. Sa conscience professionnelle l'honore. J'espère qu'elle restera longtemps avec nous. À condition qu'on lui en donne l'envie. J'en parlerai prochainement à Damien.

— Je sais que je te l'ai déjà dit, mais tu n'es vraiment pas obligée de travailler aussi tard le soir.

Elle hausse les épaules.

— Je ne me force pas. Il n'y a que ça qui m'intéresse en ce moment, le boulot.

Je fronce les sourcils. Cassandre a quelque chose de singulier. Comme une inéquation entre ce qu'elle pourrait être et la manière dont elle semble organiser ses priorités.

— Tu t'entends bien avec les autres ?

Elle me renvoie un regard surpris.

— Oui. En règle générale, tout le monde est gentil.

— Sûre ?

— Quelques-uns sont un peu lourds, mais ça va.

Je hoche la tête.

— Si tu rencontres des problèmes avec l'un d'eux, n'hésite pas à venir m'en parler. Je prendrai les mesures nécessaires.

— Merci.

— C'est normal.

Au moment où je prononce ces mots, ma voix intérieure se réveille. *Est-ce vraiment normal ? Ferais-je pour n'importe quel employé ce que je me déclare prêt à faire pour elle ?* Je songe à Christine, la seule autre femme de l'agence, chargée de la comptabilité. Je devrais me sentir tout autant concerné par son bien-être. Pourtant, je ne m'y intéresse jamais. Je m'en fous complètement. Cette évidence m'accable. Troublé, je reprends le début de la conversation.

— Ce que je voulais dire, c'est que je trouve très bien d'être passionné par son métier. Après tout, on y passe la majorité de nos journées. Mais ce n'est pas tout. Il ne faudrait pas en oublier le reste.

Cassandre repose son verre.

— C'est-à-dire ?

— Eh bien, je ne sais pas. Tu as sans doute quelqu'un dans ta vie. Il ne faudrait pas le délaisser. C'est primordial, de préserver ses proches.

Les paroles m'échappent sans que je puisse les retenir. Le propos est totalement déplacé et, pourtant, je ne peux m'en empêcher. Quelque chose s'est instauré entre Cassandre et moi qui dépasse la relation professionnelle. Je m'aventure sur un terrain glissant. Je redoute sa réaction. Jamais auparavant je ne l'avais interrogée sur sa vie personnelle. Heureusement, elle ne semble pas choquée par ma remarque.

— Tu as raison, dit-elle le plus simplement du monde. Sauf que cela fait des années que je suis célibataire.

J'en lâche mes couverts. Elle poursuit d'un ton hésitant :

— J'ai été une seule fois en couple, avoue-t-elle, les yeux baissés, comme s'il s'agissait d'une faute. C'était il y a longtemps et, depuis, il ne s'est rien passé.

— Pourquoi ?

— C'est… compliqué d'être avec moi.

À cet instant, la jeune femme, qui se montre d'ordinaire si sûre d'elle, si déterminée, m'apparaît comme une figurine fragile, sur le point de se briser. Je repense au secret qu'elle m'a confié il y a quelques semaines. Serait-ce la raison de son célibat ? La curiosité me démange, mais son désarroi est tel que je me sens penaud. Je bafouille :

— Excuse-moi. Je ne sais pas pourquoi je t'ai parlé de ça. Ce ne sont pas mes affaires.

Tandis que j'essaie tant bien que mal de remonter la pente, me cramponnant à ce qu'il me reste de dignité, Cassandre ne laisse pas une larme s'échapper. Pourtant, ses yeux en sont noyés.

SOPHIE

Huitième jour de jeûne. Je m'étonne de ce que mon corps est capable d'endurer. Jusqu'à quatre heures de marche quotidienne, de longs exercices de méditation, que je détourne parfois en prière à un Dieu sans visage ni religion, mais qui m'écoute et m'aide à sa façon. Je me suis inscrite à ce stage sans savoir quoi faire de moi. Désormais, j'ai une intuition. Depuis que j'ai mis le pied dans cet atelier de sophrologie où Annick m'initie chaque après-midi à différentes techniques de relaxation, une fenêtre s'ouvre sur l'avenir. Que n'ai-je découvert cette discipline plus tôt ? Cela m'aurait évité quantité d'insomnies, de lumbagos, d'eczéma sur les mains. Annick pratique un art qui n'a rien de commun avec le yoga, bien que des parallèles puissent être établis. Une semaine a suffi pour que j'aie l'impression de pouvoir dompter mes angoisses. Rapport qualité-prix plus efficace que le psy. Je sens naître en moi le désir d'en apprendre davantage et, pourquoi pas, de le transmettre ensuite. Si je pouvais aider mes semblables, comme Annick me secourt tous les jours, j'aurais trouvé une nouvelle raison de vivre. Une activité dont je ne rougirais pas, qui me rendrait fière de moi, qui aurait une utilité. Mais la peur m'entrave. Serais-je capable de me réinventer ?

L'avant-dernier jour, j'interroge Annick sur sa formation, le chemin qu'elle a parcouru. Elle me rassure tout de suite. Elle n'a pas toujours été sophrologue. Avant, elle était responsable de ressources humaines. Mais un jour, comme moi, elle en a eu assez. Lasse de recueillir les doléances des uns et des autres et de subir la pression de sa hiérarchie, de considérer ses collègues comme des pions. Elle a fait un burn-out. Un an de congé maladie et de remise en question. Tout a changé avec la sophrologie. Bien sûr, elle a travaillé dur pour se reconvertir. Mais quelle récompense ! Une dizaine d'années après, elle n'éprouve aucun regret. La tristesse et le remords lui sont étrangers. Pour reprendre son expression : elle est à sa place. Au point de ne plus se souvenir d'avoir connu autre chose. Comme si ses précédentes expériences concernaient quelqu'un d'autre. Son mariage n'y a pas résisté, pas plus que certaines de ses plus anciennes amitiés. Ceux qui ont compris sont restés. Bien qu'Annick ne semble pas considérer ces pertes comme des sacrifices, ces révélations me glacent. Que penserait Alexandre d'un tel revirement ? Et Juliette ? Nathan ? Quant à mon père, il me dévisagerait d'un air affligé, comme si je m'accordais un caprice d'enfant gâté. Il appartient à une autre génération. À son époque, on ne changeait pas de métier. Je regarde Annick avec admiration. Quel âge peut-elle avoir ? Cinquante ? Cinquante-cinq ? Quelque part dans ces eaux-là. Ce qui veut dire qu'elle aurait bifurqué vers la quarantaine. Je me sens de connivence avec cette femme. Elle m'inspire. Je souhaiterais suivre sa trace. Pouvoir, moi aussi, témoigner un jour de cette confiance inébranlable.

Le dernier soir, l'ambiance est un peu différente. On nous sert toujours le même bouillon, un breuvage concocté à base de plantes, mais il règne dans la salle commune une ferveur particulière. Demain, on se séparera, chacun retournera à son quotidien, peut-être ne se reverra-t-on jamais. J'ai vécu la plus belle parenthèse de ma vie. Autour de la table, on plaisante, on se remémore les bonnes expériences et les plus drôles. Lors d'une randonnée, Christelle a été prise en chasse par un bélier. En pleine nuit, Jean-Marc a confondu la porte des toilettes avec celle de la buanderie et a réveillé tout l'étage en chutant dans les cintres. Je ris. Le repas terminé, quelques-uns vont se coucher, mais la plupart se retrouvent près du feu. Ils parlent de la vie qu'ils ont laissée derrière eux. Jusque-là, nous ne l'avions que très peu évoquée. Vers minuit, nous ne sommes plus que quatre. Michèle et Philippe vont chercher une bouteille de pineau des Charentes, région dont ils sont originaires, et qu'ils pensaient ouvrir le premier soir, pour finalement la garder cachée à cause des consignes de jeûne. David se montre tolérant. C'est un séminaire de bien-être, pas un couvent ! Nous trinquons. Michèle et Philippe parlent de leurs petits-enfants, de leur jardin, des voyages qu'ils font régulièrement à pied. Le dernier en date : Saint-Jacques-de-Compostelle. Un classique qui ne se démode pas. Je les envie. Je rêverais de partir avec mon bâton de pèlerin. David m'encourage à le faire. Mais, contrairement à lui, j'ai une vie de famille, des responsabilités.

Vers 1 heure du matin, le couple de retraités se retire. Je refuse de retrouver ma chambre. L'aube m'apparaît comme une ligne d'arrivée que je crains de franchir. David ne semble pas plus pressé. Il reste un fond d'alcool dans la bouteille et bon nombre de bûches près de la cheminée. Nous rechargeons l'âtre. Je me laisse bercer par la danse des flammes, la douceur liquoreuse, la voix de mon professeur de yoga. Dans une vie antérieure, il était trader. Je n'en reviens pas. Combien de personnes, comme lui, comme Annick, ont pris le risque de tout recommencer ? Il me corrige. Quand tout va mal, ce n'est pas un risque que l'on prend, c'est une porte de secours. Dans son cas, un tremplin. Il me raconte comment, enfermé dans un gratte-ciel à Londres, alors qu'il avait trente ans, il a songé, un jour où le cours du Footsie s'était effondré, à se suicider. Comment, à cet instant, l'absurdité de son existence lui a sauté au visage. Le lendemain, il démissionnait et s'embarquait bonus en poche pour un tour du monde en solitaire. Pendant un an, il a vécu mille vies. Il est passé de barman au Vietnam à brancardier au Timor, cueilleur dans les exploitations de coton, cuisinier dans un restaurant français aux confins du Tibet, jusqu'à cette dernière étape, en Inde, qui lui a montré la voie. Dorénavant, ce serait le yoga. Je comprends. Mon Inde à moi, c'est ce séminaire. Les causses des Cévennes. Les ateliers de sophrologie. Depuis que je suis ici, je revis. David assure que je peux tout faire. Tout. Rien n'est impossible à qui manifeste une volonté sincère. C'est la première fois que j'entends de telles paroles. Qu'on ne me parle pas de danger, de chômage, de peur ou de manque. Seulement d'espoir et d'ouverture. Je le remercie. Je suis si heureuse d'avoir fait sa connaissance, de croiser le chemin de personnes que je ne côtoie habituellement pas. David me caresse les cheveux. Lui aussi est content de m'avoir rencontrée. Il aime ma fragilité. Troublée, je l'écoute. Quand il se penche pour m'embrasser, je me laisse faire.

Plus tard, au moment de pousser la porte de ma chambre, je me rends compte que la lumière est allumée. Je découvre Claudine en train de lire. Je consulte ma montre.

— Tu sais l'heure qu'il est ?

— Et toi ? me répond-elle en posant son livre.

À mon expression, elle comprend que quelque chose d'inhabituel s'est produit, mais se garde de m'interroger davantage. Je lui en sais gré.

— J'ai fait un effort parce que nous partageons la chambre, explique Claudine, mais, sinon, j'ai plutôt tendance à être un oiseau de nuit. J'occupe mes insomnies en lisant et en grignotant. J'ai toujours fait ça.

— Question grignotage, tu dois être frustrée, dis-je en me déshabillant.

— Hé hé… Ne crois pas ça.

Soulevant le drap, elle dévoile un énorme pot de Nutella. Une cuillère baigne dans la pâte à tartiner, prête à être avalée.

— Bravo pour le jeûne !

— Eh, c'est un jeûne, pas carême ! Quand j'étais gamine, je pouvais lire des nuits entières à condition d'avoir un paquet de gâteaux sous la main. Ça rendait ma mère folle. Nous habitions une vieille maison et j'avais élu domicile dans le grenier. J'adorais cet endroit. C'était mon antre. Ma mère en a vite eu assez de monter tous les soirs pour contrôler si je dormais.

— Du coup, elle t'a laissée faire.

— Tu penses, ce n'était pas le genre ! Non, elle a fini par trouver une astuce. Il lui suffisait de consulter le compteur d'électricité pour s'apercevoir que le plafonnier de ma chambre était toujours allumé. Lorsqu'il commençait à se faire tard, au lieu de s'embêter à gravir les escaliers, elle faisait disjoncter les plombs. Quand j'y songe, on a mené une joyeuse guerre toutes les deux. Enfin, jusqu'à ce que je déniche une lampe de poche…

Claudine voyage dans ses souvenirs avec espièglerie. Je jurerais qu'elle présentait une expression similaire quand elle avait dix ans. Le costume est un peu démodé, mais, en dessous, c'est le même tempérament.

Je me remémore l'enfant que j'étais. Les rêves que je nourrissais. Pour sûr, j'en avais des milliers, que la situation familiale a vite étouffés. J'aurais pu cependant les réaliser plus tard, lorsque je me suis émancipée. À quel moment me suis-je égarée ?

Tout en me glissant sous les couvertures, j'interroge ma voisine de chambre :

— As-tu déjà eu l'impression de t'être trompée de vie ?

— Attends que je réfléchisse… Non. Je ne crois pas. J'ai toujours adoré l'enseignement. Je n'ai jamais voulu me marier, mais ça ne m'a pas empêchée de vivre de belles aventures. Pourquoi, toi, oui ?

— Avant de venir ici, j'étais perdue. Mon licenciement m'a complètement chamboulée.

— C'est normal.

— Hum, j'imagine. Mais ce n'est pas comme si j'aimais vraiment mon métier. J'ai fait ça par défaut. Ce n'était pas ma voie. Et depuis qu'Annick m'a fait découvrir la sophrologie, je me dis que j'adorerais faire ça.

— Eh bien, vas-y.

Claudine fait preuve d'une simplicité désarmante.

— À mon âge ?

— Écoute, cocotte, arrête de dire « à mon âge » comme si tu étais sur le point de rentrer à l'Ehpad ! Tu as quarante-cinq ans ! Tu as largement le temps ! On a tous plusieurs vies, et heureusement. En ce qui me concerne, je suis un mauvais exemple, j'ai toujours aimé être prof. Je n'ai jamais voulu faire autre chose. Mais regarde ma fille. Elle travaillait dans le marketing. Eh bien, du jour au lendemain, elle a décrété que son truc, c'était la couture. Elle s'est mise à fabriquer tout un tas de bavoirs, de housses de coussin et de torchons qu'elle vend désormais sur Internet. Et le plus surprenant, c'est que ça marche ! Donc, si tu as envie de tester autre chose, fais-le. N'aie pas peur ! Surtout si tu as un mari qui est prêt à faire vivre votre foyer pendant ta reconversion.

J'écoute, songeuse, en fixant le plafond. Un mari, j'en ai un. Mais pour combien de temps ?

Le car qui me ramène des Cévennes marque son terminus à Paris. J'ai prévu d'aller passer la nuit chez mon cousin Marco, qui habite la grande banlieue, avant de rejoindre mon domicile le lendemain. Une pause qui ressemblerait à une période d'adaptation. J'ai besoin de parler. Je ne peux garder pour moi ce qui s'est produit avec David. Marco m'écoutera et, chose précieuse, sans prendre aucun parti. Il a lui-même suffisamment dérivé pour s'interdire de juger qui que ce soit. Lorsque j'aperçois sa vieille R5 qui stationne à la sortie de la gare du RER, mon cœur bondit de joie. Comme une adolescente revenant de vacances, je jette mon sac à l'arrière et l'embrasse avec enthousiasme.

— Eh bah ! Ça te réussit, le monastère ! s'exclame Marco avec un large sourire.

— C'était un séminaire dédié au bien-être.

— Peu importe. Le principal, c'est que ça marche !

Je devine qu'il redoutait ma venue. Il craignait certainement de me voir déprimée, de ne pas savoir comment se comporter. Mon attitude le rassure. Je suis peut-être perdue, mais plus du tout neurasthénique. J'ai les joues roses. Soulagé, il actionne le clignotant et s'engage sur la voie. Bientôt, nous quittons la ville pour la campagne. Vingt minutes plus tard, nous nous arrêtons contre le mur d'un pigeonnier dont les pierres sont couvertes de lierre. Marco a acheté cette ancienne métairie en ruine et l'a patiemment retapée au fil des années. Dans la grange, dont le toit est écroulé, demeurent encore des mangeoires garnies de foin séché et dans la cour, sous le porche, un abreuvoir alimenté par une source d'eau potable. Un paradis pour qui aime le calme.

L'entrée donne directement dans la cuisine, où une odeur délicieuse nous accueille. Pénélope, la compagne de Marco, se jette dans mes bras. Cela fait trop longtemps que nous nous sommes vues.

— Maya ! Sophie est là. Tu viens ?

Leur fille de dix ans nous rejoint. Elle a hérité du teint et des cheveux châtains de son père et du caractère pétillant de sa mère. Un bon mélange.

— Tu mets la table, s'il te plaît ?

Marco couve sa progéniture du regard. Pénélope et lui ont eu du mal à avoir Maya, ils ont vécu des moments difficiles. De nombreux espoirs avortés. Je sais qu'elle demeurera leur unique enfant et qu'il s'agit pour mon cousin d'un grand regret. Quand je songe au jeune homme qu'il était… Celui qui avait une peur panique de l'engagement, de la moindre démonstration d'amour… Marco refusera éternellement de se marier, mais, ce détail mis à part, ce n'est plus le même individu. La vie de famille l'a transfiguré.

Maya met la table tandis que son père sert l'apéritif et que je raconte mon périple dans les Causses. Pénélope est très intéressée, elle pratique régulièrement la méditation quand Marco ne débarque pas inopinément dans leur chambre. Tous deux sont indépendants et travaillent à domicile. Marco s'est aménagé un bureau dans le pigeonnier, depuis lequel il réalise ses maquettes de graphisme, qu'il expédie ensuite par mail à ses clients. Pénélope a installé son atelier dans la laverie. Elle y confectionne des costumes pour des compagnies théâtrales et ne doit se rendre à Paris que pour y effectuer les essayages. Ses créations sont exposées sur des mannequins en tissu aux quatre coins de la maison, conférant à cette dernière un caractère merveilleux. Les étoffes moirées côtoient les pierres grises, les tomettes en terre cuite et les énormes poutres du plafond noircies par la suie.

On se sent bien dans cet endroit. Les fauteuils autour de la cheminée ont le cuir tanné, le repas est excellent – Pénélope a cuisiné un tajine dont nous nous régalons –, et les hôtes généreux. Après dix jours de jeûne, je redécouvre le plaisir de manger. Marco a choisi un vin tannique, qui réchauffe la gorge. La tête me tourne. Les tracas qui m'accompagnaient encore il n'y a pas si longtemps se sont détachés de moi, comme si je les avais abandonnés sur la route des Cévennes. À la fin du dîner, Pénélope va coucher Maya et s'excuse de devoir nous quitter. Elle doit finir une robe pour une opérette dont la générale est prévue dans deux semaines. Tandis qu'elle part s'enfermer dans son atelier, je m'installe avec Marco devant la cheminée. C'est le moment ou jamais de parler. Après, je n'aurai peut-être plus le courage. Repu, les jambes étendues, mon cousin se repose.

— Marco ?

— Hum ?

— Il faut que je te dise quelque chose.

— Si c'est à propos de ton licenciement, je suis au courant. Alexandre m'en a touché deux mots.

— J'imagine, mais il ne s'agit pas de ça. Je crois que j'ai fait une connerie.

Il enfonce les ongles dans le cuir de son siège. N'osant plus le regarder, je raconte ce qui s'est passé avec David, mais aussi les questions qui me tourmentent depuis quelque temps. Au sujet de mon couple, de ma vie, de l'avenir. Marco écoute sans m'interrompre. Lorsque j'ai terminé, il met quelques secondes à réagir.

— Tu comptes le lui dire ? demande-t-il, troublé.

— Je ne lui ai jamais rien caché.

— Eh bien, tu devrais.

J'ai l'air perplexe.

— À quoi ça servirait d'aller lui raconter ? reprend-il avec véhémence.

— À ne pas trahir sa confiance.

— Trop tard.

— Alors, quoi ? dis-je en baissant les yeux.

— Alors, tu prends sur toi. Personne n'a besoin de savoir. Même moi, j'aurais préféré ne pas être au courant.

— Je pensais…

— Tu as bien fait. Mais quand même. Tu me mets dans une mauvaise posture. Je ne dirai rien. À condition que toi non plus.

Perdue, je secoue la tête. Le couple que je forme avec Alexandre repose sur la loyauté. Nous ne nous sommes jamais menti.

— Écoute, poursuit Marco d'un air contrarié, je ne vois que deux issues à ce problème. Soit tu te sépares d'Alexandre, soit vous restez ensemble. Dans la première option, avouer ne va servir qu'à remuer le couteau dans la plaie. Le quitter est largement suffisant. En revanche, si tu décides de continuer, à quoi bon le faire souffrir ? Tu dois assumer. Jusqu'au bout. Porter seule le poids de ta culpabilité.

— C'est vraiment ce que tu penses ? Que fais-tu de la confiance ?

— Elle a bon dos, la confiance ! Quand on balance ce genre de choses à l'autre, c'est uniquement pour soulager sa propre conscience. C'est le comble de l'égoïsme ! Si tu lui dis, non seulement il va en chier, mais en plus, il ne pourra plus jamais s'empêcher de douter.

Je ne sais plus quoi dire. La vision de Marco bouscule mes principes.

— Tu l'aimes ? reprend-il en agrippant mon bras.

— Bien sûr.

— Alors, tu l'épargnes.

Il vide son verre de vin.

— Tu fermes ta gueule, ajoute-t-il, les sourcils froncés. Tu rentres chez toi et tu réfléchis.

Sur ces mots, il part se coucher. En me laissant seule face aux braises.

MARCO

Après avoir raccompagné sa cousine à la gare du RER, Marco ne pensait pas avoir des nouvelles de la famille Fresnais de sitôt. Avant que Sophie ne disparaisse derrière le portique accédant au quai, il l'a serrée dans ses bras sans un mot. Il ne juge pas. Il s'est toujours défendu de le faire. Son dilemme n'est pas là. Simplement, la vie le rattrape. Pour une fois, il ne s'agit pas de vagues connaissances ou d'un couple de téléréalité dont il guetterait les déchirements en mangeant du pop-corn, le corps avachi sur le canapé. Aujourd'hui, c'est son sang qui est touché. Des deux côtés. Alexandre est un frère. Sophie, sa cousine. Il les aime profondément.

Depuis longtemps maintenant, il va mieux. Infiniment mieux. Après des années d'errance, il a trouvé l'équilibre. Sa métamorphose, il la doit à Pénélope, dont il est fou amoureux, à leur fille qui les comble de bonheur, au fait d'avoir quitté Paris pour couler des jours paisibles dans une chaumière, et à l'éloignement d'avec sa famille d'origine. En dernier lieu, à celle qu'il s'est constituée lui-même, composée d'êtres qu'il a choisis. Peu d'élus en vérité, ni oncles ni tantes à rallonge. Ses piliers se comptent sur les doigts de la main. Mais ces personnes lui sont aussi indispensables que l'air qu'il respire. Alexandre et Sophie en font partie. Il leur doit une fraction de l'adulte qu'il est devenu. Un homme heureux. Alors, si leur équilibre s'effondre, résistera-t-il ?

Dans la nuit, il s'en est ouvert à Pénélope. Elle l'a écouté, bercé contre elle, comme elle ne le fait plus que très rarement, quand l'angoisse l'envahit. Progressivement, il s'est calmé. Pénélope est une magicienne. Mais bien sûr, au petit matin, l'inquiétude est revenue. Moins forte, moins pénible, comme une menace qui plane sur l'humeur, en toile de fond. Toute la journée, ça l'a poursuivi. Jusqu'au jour suivant, jusqu'à aujourd'hui. Encore ce matin. Il a beau écouter de la musique, se concentrer sur un dessin, rien n'y fait. Il ne peut que s'occuper les mains. L'esprit vagabonde à sa guise. Pénélope et Maya dorment. C'est l'aurore. Il est seul à la table du salon, du fusain plein les paumes, à raturer, à ressasser. Quand, soudain, on toque à la porte. Il tend l'oreille. Les coups redoublent. Qui cela peut-il être, à une heure pareille ?

Alexandre se tient sur le seuil, dans la lumière naissante. Sa veste et sa chemise sont froissées, ses cheveux décoiffés. Il halète comme un chien qui aurait parcouru des kilomètres sans s'arrêter.

— Mais… tu as roulé toute la nuit ?!

— J'ai dormi deux heures sur une aire d'autoroute, répond son meilleur ami d'une voix atone.

— Qu'est-ce que tu fais là ?

— À ton avis ?

Passant devant lui, Alexandre pénètre dans la cuisine et se laisse tomber sur la première chaise venue.

— Café ?

Marco dépose bientôt sur la table deux tasses fumantes. Les deux hommes s'observent un moment sans parler. C'est à qui plongera le premier. Marco se dévoue. Il murmure :

— Elle t'a tout avoué, cette idiote…

— Évidemment. Malgré tes conseils avisés.

— J'ai dit ce que je pensais être juste.

— C'est-à-dire se foutre de ma gueule jusqu'au bout !

Marco ne répond pas. Alexandre a l'air d'un junkie sur la descente. Son teint est livide, ses cernes creusés, son sourire semblable à celui d'un masque vénitien. Sa paupière tremble. Marco songe qu'il s'est mis dans de sales draps. Ou, plutôt, qu'on l'y a roulé. Car après tout, il n'a rien demandé. Il se retrouve au milieu d'une situation de crise qui ne lui appartient pas. Il réfléchit à la manière de désamorcer la bombe. Si Alexandre a conduit jusqu'à lui, c'est pour quérir son aide. Depuis plus de quarante ans, infailliblement, lorsque l'un d'eux perd le nord, se trouve sur le point de sombrer, il revient au vaisseau-frère. Alexandre pianote nerveusement sur le rebord de la table.

— Écoute, Alex, ce n'est pas si grave. Elle n'a pas couché avec lui.

Les doigts de son meilleur ami s'arrêtent.

— Je m'en fous, grince-t-il, excédé. Ça ne fait aucune différence. C'est l'intention qui compte.

— Tu y vas fort, quand même.

À ces mots, Alexandre sort de ses gonds.

— C'est pas vrai ! Tu prends sa défense ?

— Je ne prends la défense de personne. Je m'en tiens aux faits. Et j'insiste, elle n'a pas couché avec ce type.

— Alors, il n'y a que moi qui crois encore au mariage ? À l'engagement ?

Marco fait la moue.

— Avec autant d'intransigeance, oui. Ne me dis pas que tu es naïf à ce point-là ? Ou bien c'est de la mauvaise foi.

Alexandre se sent défié. Marco soupire.

— Le mariage est un pari, pas une garantie. Bien sûr, on voudrait tous croire à la fidélité, à l'amour éternel… C'est beau, ce moment où on s'en fait la promesse. Et pour certains, ça fonctionne. Mais il ne faut pas oublier que nous sommes faillibles. L'erreur est humaine.

— Depuis quand es-tu devenu philosophe ?

— Arrête. Ce n'est pas parce que Sophie a déconné une fois que ça remet tout en question. Ni son intention au moment où elle t'a épousé. En ce moment, elle est paumée.

— C'est trop facile comme argument ! Ça fait des semaines que je la soutiens, que je bosse comme un dingue pour faire bouillir la marmite. Elle veut partir à son séminaire de hippies ? Très bien ! Je m'occupe des gosses, je fais la popote, je gère les situations difficiles, et pour me remercier, madame prend du bon temps !

Une vilaine grimace le défigure. Il souffre, c'est évident. Plus qu'il n'est en colère. Marco se charge de le ramener à la raison.

— Et toi, tu l'as déjà remerciée ?

Alexandre fronce les sourcils. Marco renchérit :

— Je comprends que tu sois furieux. Tu te sens trahi et tu t'attends que j'abonde dans ton sens. Mais je ne te rendrais pas service. Je vous connais par cœur, tous les deux. Tu peux gueuler autant que tu veux, Sophie n'aurait jamais fait ça si elle était vraiment heureuse.

— Allons bon, ça va être de ma faute, maintenant !

— Tu sais que j'ai raison. Elle ne supportait plus son travail, son petit train-train et sans doute même votre mode de vie. Jusqu'à présent, c'est elle qui se tapait le sale boulot. La bouffe, les gosses et les situations de crise, comme tu dis. C'est elle qui s'est toujours occupée de tout. Toi, ça fait à peine deux mois, et tu pètes déjà les plombs. Alors, imagine sur des années. Je me trompe ?

— Non, répond Alexandre, le regard noir. Mais c'est une raison pour aller voir ailleurs ?

Marco hausse les épaules.

— En tout cas, ce n'en est pas une pour tout foutre en l'air. Elle a dérapé, OK. Mais c'est juste un dérapage. Tu devrais être content. Le fait qu'elle t'en ait parlé signifie qu'il y a encore quelque chose à sauver. Sinon, elle serait déjà partie.

— Quoi ? Avec son prof de yoga ?

— Oui. Et sans préavis.

Alexandre change soudain d'expression. Pas une seconde un tel scénario ne l'a effleuré.

— Vous devriez discuter. Et vite. Parce que, la connaissant, si un jour elle décide de te quitter, ce sera trop tard. Il n'y aura rien que tu pourras faire pour renverser la vapeur.

Alexandre accuse le coup. La peur le gagne.

— C'est faux, rétorque-t-il. Regarde, tu as bien réussi à rattraper Pénélope.

— C'est vrai, mais j'ai sacrément ramé. Ça a duré des mois. Ensuite, c'est une exception. Quand une femme se barre, elle se barre.

— Sophie prétend qu'un mec ne se barre que lorsqu'il a quelqu'un d'autre à côté.

— C'est pas faux. C'est valable pour tous les cas auxquels je pense. Ah non, sauf un. Mais, là encore, ce doit être l'exception. Que veux-tu ? Nous sommes lâches. Depuis le temps qu'elles nous le répètent, il doit bien y avoir un fond de vérité.

Alexandre songe à Cassandre. S'il insistait un peu, lui aussi pourrait tester son pouvoir de séduction. L'idée l'a traversé. Après avoir jeté un coup d'œil à la cage d'escalier pour s'assurer que personne n'en descend, il demande à voix basse :

— Tu as déjà trompé Pénélope ?

Marco se raidit.

— Ça ne va pas de poser ce genre de questions ?! Tu veux que je coule avec toi ?

— Je m'interroge, c'est tout.

Pour un peu, Marco s'épongerait le front. Sa tension est montée d'un coup. Lui aussi regarde l'escalier avant de chuchoter :

— Même si je le voulais, je m'en empêcherais. J'ai déjà merdé une fois. Une deuxième et elle ne me le pardonnera pas. Je ne suis pas prêt à tout sacrifier pour une aventure d'un soir. Je sais ce que j'ai. Et puis, faut avouer que j'ai bien profité.

Alexandre ne peut qu'approuver. Subitement, il envie son ami. Il le voit comme jamais auparavant. Qui aurait parié, lorsqu'ils étaient adolescents, que Marco finirait ainsi ? Tel un vieux sage retiré dans sa campagne. Serein, sûr de ses choix, fidèle à ses convictions. Enraciné dans une existence simple et saine. Pensif, il remarque que, sans prévenir, la rage l'a déserté. Ne restent en lui que la fatigue et une immense rancœur.

Alors que sa fille est à l'école et que Pénélope est partie rejoindre sa troupe de théâtre pour finaliser les ultimes essayages, Marco se retrouve seul. Il a envoyé Alexandre se reposer dans la chambre de Maya. Ce dernier n'a rien dit au moment de s'étendre sur la couette à l'effigie de *La Reine des neiges*. Il s'est endormi en position fœtale. Marco a tiré les rideaux avant de regagner la cuisine. À ce moment-là seulement, il a écrit un message à Sophie. « Il est chez moi. Ne t'inquiète pas. » Puis il a éteint son téléphone et s'est remis à travailler.

C'est désormais l'heure du déjeuner. Il épluche des pommes de terre qu'il fera ensuite revenir dans une poêle. Il y ajoutera des œufs. Au moment où il s'active en cuisine et qu'une délicieuse odeur de grillé emplit la maison, il entend l'escalier craquer.

— Déjà levé ?

Alexandre titube comme s'il se relevait d'une nuit d'ivresse.

— Quelle heure est-il ? demande-t-il, la voix rauque.

— Bientôt 14 heures.

— Non ?!

Marco verse les œufs battus dans la poêle.

— Et alors ? Tu avais quelque chose de prévu ?

— Travailler, accessoirement. Je devrais être à l'agence.

— Eh bien, pour une fois, tu vas faire comme beaucoup de salariés, tu vas poser une RTT.

— Je suis le patron d'une petite PME. Je bosse soixante heures par semaine. Si tu crois que j'ai des RTT…

— Raison de plus. De toute façon, même si tu partais maintenant, tu arriverais trop tard. Reste ici ce soir, ça ne te fera pas de mal. En plus, j'ai besoin d'aide.

— Pour ?

— Préparer le potager.

Alexandre s'assoit devant l'assiette que Marco a disposée sur la table. Ce dernier y dépose une belle part d'omelette.

— Tiens, ça va te requinquer !

L'après-midi est magnifique. Depuis quelques jours, le printemps prend ses quartiers de campagne. Le pollen vole dans la lumière, les fourmis tracent des files interminables sur les margelles, on est assourdi par le chant des oiseaux. Marco a enfilé des bottes et prêté une vieille paire de baskets à Alexandre. Tous deux ont abandonné la maison pour le grand air. À côté de la grange, Marco a planté des arbres fruitiers et aménagé une partie du terrain en potager. Alexandre a l'impression d'évoluer dans une réalité parallèle. Autre décor, autre vie, Marco avec des bottes…

— Mets ça, dit celui-ci en lui tendant des gants.

— Que va-t-on faire ?

— Aérer la terre, répond le jardinier en se dirigeant vers un cabanon en bois.

Il en ressort avec un drôle d'engin à la main.

— Je te présente la grelinette !

— La quoi ?

— C'est le dernier outil à la mode du bobo parisien exilé.

Il ajoute, tout sourire :

— C'est un truc que j'ai appris pendant mon stage de permaculture.

— Tu as fait un stage de permaculture ?

— Oui, enfin, une formation de deux jours organisée par une exploitation agricole située à l'entrée du bourg. Tu as dû passer devant en arrivant.

— Je ne savais pas que tu versais là-dedans.

— Ça ne fait pas longtemps. Mais j'en ai marre de manger des saloperies. Donc, je m'y mets. Pas le choix. Tiens, regarde.

Alexandre suit le doigt de Marco et aperçoit une ruche, au fond du jardin.

— Ne me dis pas que…

— Si ! J'ai même la combinaison ! C'est la grande classe. On croirait Neil Armstrong.

— Tu récoltes ton miel ?

— Je commence.

Alexandre est de plus en plus stupéfait. Comme si le monde se transformait sans lui. Juliette, Sophie, et maintenant Marco…

— Tu devrais en parler à ma fille, dit-il, perplexe. Elle s'est mis en tête de fabriquer nos propres emballages.

— Avec du tissu et de la cire d'abeille ?

— Oui.

— Nous aussi, on fait ça.

Sur ces mots, il enfonce la grelinette et la fait basculer de droite à gauche.

— Tu vois ? Ça permet de ventiler les différentes strates sans tout retourner.

— Je pensais qu'il fallait labourer, au contraire.

— Ah, fait Marco d'un air docte. Ça, c'était avant. En travaillant trop le sol, tu bouleverses l'écosystème et les mauvaises graines remontent. Mieux vaut laisser faire la nature et se contenter d'aérer doucement, comme le font les vers de terre.

Il rit.

— Arrête de me regarder avec cet air ahuri ! Ça fait des années que la planète va mal. Il serait peut-être temps d'agir ! Ne me dis pas que ça te laisse indifférent ?

— J'ai l'impression d'entendre Juliette… Ça ne me laisse pas indifférent, mais, au quotidien, j'ai d'autres priorités à gérer. Comme celle de gagner ma vie pour nourrir ma famille.

S'appuyant sur le manche de son outil, Marco le scrute comme s'il étudiait une espèce inconnue.

— Sauf que, le jour où il n'y aura plus d'abeilles, réplique-t-il d'un ton sentencieux, tu auras beau avoir amassé tout le fric de la terre, il n'y aura plus une seule pomme à bouffer…

Puis il tend la grelinette à Alexandre, qui, beau joueur, se prête à l'exercice.

Le soir venu, Marco aide Maya à faire ses devoirs tandis que Pénélope s'est enfermée dans son atelier afin de terminer ses réalisations. Sans le savoir, Alexandre a pris place dans le fauteuil que sa femme occupait encore deux jours auparavant. Il a emprunté l'une des nombreuses bandes dessinées de la maison. Toute la journée, il a évité de penser à son mariage. Cette seule idée le fait souffrir. Il n'a pas prévenu de son départ, même pas dit où il se rendait. Il faut avouer qu'il l'ignorait lui-même à ce moment-là. Tout s'est passé trop vite. Sophie a attendu que Juliette et Nathan soient couchés pour lui parler. Elle n'a pas eu besoin d'aller très loin. À son regard baissé, à ses joues empourprées, à ses gestes nerveux, il a tout de suite compris. Du moins, l'essentiel. Sophie n'a fait que détailler. Jusqu'à ce qu'une colère sourde s'empare de lui, qu'il sente un afflux sanguin dans ses tempes et qu'il stoppe brutalement la conversation. Craignant de ne pas se maîtriser, il est parti. Il est monté dans sa voiture, a mis le contact et s'est enfoncé dans la nuit. Destination inconnue. Juste rouler. Chasser la vision de Sophie embrassant ce type, ce salopard, ce…

Il suffoque à nouveau. Il ne devrait pas s'inventer d'images. Seulement se concentrer sur celles qu'il a entre les mains. À quelques pas de lui, Marco fait réciter ses leçons à Maya. S'apercevant qu'Alexandre le regarde, il lui adresse un sourire. Son ami lui répond par une mimique crispée.

À la nuit tombée, il se met aux fourneaux et dresse la table. Au cours du dîner, Maya raconte sa journée à ses parents d'un air enjoué. La scène rappelle de vieux souvenirs à Alexandre. Du temps où ses enfants étaient encore loquaces, où ils aimaient partager leur grande vie d'écolier. *Cela reviendra*, songe-t-il. Ce n'est qu'une mauvaise période à passer. Comme le reste…

Le repas terminé, Marco et Alexandre font la vaisselle tandis que Pénélope va coucher Maya. Ils s'installent ensuite tous les trois devant la cheminée. Alexandre observe le couple. Malgré des rythmes de vie décalés, ils semblent avoir trouvé un équilibre. Il se demande si leurs journées sont toujours organisées de la même façon. Les tâches sont-elles clairement réparties ? Est-ce invariablement Marco, par exemple, qui s'occupe des devoirs de Maya ? Il cherche à comprendre, à explorer d'autres solutions. Celle qu'il pratique depuis des années avec Sophie a manifestement fait son temps. Marco a raison. C'est Sophie, jusqu'à présent, qui endossait le mauvais rôle. Ses amis expliquent qu'ils improvisent en fonction de la charge de travail du conjoint. Chaque jour est différent. Alexandre écoute. Finalement, plusieurs modèles existent. Rien n'interdit de corriger le sien.

Pénélope les abandonne au moment où ils commencent à évoquer leurs souvenirs d'adolescents. Elle connaît leurs histoires par cœur. Mais eux ne s'en lassent pas. Ils adorent se remémorer leurs faits d'armes. Marco va chercher dans sa bibliothèque quelques albums de photos. Sous prétexte de se réchauffer, il fait également goûter à Alexandre un armagnac offert par un client. Un verre à la main, les deux compères consultent bientôt les clichés sur lesquels ils apparaissent avec dix ans, vingt ans, parfois trente ans de moins. Sur certains, Alexandre peine à se reconnaître.

— Tu as vu celle-là ? lance-t-il à Marco d'un air effaré.

Allongés sur une plage, lunettes sur le front, ils prennent la pose.

— Eh oui, mon pote ! Faut avouer que nous nous sommes un peu encroûtés.

— Parle pour toi.

— Hé ! Contrairement à toi, j'ai encore mes tablettes de chocolat.

Alexandre lève les yeux au ciel. Marco a toujours été épais comme un trombone. Concurrence déloyale.

— Oh, regarde celle-ci ! lance-t-il juste après. J'avais complètement oublié que tu étais sorti avec cette fille. Comment elle s'appelait, déjà ?

Marco réfléchit.

— Attends… Sonia ?

— C'est ça ! Sonia Bergeron. C'était la fille du voisin. Je me souviens qu'il guettait ton scooter et que, du coup, tu étais obligé de te garer en bas de la côte et de monter à pied si tu voulais la voir. Elle était sympa. Je me demande ce qu'elle devient.

Marco lui lance un regard complice.

— Facile, dit-il en sortant son portable.

S'ensuit alors une longue entreprise de recherche où, à tour de rôle, ils enquêtent sur Internet afin de découvrir ce qu'il est advenu de leurs anciens camarades de classe, leurs vieux ennemis, leurs antiques conquêtes. Les commentaires fusent. Ils rient ou s'étonnent des évolutions hétéroclites et pour certaines très inattendues des uns ou des autres. Dans ce panel improbable, ils parviennent à la conclusion qu'ils ne s'en tirent pas si mal. La plupart des garçons sont devenus des hommes dégarnis et pour certains très bedonnants. Certaines femmes ont bien vieilli, d'autres moins bien. Marco s'esclaffe devant le portrait d'une ex-amoureuse d'Alexandre, une fille auparavant plutôt délurée, mais que la vie a étrangement transformée en grenouille de bénitier. Son profil Facebook ne relaie que des publications religieuses. Elle indique être responsable d'un groupe de prières. En voyant sa photo, Alexandre grimace. Marco se moque allègrement. Ils ne sont pas très fiers, mais cela les rassure. Comme un état des lieux où ils ne seraient pas les derniers, où ils tiendraient le haut du pavé. Jusqu'au moment où le sort s'arrête sur un profil désormais affiché en hommage. Paul B., un garçon avec lequel ils ont fait des fêtes légendaires, que Marco avait rencontré au collège et qu'il a invité plusieurs fois en vacances. Alexandre s'entendait très bien avec lui. Paul était un jeune homme brillant, bien élevé, toujours partant pour s'amuser. Marco l'a perdu de vue après le lycée, mais son image demeure très nette dans leur tête. Subitement, elle se ternit. Un filtre sur une photographie. La dernière publication de Paul date de plusieurs années. Sur son mur, des messages de condoléances adressés à ses proches. Alexandre et Marco n'ont plus le cœur à rire. Marco range son téléphone. Ils ont joué avec le feu. Ce n'était pas une bonne idée. C'est oublier que, pour d'autres, le cours de l'existence s'est arrêté. Alexandre tente bien de revenir à l'album de photos, mais l'envie n'y est plus.

— Tu te rappelles cette soirée ? dit-il peu après en montrant un cliché sur lequel ils sont déguisés en pom-pom girls.

— Finale de championnat, si je me souviens bien, répond Marco sans entrain. On a fini dans un état…

Alexandre opine d'un air songeur.

— Ça ne te manque pas, parfois ?

— Quoi ?

— Quand je considère tout ce qu'on a fait… Ce n'est pas tant les bringues que je regrette, on a bien profité, pour ne pas dire abusé, et je pense que si on les revivait aujourd'hui, on s'ennuierait, mais ce sont les moments passés ensemble. Les vacances, les week-ends. Ces nuits à déambuler dehors, à refaire le monde, à discuter, à boire…

— Comme maintenant ? réplique Marco en soulevant son verre.

Le souvenir de Paul ne les quitte pas. Comme s'il était présent avec eux, devant la cheminée, tel un avertissement.

— Exactement, répond Alexandre. Ça me fait un bien fou de te voir. C'est trop rare.

ALEXANDRE

Je suis parti vers 11 heures. La récréation ne pouvait s'éterniser. Mais ce fut bon. Réconfortant. Marco n'a pas son pareil pour me remettre sur les rails. J'ignore d'où lui vient ce talent. À force d'être sincère, a fortiori quand il n'adopte pas l'attitude ou le discours que l'on attend de lui… Il ne se renie jamais et c'est ce que j'aime chez lui. Il m'a tout dit. Juste avant que je m'en aille, alors que j'étais déjà au volant et lui accoudé au capot de la voiture, il m'a conseillé de prendre un peu de distance avec Sophie. Du recul, pour faire le point sur notre couple. Sans dramatiser ni précipiter des conséquences que l'on pourrait regretter. Et pourquoi ne pas faire chambre à part durant quelques semaines, sortir l'un sans l'autre, afin de se laisser la possibilité de se désirer à nouveau ? Après avoir considéré sa suggestion, j'ai demandé, moins assuré :

— Et si elle se rend compte qu'elle est mieux sans moi ?

Marco a eu l'air de se concentrer.

— C'est peut-être à toi de lui prouver le contraire, a-t-il répondu. Toi, tu serais mieux sans elle ?

Et il a claqué la portière.

Je roule maintenant vers Paris. Je pense à Paul, à sa photo de profil. Son sourire m'obsède. L'existence file entre nos doigts. Je le savais déjà, mais parfois, malgré moi, j'oublie. Dernièrement, je me suis laissé aller. Je croyais les choses installées. Gravées dans le marbre. Je devrais l'écrire sur un bout de papier et le coller au miroir de la salle de bains. De sorte à m'en souvenir tous les matins. *Rien n'est immuable*. Aucun sentiment, aucun acte, aucune situation. Ni mon mariage, ni la vie des êtres que j'affectionne, ni la mienne. Que faire de cette incertitude ? De ce glacier qui se disloque sous mes pieds ?

Je songe à ma fille, à sa fougue, à sa détermination. Je l'admire pour cela. J'aimerais encore être capable d'une telle foi. À moins qu'il ne faille me contenter de ce qui est à ma portée. Des petits gestes du quotidien. Une pierre de plus à un édifice dont on ignore s'il tiendra, mais qui a le mérite d'exister. C'est peut-être la clef. Ne s'appuyer sur rien, sinon la conviction qu'il faut profiter. Je pense à cette soirée passée avec Marco. Il faudrait vraiment en provoquer de nouvelles. J'en ai assez d'évoquer nos souvenirs. Je voudrais faire des projets, partager des expériences inédites. Tant que nous sommes encore vaillants. Décidé, je l'appelle.

— Déjà ? fait Marco en décrochant.

— Je ne peux plus me passer de toi.

— Qu'est-ce que tu as oublié ?

Je lui résume mon idée. Mon envie de partir en vacances, tous ensemble. Entre amis, avec les enfants. Mon couple ne va pas bien et ma cellule familiale a besoin de se ressouder. Nous gagnerions tous à prendre du bon temps. Marco me coupe. Non seulement il adhère à ma proposition, mais il se porte volontaire pour l'organiser.

— Quels sont tes critères ? demande-t-il, simplement.

— Aucun. Ce que tu veux. Pourvu que ce ne soit pas trop cher.

— Et on ferait ça quand ?

— Cet été ? C'est le mieux, non ?

— Parfait. Je te rappelle quand j'ai trouvé une idée.

Je le remercie et raccroche, satisfait.

À mon réveil, ce matin, j'ai envoyé un message à mon père. Depuis le temps qu'il demande à me voir (il a tenté de me contacter une dizaine de fois depuis notre échange au commissariat), je lui ai proposé que nous déjeunions ensemble avant que je ne rentre chez moi. Nous avons rendez-vous dans un bistrot de sa rue. La boule que j'ai au ventre depuis quarante-huit heures s'alourdit encore. Cela fait bientôt trois mois que nous ne nous sommes pas vus. Que vais-je bien pouvoir lui raconter ? Lui parler de Sophie ? Cela ne servirait qu'à l'inquiéter. M'excuser ? Ce serait plus pertinent. J'ai été maladroit, je ne voulais pas le blesser. Après tout, que me coûte la présence de cette femme à ses côtés ? J'ai réagi bêtement. Mon père a le droit d'être amoureux. Je n'ai pas à réclamer l'exclusivité de son affection. Il est suffisamment vieux pour mener son existence comme il l'entend. Résolu, je hoche la tête plusieurs fois d'affilée, seul dans ma voiture. J'ignore si l'initiative constitue un progrès ou une régression, mais j'agis. Traiter un problème à la fois. Un chantier après l'autre.

Une heure après, j'entre dans Paris. Je me gare dans le quartier et gagne le restaurant à pied. Je n'ai rien avalé ce matin. J'ai faim. Mes mains tremblent. D'appréhension, d'hypoglycémie ou d'une surdose de caféine. Sûrement les trois à la fois. À l'intérieur, diverses populations se côtoient dans un joyeux brouhaha. Des tablées d'actifs, des vieillards esseulés, des ouvriers en bleu de travail, mouchetés de peinture de la tête aux pieds. Je repère mon père derrière une plante verte. Je m'arrête. Est-ce vraiment lui, près de la fenêtre ? Sa mine est soucieuse et on dirait que sa tête flotte dans son col de chemise. M'approchant, je lui jette un regard inquiet, auquel il répond en m'embrassant.

— Ça va ? demande-t-il. Tu as fait bonne route ?

— Oui, très bien, dis-je avec une seconde de retard, encore surpris.

— Qu'est-ce qui t'amène à Paris ? Les affaires ?

— Non, j'étais chez Marco. Nous avons passé la soirée ensemble.

Le visage de mon père s'éclaire. Il en paraît moins émacié. Il commence à se ressembler.

— Oh, c'est formidable ! Cela faisait longtemps. Tu dois être content.

— Très.

Je m'assieds face à lui et le scrute. Outre le fait qu'il a perdu du poids, je lui trouve un teint détestable. Jaune, huileux.

— Et toi, ça va, papa ?

Il acquiesce en me tendant la carte.

— Tu devrais prendre le plat du jour. Les paupiettes du patron sont à tomber.

— Je te fais confiance, dis-je en reposant aussitôt le menu.

Je ne parviens pas à le quitter des yeux, ni à dissimuler mon inquiétude.

— Et Sylvie, ça va ?

— À merveille !

J'essaie de jauger la sincérité de sa réponse. Nous demeurons un instant silencieux.

— Écoute, débute-t-il finalement, à propos de la dernière fois…

Je le coupe aussitôt :

— Laisse tomber. C'est de ma faute. Je me suis mal comporté.

Il est surpris par ma réaction. Il est vrai que je l'ai habitué à plus d'obstination. Mais dès l'instant où je l'ai aperçu, le motif de notre dispute m'est apparu secondaire.

— Non, non, répond-il cependant, décidé lui aussi à faire amende honorable. Je dois reconnaître que j'ai précipité les choses. Tu as dû être pris au dépourvu.

— Un peu…

— C'est normal. Enfin, je voulais te dire que je ne compte pas l'épouser, si c'est ce qui t'inquiète.

Je baisse les yeux. Sa maladresse me touche. Le malaise qu'il ressent à l'idée de me blesser, au point de s'excuser d'être heureux.

— Ce serait ton droit, dis-je, un peu honteux.

— C'est vrai. Je ne devrais pas avoir besoin de la bénédiction de mes enfants, pourtant, je l'attends.

— Ne t'occupe pas de nous, papa. Avec du recul, je me trouve très bête d'avoir réagi comme ça.

Il soupire, soulagé. Nous sommes réconciliés. Tout devrait aller pour le mieux. Cependant, je sens qu'il me cache quelque chose. Je le connais. Parfois, il peut se montrer plus têtu qu'un âne. Surtout s'il s'agit de préserver ses enfants. À sa place, je ferais pareil. Mais j'ai passé l'âge qu'on me bouche les oreilles. Au moment où il se penche sur son assiette, je pose la question fatidique :

— Pourquoi voulais-tu me voir, papa ?

— Eh bien, pour régler cette histoire.

— En tout, tu m'as envoyé une dizaine de textos. C'est plus qu'un ado.

Mon père s'applique à couper sa paupiette. Je décide d'attaquer de front.

— Tu es malade ?

Le mouvement de son poignet s'interrompt. Le temps ralentit. Quand il relève les yeux, son visage est devenu sérieux. Je suis désormais face à Claude Fresnais. Pas le père. Le médecin.

— J'espère que c'est vrai, au moins ? Tu ne dis pas ça pour que l'on se réconcilie ?

Mon père rit à mon trait d'humour.

— J'ose croire que l'on n'a pas besoin de ça pour se réconcilier ! Je ne plaisante jamais avec la maladie.

Autour de nous, plus rien n'existe. La clientèle du restaurant s'est fondue au mobilier, le grincement des chaises au tintement des couverts. Ne demeurent que moi et mon père. Une bouteille entre nous. Et ce foutu cancer.

— Quel genre de cancer ? je demande en tâchant de faire bonne figure.

— C'est là que les choses se gâtent... Pancréas. Ce n'est pas le meilleur.

Je le regarde sans comprendre, comme s'il parlait une langue étrangère. Ses propos évoquent de vieilles réminiscences. Toutes ces fois où il rentrait de l'hôpital, où il relâchait, éparses, les impressions de la journée. Pas trop, pour ne pas nous inquiéter, juste ce qu'il fallait pour libérer la pression. Ce que, n'étant pas concernés, ma sœur et moi recueillions comme des anecdotes. Tumeur au poumon droit, chimio, l'interne n'a rien compris, ou au contraire heureusement qu'il était là, opération qui n'en finit pas… Je fouille dans ma mémoire. *Cancer du pancréas*… Mon front se ride. Je me souviens de ces mots dans sa bouche, à propos d'un patient qui à l'époque n'était pas lui : « S'il s'en sort, ce sera un exploit. »

— Mais tu vas te battre ? dis-je, fébrile.

— Je ne vais pas baisser les bras. Mais tu sais, Alex, le crabe, je le connais bien. Ça fait plus de quarante ans que je le regarde dans le blanc des yeux. Et le pancréas, ça pardonne rarement.

À ces mots, un lien invisible me ceinture l'estomac. Je pourrais vomir ce que je n'ai pas avalé.

— Donc tu abandonnes ?

— Je n'ai pas dit ça. Mais je suis lucide. Il ne faut pas trop s'attendre à un miracle.

Je suis assommé. Tel un boxeur mis K-O sur le ring par un adversaire invisible. Je fixe mon père dans l'espoir qu'il me sorte subitement une solution du chapeau. Le remède infaillible. Après tout, c'est lui le spécialiste.

— Tu ne manges pas ? lance-t-il d'un ton si badin que c'en devient indécent.

Je hausse les sourcils. À quoi bon ?

— Je ne te l'ai pas annoncé afin que tu t'inquiètes, assure-t-il. Mais pour que tu te prépares. Je peux guérir, mais ça peut aussi aller très vite. Je ne voulais pas que l'on reste sur cette stupide altercation.

Ma gorge se noue. Dire que nous avons perdu trois mois sans nous parler.

— Anouk est au courant ?

— J'ai été obligé de le lui dire par téléphone. Elle sera là pour l'opération.

— Quand ?

— Le 10 mai.

Je mémorise aussitôt.

— Ne fais pas cette tête-là.

Je soupire. C'est le monde à l'envers. Quelle réaction espérait-il ?

— J'ai eu une belle vie, ajoute-t-il en mâchant grossièrement un morceau de viande.

J'ai l'impression de me retrouver dans un film d'Audiard. Bernard Blier qui raconterait des horreurs au petit déjeuner avec l'air le plus naturel de la terre.

— Arrête de parler comme si c'était déjà fini.

— Pardon, ce n'était pas mon intention. Ce que je voulais dire, c'est que je n'ai que très peu de regrets. Il est important de le mentionner. J'ai vu trop de patients pleurer sur leur lit de mort. Et puis, tu sais, soit on part avant les autres, soit en dernier. Honnêtement, aucune de ces alternatives ne me séduit. J'ai suffisamment profité et je ne vivrai peut-être pas assez vieux pour finir en chaise roulante dans un Ehpad.

— Tu n'irais jamais dans un Ehpad.

— Tu as raison. Je serais mieux sur ton canapé.

Je souris à sa provocation et reprends mes couverts. Mon père fait tout pour minimiser l'éventualité de son décès. D'une certaine manière, il nous y a préparés depuis longtemps. Grâce à son métier, il n'a jamais fait de la mort un sujet à éviter. Il a toujours placé la Faucheuse au centre de la vie, comme la fin normale et attendue d'une rocambolesque expérience. À présent qu'il est concerné, il conserve sa ligne de conduite. J'admire son courage.

— C'est bien, la médecine, poursuit-il comme s'il lisait dans mes pensées. Mais est-il vraiment utile de prolonger les gens éternellement ? Hein ? Je te le demande. Regarde ta grand-mère. La science en a fait une rescapée. Elle a survécu à son mari, à ses amis... Mais elle ne pouvait plus bouger, n'avait plus goût à rien. À quoi ça rime ?

L'écoutant, je parviens à la conclusion qu'il est décidément très fort. Je l'imaginais tout à l'heure en prestidigitateur. Nous n'en sommes pas loin. Il va réussir à me faire croire que mourir est une bonne chose. *Que fait-il du chagrin ?*

— N'empêche, dis-je d'un ton grave, c'est un sale coup que tu me fais.

— Je sais.

Nous nous regardons un moment sans rien dire. Après la bombe qui vient d'être larguée, il est difficile de changer de sujet. À défaut, je m'accroche à quelqu'un d'autre que moi. Je décale le problème.

— Et Sylvie, dans tout ça ?

Mon père soupire.

— La pauvre, c'est à elle que je fais un sale coup. Certes, à nos âges, on ne se promet pas le mariage, encore moins l'éternité, mais de là à lui claquer entre les doigts aussi rapidement...

Je conserve le silence. Mon père nous ressert en vin.

— Et Sophie, demande-t-il, ça va mieux ?

Le moins que l'on puisse dire, c'est qu'il sait rebondir.

— Ça va, dis-je en m'efforçant de garder la tête froide. Elle vient d'avoir quarante-cinq ans, ce n'est pas évident. Elle se cherche.

Je n'en dis pas plus. Comparés à l'épreuve qu'il traverse, mes états d'âme ne sont d'aucune importance.

— Quarante-cinq ans…, répète-t-il, pensif. C'est l'âge auquel ta mère m'a quitté.

Cette fois, j'éclate de rire. Sans le faire exprès, il appuie à l'endroit exact de ma douleur. Le soupçon, la pression, l'anxiété, tout ce que je peux ressentir depuis que ce déjeuner a commencé s'échappe dans des larmes irrépressibles. Je suis pris d'une sorte d'hystérie. Lorsque je me calme enfin, j'essuie le coin de mes yeux avec ma serviette et tends le bras pour trinquer avec lui. J'y mets tout mon cœur.

— Tu vas me manquer quand tu seras mort, dis-je dans un sourire trop ému.

Mon père me renvoie un regard malicieux avant de vider son verre d'un trait.

— Je ne le suis pas encore…

Une heure plus tard, je le raccompagne à la porte de son immeuble. Jusque-là, je ne parvenais pas à y croire vraiment. Cette histoire de maladie n'était qu'une mauvaise blague. Un canular de médecin comme il s'en raconte chaque jour dans les salles de garde. Mais, à présent, je suis terrassé par l'évidence. Outre sa silhouette amaigrie, mon père se déplace comme un vieillard. Le moindre pas l'essouffle, il doit régulièrement s'arrêter pour se comprimer les reins. Debout près de lui, plus raide qu'une statue, je l'observe. Je ne peux admettre que le destin nous ait dupés si aisément. Il y a quelques mois encore, l'homme pendu à mon bras était un jouvenceau de soixante-quinze printemps, déterminé à mordre la vie à pleines dents. J'ai déjà entendu parler de cancers fulgurants, mais jamais je n'aurais cru que ce pût être aussi sournois. Aussi flagrant. J'essaie malgré tout de faire bonne figure – ne lui montrer que mon plaisir à être à ses côtés, car intérieurement je suis dévasté. Je perçois enfin ce qu'il a essayé de me faire comprendre durant tout le déjeuner. Il est atteint, gravement. Même si je le refuse de toutes mes forces, je dois me faire à l'idée que nos repas, nos coups de téléphone, cette merveilleuse complicité qui nous soude depuis plus de quarante ans, touchent probablement bientôt à leur fin.

Ça se fissure de partout. Mon monde se craquelle comme une vieille boule de pâte à modeler. Je redoute ce qui pourrait encore advenir. Les événements s'enchaînent avec une telle violence. *Les emmerdes volent toujours en escadrille*... Bien inspiré, celui qui l'a constaté. D'où viendra la prochaine torpille ?

Je songe à tout ce qui s'est produit ces derniers temps, comme si le courant s'était accéléré, me précipitant vers l'inconnu. Un mur, peut-être. Les mains cramponnées au volant, je quitte Paris en direction de l'ouest. Le ciel est aussi bas que mon humeur. Je ne cesse de repenser à ce déjeuner. À l'existence qui nous gâte ou nous tend des pièges. On pourrait me frapper que je ne réagirais plus. Je me prépare au prochain coup. Si mon père s'en va, si Sophie se détourne de moi, que me restera-t-il ?

« Quarante-cinq ans, c'est l'âge auquel ta mère m'a quitté... » Je me répète cette phrase comme un mauvais refrain. Malgré mes efforts pour l'oublier, la rengaine ne s'atténue pas. Quarante-cinq ans... Je n'avais jamais fait le rapprochement. Je pensais en avoir fini avec le divorce de mes parents. J'étais certain d'avoir digéré. Tandis que je roule sur l'autoroute, mes mains me prouvent que non. Instinctivement, elles actionnent le clignotant.

Une demi-heure plus tard, je suis garé au pied d'une résidence dont les murs ont été végétalisés. La tête en arrière, je scrute le quatrième étage. Le balcon est désert. Personne ne m'a vu. Je pourrais faire demi-tour. Mais je dois me rattraper à quelque chose. Je me dirige vers l'interphone et appuie sur le bouton avec insistance. Une voix me répond :

— Oui ?

— C'est Alexandre.

Silence. On n'entend plus que le gémissement du vent. Je demande en frissonnant :

— Je peux monter ?

— Bien sûr.

La porte s'ouvre et je m'engouffre dans l'immeuble.

Dans l'ascenseur, je garde la tête baissée. Cela doit faire au moins deux ans que je ne suis pas venu. La dernière fois, c'était pour signer des papiers. Lorsque j'arrive sur le palier, la gêne me saisit. Je crains de déranger. Il arrive que nos proches soient plus distants que des étrangers. À quelques mètres de moi, la porte est entrebâillée. Ma mère se tient dans l'embrasure. Nos yeux se croisent. Je lis sur son visage l'appréhension et l'inquiétude. Je voudrais lui dire que, moi aussi, je suis ces deux sentiments à la fois. Je m'avance timidement.

— Salut, maman. Désolé de faire irruption sans prévenir.

— Quelque chose est arrivé ?

— Non.

Elle pousse un soupir et m'ouvre la porte. J'entre sur la pointe des pieds.

— Jean-Louis est là ?

— Il est sorti.

Soulagement. L'auteure de mes jours me regarde d'un air incrédule. Elle ne comprend pas ce que je fais là.

— Tu veux boire quelque chose ?

— Je prendrais bien un café, s'il te plaît.

— Viens, on va s'installer dans la cuisine.

Nous nous asseyons sur des tabourets, de part et d'autre d'une table haute. Ma mère nous sert en silence. Ses gestes sont lents.

— Qu'est-ce qui t'amène, Alexandre ?

Je ne sais par où commencer. Il demeure entre nous tant de questions non posées. Tant pis. Je me lance sans me soucier des conséquences.

— Pourquoi es-tu partie ?

Ses mains se figent. Délicatement, elle repose sa tasse.

— Tu veux dire, pourquoi j'ai quitté ton père ?

Je hoche la tête.

— Je me suis souvent demandé si tu m'en parlerais un jour.

Elle hésite, puis prend une grande inspiration. Son regard se perd au loin.

— Je me faisais chier, lâche-t-elle subitement.

J'accuse le coup. Jamais je ne l'avais entendue s'exprimer de la sorte.

— Ton père est un homme brillant, poursuit-elle. Intelligent, cultivé. Il l'a toujours été. C'est ce qui m'a séduite. Il m'impressionnait. D'autant que j'avais la certitude d'être moins intéressante que lui. Le problème, c'est qu'il témoignait plus d'empathie à ses patients qu'à sa propre épouse. Le peu de temps qu'il passait à la maison, c'était avec vous. On ne faisait rien tous les deux.

J'écoute ma mère exhumer des souvenirs qui me concernent sans être les miens. Il s'agit de mon histoire, dictée d'une nouvelle voix. Une voix à laquelle je n'avais jusque-là pas prêté attention.

— Le plus injuste, c'est que j'ai écopé du rôle ingrat. Comme ton père n'était jamais là, c'est moi qui m'occupais de la logistique. J'allais vous chercher à l'école, je vous faisais répéter vos leçons, je me rendais aux réunions avec vos professeurs. Je faisais les courses et le ménage, je préparais les repas… Chaque soir, vous attendiez son retour avec impatience. Combien de fois, alors qu'il était l'heure d'aller vous coucher, Claude se mettait à vous poursuivre dans tout l'appartement en criant au loup ? Je passais ensuite une demi-heure à vous calmer. Je m'énervais, évidemment. Dans ces cas-là, je devenais la méchante, l'autoritaire, la rabat-joie...

Son regard dérive sur moi.

— Je me souviens qu'un jour, tu devais avoir sept ou huit ans, tu me l'as reproché. Je me rappellerai toujours ton expression. Tu étais vraiment en colère. Tu m'as dit que tu allais changer de famille parce que j'étais trop sévère et que je ne voulais jamais jouer.

Mais la vérité, c'est que je n'en avais pas le temps. J'avais tout le reste à gérer. Et j'étais épuisée.

Contrairement à elle, je ne conserve aucun souvenir de cette scène, mais j'ai toujours en mémoire les nombreuses fois où, à bout de forces, tandis que ma sœur et moi n'écoutions pas, elle se mettait à hurler. Bien souvent, elle finissait par en attraper un qu'elle punissait au coin. Le nez au mur, je moquais sa fragilité et son manque de patience. J'avais le sentiment d'être victime d'injustice. Plus tard, je l'insultais en silence.

Désormais, je vois le tableau sous un autre angle. Je compare ses colères aux miennes, son exaspération à celle que je peux entendre parfois dans les soupirs de Sophie. Ma mère vide un sac lourd de quarante ans. Son récit révèle une blessure authentique. Jusqu'à ce jour, j'avais toujours considéré le couple de mes parents avec le jugement d'un enfant de huit ans. Celui que j'étais à l'époque. Comme si ma croissance émotionnelle s'était arrêtée, inhibant mon discernement. Je m'en veux d'avoir été aussi immature. Aussi partisan.

— Je suis désolé.

Elle hausse les épaules, traduisant sa résignation. Elle n'a plus mal.

— Personne n'est à blâmer, répond-elle. Ton père et moi n'aurions jamais dû nous marier. Mais nous étions jeunes, persuadés d'agir avec raison. On croyait savoir. Penses-tu… Nous étions des gamins. Quand j'ai pris conscience que je n'avais pas la vie dont je rêvais, je suis partie. Et ce jour-là, pardon de te le dire, mais j'ai eu l'impression de sortir de prison.

Elle s'interrompt, moins assurée, avant de reprendre :

— Ensuite, je me suis un peu amusée. Ça aussi, tu me l'as reproché. Cela ne t'a pas plu. Mais j'étais jeune encore. Je n'avais connu qu'un seul homme. Je n'avais pas fait vœu de chasteté.

Elle me regarde d'un air contrit.

— Je suis désolée si ma franchise te blesse. Mais tu m'as demandé, alors je te le dis. Cela fait si longtemps que je garde ces choses pour moi. Que je me sens jugée sans pouvoir me défendre.

Instinctivement, je pose ma main sur la sienne. Geste que je n'ai jamais fait, ou seulement jadis, lorsque j'étais tout jeune. Je pense à mon père, à ce qu'il dirait de tout cela, à la vérité qui se trouve sans doute quelque part au milieu.

— Tu as bien fait, dis-je. Même si ça ne fait pas plaisir à entendre.

Ma mère retire sa main et plonge le nez dans sa tasse. La tendresse n'a jamais été notre fort. Nous terminons de boire en silence. Je l'observe à la dérobée. Notre entourage a toujours prétendu que ma sœur, Anouk, était sa copie conforme, tandis que j'avais tout hérité de mon père. Malgré tout, j'essaie de me retrouver en elle. Sans succès. Je n'ai pas les yeux verts, ni les cheveux clairs, ni la peau diaphane. Je suis plus brun qu'un Italien.

Au moment du divorce, quand la juge a demandé notre préférence quant au mode de garde, je me rappelle avoir déclaré désirer vivre avec mon père. Cette décision était motivée par ma volonté de le voir plus souvent, lui qui travaillait beaucoup, mais aussi par un esprit de vengeance. Je voulais punir ma mère de son abandon. J'estimais mon père trahi. Comme je l'étais, au fond. Mon avis a été pris en compte. J'ai obtenu ce que je réclamais, mais je comprends à présent que ma mère n'a pas été seule à payer. Moi aussi, j'ai réglé l'addition. Même si, sur le coup, j'affichais mon ravissement de vivre en tête à tête avec mon père.

Tandis que les souvenirs affluent, les larmes me montent aux yeux. Je les refrène aussitôt. Je suis content d'entendre une autrc vcrsion des faits, même s'il est trop tard pour réparer le passé. Le temps a fait son œuvre. Je murmure :

— Je ne t'en veux pas.

Ma mère est sceptique. J'ai l'impression d'être en présence d'un animal blessé que je ne pourrais rassurer.

— Je ne sais pas quoi ajouter, dis-je sincèrement. J'espère que tu me crois.

Elle baisse le front, et il me semble voir de l'émotion percer à la surface. Une demi-heure plus tard, nous nous séparons sans plus d'effusion.

Je rentre chez moi, fourbu, avec la sensation que l'on m'a scié les jambes. Mes certitudes volent les unes après les autres en éclats. Paradoxalement, j'en retire une forme de sérénité. Comme si l'occasion m'était offerte de bâtir l'avenir sur des fondations plus saines. J'ai du sang neuf dans les veines. Du magma dans les mains. Dont peut naître n'importe quoi. Au moment où je franchis le portillon du jardin, j'ignore ce que je vais dire à Sophie. Va-t-on se livrer une guerre sans merci ? Régler nos comptes à bout portant ? Ou bien, au contraire, réfléchir à un terrain d'entente ?

Glissant la clef dans la serrure, je sens mes cervicales se contracter. C'est le trac des débutants. J'entre, tout doucement. Le vestibule est vide, le salon éclairé. Je fais quelques pas et me trouve nez à nez avec elle. Assise sur le canapé, elle lit tranquillement. Comme si elle savait que je reviendrais. Deux jours que je me suis absenté et elle ne m'a pas envoyé un seul message. Pourtant, je l'ai quittée sur un coup de sang. À moins que Marco ne l'ait tenue au courant. Sûrement. M'apercevant, elle pose son roman. À moi la réplique. Incapable d'improviser, je me rabats sur les enfants.

— Où sont Juliette et Nathan ?

— Chez des copains.

— Que leur as-tu dit ?

— La vérité. Que leurs parents avaient besoin de passer une soirée en tête à tête. Pour faire le point et savoir s'ils devaient rester ensemble.

J'ouvre la bouche de surprise.

— Tu leur as dit ça ?! Comment ont-ils réagi ?

— Nathan m'a tapé sur l'épaule en me souhaitant bonne chance. Ils ne sont pas idiots. Ils se rendent bien compte que l'atmosphère est à couper au couteau.

Je reste abasourdi. Sophie demeure fidèle à ce qu'elle a toujours été. Elle fait tapis. *All-in* sans hésiter.

Je comprends alors que nous sommes à égalité. Que nous sommes deux à décider. Je me dirige vers le buffet et me verse un verre de bourbon. Je le bois cul sec avant de me tourner vers elle.

— Tu veux divorcer, Soph ?

— Non. Mais si on continue comme ça, c'est ce qui arrivera.

Un frisson coule en moi. Titubant, je m'approche d'un fauteuil et me laisse tomber dedans. Sophie n'a pas l'air plus heureuse que moi. Elle est simplement plus courageuse.

— Je ne dis pas ça pour te menacer, ajoute-t-elle. Mais c'est la vérité, non ?

J'acquiesce, à mon corps défendant.

— Que voudrais-tu, exactement ?

Elle hausse les épaules.

— Ce dont je suis sûre, c'est qu'à part les enfants, nous n'avons plus grand-chose en commun. Cela fait des mois que nous nous croisons dans la maison sans prendre le temps de vraiment partager un moment. Le mieux que l'on arrive à faire, c'est raconter nos journées en débarrassant la table du dîner. Et encore, quand nous ne sommes pas trop crevés ou le nez rivé à nos écrans. Cela fait combien d'années que nous ne sommes pas allés au cinéma ?

— Tu sais bien que je n'aime pas m'enfermer dans une salle pour voir un film que je pourrais regarder depuis mon canapé.

— Oui. Tu me l'as assez répété. Pourtant, avant, tu faisais cet effort. On allait ensuite au restaurant, et finalement tu étais content. Je me trompe ?

— Non.

— C'est bien ce que je dis. C'est une question de volonté.

— Donc tout est de ma faute ?

— Non. Moi aussi, je me laisse aller à la facilité. Je préfère me mettre au lit avec un magazine plutôt que de me promener avec toi, ou pratiquer n'importe quelle autre activité.

J'écoute sans contester. Le bilan qu'elle dresse est banal, décevant, réel. J'ai toujours prétendu que la routine ne me dérangeait pas. Mais Sophie dit vrai. Nous demeurons sous le même toit, nous dînons des mêmes repas, nous évoluons aux mêmes horaires, nous sommes tous les deux concernés par le bien-être et l'éducation de nos enfants, mais en dehors de cela… Notre relation tient sur son ancienneté. Une amitié vieille de trente ans qui ne se nourrit plus de nouvelles aventures. La conversation que j'ai eue avec Marco me revient en mémoire. Sur le manque que nous ressentons à ne plus vivre, au sens premier du terme, d'histoire commune. Je rencontre la même chose avec ma femme.

— Que suggères-tu ? dis-je, un peu sonné.

— Et toi ?

Inflexible, elle soutient mon regard. Message reçu. Je réfléchis à ce qui pourrait nous sauver du naufrage. Un plan d'urgence, en quelque sorte. Je propose une thérapie de couple. Sophie fait la moue. Visiblement, elle n'envisageait pas cela. En ce qui me concerne, je crois fermement que nous avons besoin d'aide. Si nous avons échoué jusqu'ici, malgré tout cet amour, il y a fort à parier que nous n'y arriverons pas sans assistance. Elle finit par abonder dans mon sens.

— Ça va faire beaucoup de séances chez le psy, ironise-t-elle.

Peu importe. Si tel est le prix du bonheur, je suis prêt à le payer. Bien que le processus me fasse peur. Je crains ce que la confrontation avec un professionnel pourrait révéler. On croit toujours être un cas unique, et c'est vrai dans une certaine mesure, mais nous suivons aussi des voies toutes tracées. Des schémas qui se répètent génération après génération, d'un individu à l'autre. Ce que j'ai vécu aujourd'hui le confirme.

— Je voudrais que l'on définisse également une occupation commune, renchérit Sophie. Le psy, c'est bien pour régler les problèmes, mais ça ne constitue pas un moment agréable passé ensemble. Un rendez-vous hebdomadaire où l'on pourrait se divertir, apprendre quelque chose, être un peu plus légers…

— Si tu me proposes le jardinage…

Elle sourit.

— Non, je sais que ce n'est pas ton truc. Et des cours de cuisine ? Apparemment, tu t'en es très bien sorti pendant mon absence. Ce serait l'occasion de mieux répartir les tâches ménagères.

Je réfléchis un instant.

— OK. Je ne suis pas certain que cela me passionne, mais je suis d'accord pour rééquilibrer la balance. J'ai conscience que tu en fais beaucoup. Plus que moi, en tout cas.

Elle me renvoie un regard étonné.

— Comme tu vois, je ne suis pas fermé au progrès.

Nous nous jaugeons de part et d'autre de la table basse. Il semblerait que nous soyons en train de trouver un accord. Mais j'ai encore quelques points à négocier. Même si je feins de l'ignorer, j'ai le cœur blessé. Je n'arrive pas à occulter la projection mentale de ma femme embrassant un autre homme.

— Je voudrais aussi que l'on fasse chambre à part, dis-je plus faiblement.

Sophie se raidit. Ma proposition la déroute.

— Mais… indéfiniment ?

— Je ne sais pas. J'ai besoin de digérer ce qui s'est passé. J'ai beau me raisonner et essayer de me dominer, intérieurement, je suis furieux.

Elle accueille mon aveu sans ciller, pourtant je vois bien que je la heurte. Nous parlons ensuite à cœur ouvert. Je lui raconte mon éprouvante journée.

L'annonce de mon père, l'état avancé de sa maladie, sa prochaine opération, jusqu'à ma visite impromptue à Saint-Germain-en-Laye et les révélations qui en ont découlé. La nouvelle fragilise Sophie, elle qui aime tant mon père. D'autant plus que sa mère est décédée de la même maladie.

Je sens qu'elle hésite à franchir la distance qui nous sépare pour venir me réconforter, peut-être me prendre dans ses bras, aussi je l'arrête avant qu'elle ne se décide.

— Je ne dis pas cela pour t'apitoyer. Simplement pour te prévenir que, ces prochaines semaines, je vais me rendre plus souvent à Paris. Je veux être présent pour lui. Et peut-être me rapprocher de ma mère. Je ne suis pas sûr. C'est encore flou. Mais avec ce que je traverse actuellement, je ressens le besoin de recoller les morceaux. Je pensais la question du divorce de mes parents réglée depuis longtemps, je pensais avoir une vision du couple claire et équilibrée. Je réalise que c'est faux. Il aura fallu attendre quarante-six ans pour m'apercevoir que je n'ai pas reçu le bon modèle.

Sophie me considère avec inquiétude. Comme moi, elle déplore des dégâts qu'elle ne soupçonnait pas. J'ajoute :

— Pendant quelque temps, nous allons moins nous voir. Mais ce n'est pas forcément un mal. Et si je te parais distant, ne le prends pas pour toi. Je dois simplement tout mener de front.

Sophie analyse mes paroles. De mon côté, je commence à être très fatigué. Trop d'émotions. Je ne rêve que d'une chose : me coucher.

— Une partie de moi désire se venger, dis-je d'un air las en me levant, mais sois certaine que l'autre veut revenir vers toi.

Sur ces mots, je quitte le salon et vais ouvrir le canapé-lit du bureau.

Au moins, désormais, les choses sont claires. Dépouillées. Comme un jardin en friche que l'on aurait débroussaillé après un trop long abandon. Reste à se retrousser les manches pour le remettre en état. J'ignore si l'on y parviendra. Mais la volonté est là. Cette première nuit hors du lit conjugal fut déplorable. Moi qui tombais de sommeil, j'ai très mal dormi. J'ai vu les heures défiler sur l'écran de mon téléphone, j'ai relu vingt fois les mêmes informations, erré sur les réseaux sociaux, regardé les photos que l'appareil avait en mémoire. Je me suis égaré pendant que Morphée me narguait. Je crois m'être assoupi vers 4 heures du matin. Sophie a eu la bonté de toquer à ma porte pour me réveiller. Sans son intervention, je serais arrivé en retard à l'agence. Désormais, j'y suis, fidèle au poste, résolu à ne penser qu'au travail, à ne me laisser distraire par aucun aspect de ma vie privée. Je dois compartimenter. Je saisis le parapheur que la comptable a déposé sur le sous-main et dévisse le capuchon de mon stylo. Je prends une grande inspiration. J'ouvre à la première page.

Finalement, la semaine a filé sans que je m'en aperçoive. La charge de travail y est pour beaucoup. À la maison, c'est le statu quo. Si ce n'est que Sophie et moi nous comportons l'un envers l'autre de façon plus cordiale que d'habitude. Moins de familiarité, plus de prévenance. J'ai l'impression de faire à nouveau attention à ma femme. Progressivement, je prends conscience à quel point nous nous permettons d'agir avec nos proches comme nous ne le ferions jamais avec des inconnus. Sous prétexte d'amour, nous nous autorisons trop d'excès. Nous laissons libre cours à nos humeurs, qu'elles soient bonnes ou mauvaises, le plus souvent mauvaises, il faut bien l'avouer. Parce que nous savons que l'autre est attaché, qu'il ne va pas faire ses valises dans la foulée. Non, mais au bout de plusieurs années ? Quel leurre. Je regrette à présent beaucoup de mots prononcés, certaines attitudes relâchées, les comportements délétères dont je me suis rendu coupable au prétexte que Sophie est mon épouse, qu'elle peut tout supporter. C'est vrai, je ne dois rien lui cacher, mais rien n'interdit non plus de lui épargner mes mauvais côtés. Disons, au maximum. Je ne suis pas un saint. Voici le bilan de notre premier rendez-vous chez la psy. Une espèce de révélation qui m'engage depuis quelques jours à rejoindre mon domicile en gardant à l'esprit que, derrière la porte, quelqu'un m'attend. Un être humain qui supporte aussi son lot de déceptions, de douleurs, de fatigue, et à l'égard de qui je me dois de conserver une humeur égale. Par respect et amour.

Je me suis également occupé du cours de cuisine. J'ai déniché un restaurant dont le chef se propose de transmettre sa passion tous les samedis matin à un petit groupe d'apprentis. Les réservations se font au coup par coup, en début de semaine. Nous commençons demain. Lorsque je l'ai annoncé à Sophie, elle s'est montrée agréablement surprise. J'ai saisi dans son regard une considération que je n'avais pas relevée depuis longtemps.

Voilà pour la partie émergée de l'iceberg. Celle qui reste au soleil. Mais il y a l'autre également, plus sombre, qui plonge dans les abysses et dont je crains qu'elle ne remonte tôt ou tard à la surface. Celle qui me rattrape la nuit, lorsque je m'éveille d'un cauchemar et lutte pour me rendormir. Ce monstre-là m'effraie. Je pourrais l'ignorer, mais il couve en moi. Depuis le retour de Sophie, je fais un rêve récurrent. Nous marchons dans la rue avec les enfants, jusqu'à ce qu'un inconnu la saisisse par la taille et l'emporte au loin. Le visage de l'importun adopte chaque fois des traits différents, mais je sais qu'il s'agit de son professeur de yoga. Le pire, c'est qu'immanquablement Sophie le suit. Alors je m'élance sur le trottoir et me jette de toutes mes forces sur mon rival pour le renverser. Je me réveille en sueur, prêt à frapper et plus que jamais désireux de me venger.

Je hais ce sentiment. Plus encore que cet ennemi fantôme que je ne rencontrerai jamais. Parce que je ne pensais pas être capable de nourrir un jour une telle rage envers quiconque. Sophie a interrompu ses cours de yoga. Elle le pratique désormais seule, à la maison, en suivant des sessions en ligne. Mais c'est plus fort que moi. Partagé entre ma volonté de lui pardonner et cet instinct primaire, bêtement fier et animal de lui faire payer son forfait. De la voir grimacer comme j'ai pu le faire. Je ne suis pas certain de savoir résister. Tous les jours, Cassandre entre dans mon bureau. Tous les jours, elle s'enquiert de mon moral, de ma santé, m'assure que, si j'ai besoin de quoi que ce soit, je n'ai qu'à demander. Oserai-je ?

10 mai. Service de chirurgie digestive. Comble d'ironie, mon père a choisi de se faire soigner dans son propre hôpital. Il prétend s'y sentir chez lui. C'est un peu vrai. Hormis certaines nouvelles recrues, il connaît tout le monde. Et vice versa. Claude Fresnais a laissé son empreinte en ces murs. Dix ans après qu'il a pris sa retraite, on y loue encore ses compétences, son professionnalisme, mais aussi l'humanité et le dévouement dont il faisait preuve à l'égard de ses patients. Somme toute, malgré la peinture défraîchie et la maladie, il se trouve dans ce département comme un poisson dans l'eau. Je passe la tête à l'intérieur de la chambre.

— Entre !

Il est étendu sur un brancard, vêtu de la traditionnelle blouse option cul apparent, avec sur le crâne une charlotte en tissu. Il n'a jamais été très préoccupé par son allure, mais là, nous touchons le fond. Je ne peux réprimer un rire.

— Vas-y… Et encore, tu n'as pas vu mon torse ! On vient de le raser. Je ressemble à un petit cochon de lait !

Je ris de nouveau.

— C'est pour ton bien, papa.

— Je sais. Il n'empêche, ça fait un drôle d'effet de se retrouver de l'autre côté de la barrière.

— À quelle heure doivent-ils t'opérer ?

— D'une minute à l'autre.

— Tu connais le chirurgien ?

— Oui. Ce n'est pas celui avec lequel je m'entends le mieux, mais il est très compétent.

— C'est tout ce qu'on lui demande.

— Absolument.

Je jette un coup d'œil alentour. Sa valise repose dans un coin, un peignoir est accroché à un cintre. Quantité de magazines s'entassent sur une chaise, dont la plupart relèvent de la presse people. Je ne cache pas mon étonnement.

— C'est Sylvie qui est allée me chercher ça, explique mon père. Je ne sais pas ce qu'il lui a pris. Je ne lis jamais ce type de journaux.

— Elle a dû penser que ça te distrairait.

— Sans doute. Mais, quitte à m'intéresser à la vie des stars, j'aurais préféré une biographie de Talleyrand ou de Churchill. Au moins, j'aurais rigolé.

— T'inquiète, je vais te dénicher ça.

— Merci.

Je fais quelques pas.

— Et Sylvie ? Où est-elle ?

— Déjà repartie. Elle avait un rendez-vous ce matin.

— Et Anouk ?

— Son train arrive à 11 heures. Je lui ai dit de te rejoindre directement à l'appartement. Inutile de poireauter ici.

— OK.

Le chirurgien entre, suivi d'un brancardier.

— Prêt ? lance-t-il à mon père comme s'il lui proposait d'aller faire la tournée des bars.

— C'est parti ! répond ce dernier sur le même ton.

Le brancardier s'installe aux manettes.

— Vous savez à quelle heure l'opération finit ?

— Normalement, en milieu d'après-midi.

— Je pourrais venir le voir ?

— Bien sûr, me répond le médecin. Nous acceptons deux personnes maximum à la fois. Nous vous appellerons lorsqu'il sera réveillé.

— Très bien, merci.

Me frôlant sur son lit mobile, mon père me lance un regard assuré. Je tente de lui sourire avec la même intensité avant que le brancardier ne l'entraîne dans le couloir.

Je consulte ma montre. Ça va être long.

Plus tard, en pénétrant dans l'appartement, je constate que ma sœur est arrivée.

— Déjà ? lance-t-elle depuis la cuisine.

Je me jette sur elle et la serre dans mes bras.

— Ça va aller, chuchote-t-elle en me caressant le dos. Ça va aller…

Je relâche mon étreinte. Je n'ai jamais été aussi heureux de la voir.

— Alors ? Comment va-t-il ? Je n'ai pas osé appeler de peur de déranger les médecins.

— Plutôt bien. Ils téléphoneront quand il sera réveillé. Probablement en fin de journée.

— OK. Donc on a le temps. Tu as faim ?

Nous sommes sortis dans le quartier en quête d'une brasserie où déjeuner. Il était encore tôt, nous en avons profité pour nous promener. Les marronniers étaient en fleur, l'air était doux, j'avais le sentiment que le temps s'était arrêté. J'ai évité de penser à notre père, qui, pendant que nous déambulions dans le Paris printanier, se faisait enlever une partie du pancréas. Nous avons parlé de tout et n'importe quoi, mais exclusivement de sujets anodins. Les expositions en vogue à Londres, un film que j'ai réalisé pour une grande marque de cosmétiques, à la suite de quoi ma sœur m'a demandé si je pouvais avoir des réductions sur les crèmes de jour et les antirides, mais également le dernier coup d'éclat de Juliette. Après le déjeuner, n'ayant toujours aucune nouvelle de l'opération, nous avons poursuivi notre promenade. Nous avons remonté les quais sur un bon kilomètre et acheté des financiers. À 17 heures, n'y tenant plus, j'ai appelé l'hôpital. Notre père était toujours en salle d'opération. Le chirurgien n'avait-il pas dit « milieu d'après-midi » ? « Oui, mais vous savez, parfois, c'est plus long. » Je n'ai pas insisté. Une fois à la maison, nous avons eu beau faire semblant que tout allait bien, notre agitation masquait mal notre inquiétude. Ma sœur a préparé une tisane et sorti un livre, j'ai attrapé un paquet de cartes et entamé une série de réussites.

À 19 heures, la sonnerie du téléphone a retenti. Anouk s'est collée à moi pour entendre la conversation. L'opération s'était bien déroulée, notre père était désormais en salle de réveil. Mieux valait patienter jusqu'à demain pour lui rendre visite. J'ai remercié le chirurgien et raccroché. Nous n'avons repris notre respiration qu'à cet instant.

La soirée au côté de ma sœur exhume de vieux souvenirs. Je nous revois ensemble, sur un canapé similaire, lorsque nous étions adolescents. À nous ignorer, à regarder la télévision, à nous chamailler. Plus tard, entre vingt et trente ans, quand notre père nous convoquait autour d'un repas, nous avons alors appris à communiquer. Le canapé est devenu un lieu d'échanges, de conseils, de débats. Notre complicité s'en trouvait chaque fois renforcée. Somme toute, bien qu'elle réside loin de moi, ma sœur est une constante dans ma vie. Avec elle, je peux parler de tout. Elle ne jugera pas mes choix. Beaucoup moins, en tout cas, que je n'ai pu jadis condamner les siens. Et puis, nous partageons une histoire commune. Personne d'autre ne peut comprendre ce qu'a été mon enfance, la manière dont je l'ai vécue. Pas même Sophie. Or, ce sont des instants fondateurs. Si l'on en croit certains experts, tout se joue avant l'âge de six ans. Anouk est l'une des rares à détenir les clefs de ma personnalité. Je me demande si notre mère lui a déjà tenu le même discours qu'à moi. Connaît-elle la réalité de la séparation ? La curiosité me brûle. Au détour de la conversation, je lui pose la question.

— Ce n'est pas ton genre d'aborder ce sujet, répond-elle, étonnée. D'habitude, tu ne veux jamais parler de maman…

— Il y a un début à tout.

— C'est parce que papa est malade ?

Je hausse les épaules. Peut-être bien. Peut-être que, voyant la fin de l'un des protagonistes arriver, j'ai besoin de corriger l'histoire. Avant qu'il ne soit trop tard.

— Pour te dire la vérité, poursuit Anouk, j'ai toujours trouvé suspect ton refus d'en discuter. J'ai toujours pensé que, quelque part, tu refoulais.

— Allons bon.

— Ne le prends pas mal. Ce n'est pas méchant. Mais, au fil du temps, tu as développé une espèce de défiance envers maman, que je n'ai jamais comprise. Quand elle t'invitait à partir en vacances avec nous, tu ne venais jamais. Et dès que tu pouvais éviter d'aller à Saint-Germain, tu ne t'en privais pas.

Mon front se plisse. Ma sœur ne dresse pas de réquisitoire, mais un simple constat. *Aurais-je été un fils ingrat ?* J'ai moi-même l'impression d'avoir été floué. Que l'on s'est joué de moi. Que l'on m'a donné à croire une vérité déformée. Je lui rapporte le détail de la conversation que j'ai eue avec notre mère et compare cette version avec celle que, d'une certaine manière, le silence de notre père a cautionnée. Et je finis par avouer ce que je me refusais d'admettre : je lui en veux. Sentiment d'autant plus frustrant qu'il est à présent malade et que je ne peux plus rien lui reprocher. Ma sœur me toise d'un air compatissant.

— Moi aussi, je lui en ai longtemps voulu, dit-elle avec douceur. Parce que, contrairement à toi, j'ai tout de suite compris que maman souffrait.

Elle se redresse, plus décidée.

— Mais ça y est, c'est fini. Je lui ai pardonné.

— À qui ?

— À papa. Ça m'a pris du temps, mais j'y suis arrivée.

— Comment ?

Anouk plonge ses yeux dans les miens.

— J'ai mûri. Je me suis rendu compte qu'il a fait comme il a pu. Tous les deux, d'ailleurs. Ils ont fait de leur mieux avec ce qu'ils étaient. Personne ne se lève le matin en se disant : tiens, aujourd'hui, je vais essayer de foirer un maximum de choses. Ça n'existe pas, ce mode de fonctionnement. Ou seulement chez les fous. Et nos parents ne le sont pas. Ils sont humains, comme nous.

J'écoute, songeur.

— As-tu manqué de quelque chose ? demande Anouk.

— Non.

— Alors, tout va bien. Ne remue pas le passé. Nos parents ne sont pas parfaits, ils ont commis des tas d'erreurs, mais ils nous aiment, chacun à leur manière.

Elle me sourit tendrement. Avec une étonnante facilité, elle parvient à consoler le petit garçon qui pleure en moi. Celui qui la plupart du temps sommeille, mais que certaines situations viennent réveiller. Ma sœur le rassure. J'entends sa plainte s'éteindre progressivement. Le calme dans ma poitrine. La paix qui revient. Ce soir, malgré le fait que ma femme soit loin et mon père hospitalisé, je sais que je m'endormirai. Grâce à elle.

Le lendemain, à peine éveillé, je toque à la porte de la chambre de mon père, dans laquelle ma sœur s'est installée. Je la trouve tout habillée, prête à partir. Je suis obligé de la tempérer.

— Inutile de te dépêcher. Les visites ne sont pas autorisées avant 13 heures.

— Treize heures ?!

— Il faut bien laisser le personnel travailler. Je m'apprêtais à aller chercher des croissants. Tu en veux ?

— Oui, merci.

Revenant sur mes pas, j'avise l'énorme valise, près de l'armoire.

— Ça ne fait pas beaucoup pour un week-end prolongé ? dis-je pour la taquiner. Tu t'installes ici ?

Anouk me renvoie un regard étonné.

— Je compte rester au moins trois semaines. Peut-être un mois.

— Comment ça ?

— Eh bien, pour m'occuper de papa. Tu te doutes bien qu'il ne va pas ressortir dans trois jours ?

Je fronce les sourcils.

— Non, mais quand je lui ai demandé s'il avait besoin d'aide et si je devais venir à Paris, il m'a assuré que c'était inutile.

Anouk me regarde d'un air désolé.

— Évidemment, il ne voulait pas te déranger. Il sait que tu es très occupé. Et puis, tu ne peux pas abandonner ton travail et ta vie de famille du jour au lendemain. Moi, c'est différent, je suis plus libre.

— Pas du tout. Simplement, il a prétexté que Sylvie serait avec lui. J'ai cru comprendre qu'ils désiraient rester en tête à tête. C'est pour ça que je n'ai pas insisté. Je craignais de les déranger.

— C'est un mensonge. Sylvie ne sera pas là. Elle part dimanche pour trois semaines au Canada.

— Quoi ?

— Elle va voir sa fille. Apparemment, c'était prévu de longue date.

Anouk refuse d'épiloguer. Elle hausse les épaules avant de m'envoyer à la boulangerie. Sage initiative. Je suis à deux doigts d'enfoncer mon poing dans le mur. L'égoïsme de Sylvie me sidère. Si Sophie s'était trouvée dans une situation similaire, j'aurais tout annulé.

Lorsque je repasse la porte cochère, un quart d'heure plus tard, j'ai eu le temps de me calmer. Tout au moins de me raisonner. Après tout, ce ne sont pas mes affaires. Je dois agir comme si cela ne me regardait pas. Même si je suis hors de moi.

Déposant le sachet de viennoiseries dans la cuisine, je fais simplement part à ma sœur de ma décision. Il est hors de question qu'elle assume seule la convalescence de notre père. Je reviendrai au maximum les week-ends pour l'épauler.

Anouk et moi pénétrons dans l'hôpital à l'heure dite après avoir piétiné une trentaine de minutes dans la rue. Tout en nous orientant dans les couloirs, nous échangeons des blagues stupides, unique remède à notre anxiété. Jusqu'au moment où les portes de l'ascenseur s'ouvrent sur le service concerné. À cet instant, une ancienne nausée me reprend. J'en suis le premier surpris, tant j'étais certain qu'elle m'avait déserté. Pourtant, je suis habitué à l'hôpital. Mon père y a travaillé toute sa vie, j'y allais souvent étant enfant. Mais là, c'est différent. Je ressens les mêmes symptômes que lorsque Nathan se faisait hospitaliser pour ses crises d'asthme. La tête me tourne, mes viscères se tordent. Je m'accoude au mur. Ma sœur se penche sur moi.

— Ça ne va pas ?

Je l'écarte doucement, honteux de me sentir mal quand, à quelques mètres de nous, s'alignent des brancards.

Sur l'un d'eux, notre père. J'ai peur. Je suis terrorisé à l'idée de ce que nous allons découvrir en poussant la porte de sa chambre. C'est une chose de le savoir malade, c'en est une autre de le voir souffrant. Je crains la vision d'un homme diminué. Ma sœur me toise d'un air inquiet. Je dois me ressaisir. *Merde ! Je ne suis pourtant plus un gamin.*

— Ça va mieux, dis-je en prenant une grande inspiration.

— Sûr ?

— Oui. Allons-y. Il doit nous attendre.

Malgré l'appréhension, je me remets en marche. Une infirmière sort de la chambre au moment où nous arrivons. Nous l'interceptons.

— Pardon, madame. Nous sommes les enfants de Claude Fresnais. Comment va-t-il ?

— Il reprend des forces. Je viens de terminer les soins. On a eu un peu de retard. Le médecin passera le voir dans l'après-midi.

— Merci.

Anouk pose la main sur la poignée et nous entrons.

La chambre baigne dans la pénombre. Les stores sont à demi baissés. Notre père est sur son lit, entouré de moniteurs, de perches. Nous pensons qu'il est endormi, mais il ouvre bientôt les yeux et esquisse un sourire groggy.

— Salut, papa, dit Anouk en s'approchant de lui. Comment te sens-tu ?

Il essaie de s'asseoir, mais nous l'en dissuadons.

— Comme quelqu'un qui serait passé dans une essoreuse, parvient-il à articuler.

Je souris en feignant d'ignorer les drains qui s'échappent de sous les couvertures. La poche qui pend sur le côté du lit, remplie d'urine, la sonde naso-gastrique qui disparaît dans sa narine. Et cette odeur, toujours. Qui m'indispose encore plus que le reste. Me concentrant sur son visage, je tente une diversion :

— Au moins, l'opération s'est bien déroulée.

— Oui, c'est ce que l'on m'a dit.

Dans mon esprit, une curieuse image se forme. Mon père est comme Terminator. C'est une machine. Certes en réparation, mais une machine quand même.

— Tu as mal ?

— Pour l'instant, pas trop. Je suis encore sous l'effet de l'anesthésie. Mais je sais que ça va arriver. Heureusement, j'ai plus de morphine à ma disposition que n'importe quel trafiquant de drogue.

— Tant mieux.

Agissant comme une mère, Anouk retape ses oreillers, tâte son front, ses extrémités. Les trouvant fraîches, elle va chercher une couverture qu'elle déplie sur le lit.

— Tu as le droit d'avaler quelque chose ?

— Rien que de l'eau gélifiée. Il va falloir attendre un peu pour le veau marengo…

Sa gourmandise nous amuse. Il serait aux portes de la mort qu'il réclamerait encore à manger.

— Je vais devoir me lever, ajoute-t-il. Les médecins m'ont recommandé de ne pas rester immobile trop longtemps. Ce soir, j'essaierai de faire le tour de la chambre.

— Tu viens de te faire opérer, objecte Anouk.

— Peu importe. Il faut relancer la tuyauterie. Et le plus tôt possible. Surtout à mon âge.

Sa détermination me réconforte. La station debout est celle des vivants.

Puis, soudain, comme si une mouche l'avait piqué, il se redresse et presse ma sœur d'aller lui chercher son peigne dans la petite salle d'eau attenante. Anouk s'exécute sans comprendre. Recouvrant alors une vigueur insoupçonnée, mon père s'applique à rabattre sur son crâne ses cheveux hirsutes.

— Ça va comme ça ? demande-t-il à ma sœur, qui acquiesce d'un air étonné.

Mais moi, je sais. Il a beau se trouver mal en point, notre don Juan veut demeurer présentable pour sa fiancée. Sylvie ne va sûrement pas tarder. Et comme si le ciel m'adressait un pied de nez, on entend toquer à la porte.

Sylvie entre, tout sourire. Sur le moment, elle semble surprise de nous voir, comme si notre présence n'était pas légitime. Mais elle se reprend rapidement et nous salue avec le plus grand enthousiasme. Elle dépose un baiser sur le front de mon père, qui se met tout d'un coup à rayonner. Anouk et moi nous éclipsons afin de ne pas le surmener. Les consignes du service sont limpides : pas plus de deux visiteurs en même temps.

Plus tard dans l'après-midi, tandis que l'infirmière s'occupe de mon père et qu'Anouk doit passer quelques coups de téléphone à Londres, je retrouve Sylvie à la machine à café.

— Normal ? dis-je en insérant une pièce dans la fente.

— Oui, s'il vous plaît.

Je lui tends le gobelet. Nous sommes dans le hall de l'hôpital. Une grande baie vitrée donne sur une cour végétalisée. Le soleil est radieux. Sylvie contemple les lieux en silence. Je n'arrive toujours pas à saisir la raison pour laquelle elle est en couple avec mon père. Car, s'il est indéniable qu'il est éperdument amoureux d'elle, la réciproque est loin d'être évidente. Ayant encore en travers de la gorge son départ imminent pour le continent américain, je lui témoigne, sans être trop direct, ma désapprobation.

— J'ai appris que vous partiez dimanche…

— C'est exact, me répond-elle en mélangeant son café. J'ai tellement hâte de voir ma fille, vous ne pouvez pas imaginer.

— Hum, je me doute. C'est dommage que cela tombe si mal.

— Ah, ça, c'est vrai, admet-elle. Mais je ne pouvais pas savoir.

Je lui concède ce coup de Trafalgar. Nous avons tous été pris de court.

— Non, c'est certain. Je suppose que vous aviez prévu ce voyage de longue date…

— Oh, oui, depuis Noël. Quand Caroline était à Paris avec son mari et ses enfants. Vous vous souvenez d'eux ? Ils m'ont gentiment invitée à venir les voir à Montréal.

— Et j'imagine que vous ne pouviez pas repousser ?

Cette fois-ci, Sylvie me toise d'un air contrarié.

— Les billets sont très chers, rétorque-t-elle.

Craignant de m'emporter, je baisse la tête. Si elle était dans une situation précaire, j'entendrais, bien sûr, l'argument. Mais elle est richissime. Au point, j'en mettrais ma main à couper, de voyager en première. Je ne peux m'empêcher de penser que mon père vaut mieux qu'une liasse de billets. Sylvie a parfaitement saisi mon allusion. Son visage se ferme. J'aperçois alors, derrière la politesse mondaine, une femme de poigne.

— Vous savez, Alexandre, reprend-elle d'une voix ferme, malgré ce que vous semblez croire, j'aime beaucoup votre père.

C'était ce qu'il ne fallait pas dire. Piqué au vif, je réplique :

— Aimer beaucoup n'est pas aimer.

Elle me renvoie un regard inflexible.

— À mon âge et après un veuvage, si !

Je suis parti le lendemain, après que les médecins et Anouk m'eurent assuré que la situation était sous contrôle. Au moment de nous embrasser, ma sœur a développé des trésors de ruse pour paraître sereine, mais je sais qu'elle est en réalité très angoissée. Cancer du pancréas, on ne la lui fait pas. Toutefois elle tient le front, en bon petit soldat. Nous sommes convenus que je reviendrai non pas le week-end prochain, mais celui d'après. Je dois compenser le retard accumulé à l'agence et Anouk se sent capable d'assumer les premiers jours de garde en alternance avec Sylvie, jusqu'au départ de celle-ci. C'est le cœur lourd que j'ai consenti à la quitter.

J'ai tenu le rythme jusqu'au mercredi suivant. Travailler me permet de tout occulter. Lorsque je m'implique dans un projet, que je pars en repérage ou que je briefe une équipe de tournage, je ne pense à rien d'autre qu'à la concrétisation du film que j'ai en tête. Mais un nouveau week-end, qui sonne le glas, se profile à l'horizon. J'ai prévu de prendre un train samedi après-midi et de revenir le lendemain soir, ce qui me permet de passer la journée de dimanche avec mon père. Anouk pourra se reposer un peu. Je devine à sa voix, même si elle ne se plaint pas, qu'elle est épuisée. Le périmètre d'une chambre d'hôpital est exigu. Surtout pour qui n'est pas malade.

Sophie m'a annoncé hier qu'elle comptait aller se promener avec ses copines de yoga vendredi soir, jour désormais dédié à une activité personnelle à laquelle l'autre ne prendrait pas part. Une sorte de bulle d'oxygène, propice à la détente et à la réflexion. À cette annonce, mon sang n'a fait qu'un tour. L'image de mon rival est venue s'interposer entre le monde et moi, comme un écran opaque. Remarquant que je me renfrognais, Sophie a précisé qu'il s'agissait exclusivement d'amies, I-E-S, dont elle a cru bon, pour me convaincre, d'égrainer les prénoms. Jacqueline, Claudine…

Je n'ai pas écouté. Les heures qui ont suivi, je n'ai pu m'empêcher de me demander si cette histoire de sortie était vraie. Le doute était semé. Je n'ai rien osé objecter, mais l'affaire m'a torturé, et continue de le faire. Dans ma folie, j'ai même songé à engager un détective privé, avant, heureusement, de me raviser. Je ne suis pas cinglé à ce point. Pas encore. Mais le ver est dans la pomme. Le soupçon me dévore.

C'est ainsi que le vendredi soir, alors que j'étais toujours à l'agence et qu'il était 19 heures passées, le diable est venu me chercher. Le ciel était magnifique et l'air d'une douceur incroyable. On se serait cru en juillet. Une météo parfaite pour courir. Pourtant, j'ai choisi l'autre voie. Cassandre n'était qu'à quelques mètres de moi. Je devais en avoir le cœur net. Sans trop réfléchir, je lui ai demandé de me rejoindre dans mon bureau.

— Je commence à saturer, ai-je prétexté. Si tu as terminé, ça te dirait d'aller boire un verre ?

Elle n'a pas eu l'air surprise. Elle a regardé autour d'elle pour s'assurer que personne n'avait entendu, puis réalisant qu'il ne restait plus que Christine, la comptable, et un jeune stagiaire sur le plateau, elle a acquiescé avec un grand sourire.

— Avec plaisir !

Le temps de rassembler nos affaires, cinq minutes après nous étions sortis. En franchissant le seuil de l'immeuble, j'ai eu l'impression de transgresser celui des interdits. La culpabilité m'éperonnait, mais j'avais décidé de l'ignorer. Cassandre et moi avons descendu la rue, côte à côte, et nous sommes arrêtés dans un petit bistrot que nous affectionnons, Chez René. La terrasse occupe une place piétonne, encadrée de platanes et de tilleuls. Une oasis au cœur de la ville. Nous nous sommes installés en bordure et avons commandé deux verres de chablis. Cassandre avait le sourire, le week-end commençait, la fin de journée prenait des allures de vacances. Lorsque le vin a coulé dans ma gorge, je me suis détendu.

Comme il fallait s'y attendre, nous avons commencé par échanger des banalités. Évoqué les projets sur lesquels nous travaillons et fait tomber les têtes de quelques clients dont les exigences frôlent la caricature. De nos commérages est née une nouvelle proximité. De sorte que, au moment où le jour commençait à décliner, nous étions toujours attablés et avions commandé une bouteille. C'est à cet instant que Cassandre m'a demandé si le psychiatre qu'elle m'avait conseillé me convenait. Pris au dépourvu, j'ai bafouillé.

— Euh… Ce n'était pas pour moi.

J'ai aussitôt regretté ma réponse.

— Ah, pardon… je croyais…

— C'était pour ma femme.

Je pensais que cette information mettrait fin au débat, mais Cassandre a insisté.

— Et elle en est contente ?

— Je ne sais pas. Nous n'en parlons jamais.

Elle s'est tue. J'en avais trop dit. Ou pas assez. J'ai ressenti le besoin d'aller plus loin. D'être honnête avec elle. De lui expliquer ce qui me tourmentait. J'en avais assez de parler pour ne rien dire. La vérité est que cette fille me plaît. Je ne peux le nier. Je voulais lui parler de moi. Dévoiler l'être humain derrière le patron. L'homme derrière la fonction. Alors, je lui ai tout raconté. Elle m'a écouté avec bienveillance. Je m'attendais qu'elle me donne son avis, mais elle s'est gardée de tout commentaire. *Étais-je allé trop loin ? Quelle image allait-elle avoir de moi ?* Gêné, j'ai baissé le front. Tout d'un coup, la magie s'envolait. J'avais honte. Au moment où je consultais ma montre discrètement, elle a repris la parole.

— Ne t'inquiète pas, a-t-elle dit. Je suis persuadée que le médecin que je t'ai recommandé pourra vous aider.

J'ai relevé la tête. Son regard s'était fait étrangement sombre.

— Tu veux savoir comment je l'ai connu ?

Comprenant que son tour était venu de se livrer à des confidences, je me suis fait attentif, heureux qu'elle me juge digne de confiance, surtout après m'être mis à nu devant elle.

— Tu te souviens lorsque je t'ai dit que j'avais été internée quand j'étais adolescente ?

Comment oublier ? J'ai acquiescé.

— C'est parce que je suis née avec un handicap. Je suis atteinte du syndrome de Rokitansky.

Elle a fait une pause, le temps d'une gorgée de vin. J'ai eu le sentiment qu'elle se donnait du courage.

— Je suis née sans utérus ni vagin, a-t-elle alors lancé en me fixant.

J'en ai eu le souffle coupé. Le genre de silence qui suit une explosion. Une espèce de mutisme impérieux. Mais je n'ai pas baissé le regard. Cassandre l'aurait interprété comme un affront. Elle venait de lâcher une bombe et je n'avais qu'à attendre que l'onde de choc se dissipe. Que la poussière se dilue dans l'air. Que les murs cessent de trembler. Ma gorge est devenue sèche. Au terme de longues minutes, elle a repris sa respiration, m'autorisant par la même occasion à retrouver la mienne.

— On l'a découvert à la puberté, a-t-elle précisé d'une voix éteinte. Comme tu peux t'en douter, ça a été très difficile à accepter. J'ai fait plusieurs tentatives de suicide. Aujourd'hui, ça va mieux. Je ne peux pas dire que je suis heureuse, mais je ne pleure plus sur mon sort tous les jours.

Je ne savais pas quoi répondre. Cette fille a en apparence tout pour elle. La beauté, le charme, l'intelligence, la jeunesse. Tout, sauf l'essentiel. Sauf ce trésor que les femmes cachent à l'intérieur d'elles-mêmes.

— Le plus difficile, a-t-elle poursuivi, c'est d'accepter le fait que je ne porterai jamais d'enfants.

Ma poitrine s'est serrée.

— Il n'existe aucun traitement ?

— Pas vraiment. Il y a des greffes d'utérus, mais c'est risqué et encore très expérimental.

Donc, non, pas de remède. J'étais triste pour elle. J'avais honte de moi et de mon comportement. Et je me sentais surtout tellement inutile.

Nous avons quitté le café sans que j'aie réussi à reprendre contenance. D'ailleurs, Cassandre ne m'a pas avoué son mal pour que j'y trouve une solution. Elle m'a simplement ouvert un pan de sa vie intime en me témoignant sa confiance. C'est à ce moment-là que j'ai compris qu'il n'y avait aucun rapport de séduction de son côté. Elle cherchait exclusivement mon amitié. Je m'étais fait des films tout seul. Je me suis senti minable. Comme si j'avais abusé d'elle. Dégueulasse et minable.

Si la soirée avait mal commencé, une fois rentré à la maison, ce fut l'apogée. Moi qui avais soupçonné Sophie de m'avoir menti, je la surprends dans le salon, entretenant une discussion animée avec un petit groupe de sexagénaires.

— Ah, Alex, tu tombes bien ! s'exclame-t-elle en m'apercevant. Viens, je vais te présenter.

Et me voilà à saluer des retraitées toutes plus sémillantes les unes que les autres, lesquelles m'embrassent comme du bon pain. Ah, enfin, on le rencontre ! Depuis le temps qu'on entend parler de vous ! Vous savez, on adore notre petite Sophie. Elle est si gentille, si drôle…

Ç'aurait pu durer ainsi toute la soirée. Mais, bien que dégrisé, je suis ivre et fatigué. Je m'excuse auprès d'elles avant de m'éclipser. Je m'étends sur le canapé-lit tout habillé. La tête me tourne. En l'espace de quelques heures, j'ai réussi l'exploit de devenir le genre d'individu que je méprise habituellement. Celui qui trompe sa femme en lui interdisant de faire la même chose. Je suis une merde. Vraiment. Je me console en songeant que, demain matin, je participe à un cours de cuisine avec Sophie. C'est notre premier. Ensuite, avant de prendre le train, je l'inviterai à déjeuner. Juste elle et moi. Je nous dois bien ça.

Pour être franc, j'y allais à reculons. Pourtant, je n'ai finalement pas boudé mon plaisir lorsqu'il a fallu enfiler des gants et un tablier pour confectionner une quantité astronomique de macarons. Le chef a un grand sens de l'humour, ce qui contribue à rendre l'ambiance récréative et bon enfant. Nous étions dix en cuisine et, durant trois heures, nous avons appris les rudiments de la pâtisserie, comme, par exemple, l'art de casser un œuf correctement. Je pensais savoir, mais en fait, non.

Sophie et moi avons beaucoup ri. Cette matinée fut une respiration, un moment qui nous a rapprochés. Et davantage lorsque nous sommes allés déjeuner. Chacun muni de notre petit panier garni de biscuits, nous avons parlé du cours, naturellement, mais également de beaucoup d'autres choses. De l'actualité, de nos projets du moment. Sophie m'a redit combien elle était résolue à suivre dès la rentrée prochaine une formation de sophrologue afin d'en faire, à terme, son métier. Rarement je l'ai vue aussi décidée. J'ai eu le sentiment de retrouver la femme que j'avais épousée. Sans enfants à s'occuper, sans maison à entretenir, sans repas à préparer, nous étions à nouveau complices. Si bien que, malgré la perspective de la quitter pour gagner Paris, je suis sorti du restaurant d'un pas léger. Elle aussi. J'ignore si elle a vu juste sur toute la ligne, mais en ce qui concerne ce premier rendez-vous, je lui donne entièrement raison. Nous avons besoin de nous adonner à une activité commune. C'est par ce biais que nous partageons à nouveau le meilleur de l'existence.

À présent, dans le train, je digère lentement les derniers événements. Cette matinée, si douce, comparée au tremblement de terre de la veille. Je repense à ma soirée avec Cassandre. *Où avais-je l'esprit ?* Je me demande ce qu'il serait advenu si elle avait été un tant soit peu sensible à mon charme. Si elle était entrée dans mon jeu. Dans quelle galère me serais-je embarqué ? Car, au fond de moi, je suis à peu près certain que j'aurais été incapable d'aller jusqu'au bout. En vérité, je voulais vérifier mon pouvoir de séduction tout en me vengeant de Sophie. Mais jamais je n'aurais supporté de la trahir. Certains principes se retrouvent tellement ancrés en nous qu'il est impossible de les en déloger. J'ai prêté serment dans une église. J'ai fait un vœu. On m'a appris à craindre le Jugement dernier. Alors même que je ne crois plus en Dieu. Incohérence totale. Prison mentale. Un jour, il faudra songer à m'en libérer. Car, si je dois rester avec Sophie, je veux que ma décision relève d'un choix éclairé. Pas d'une obligation, d'un acte notarié ou d'une peur irrationnelle de voir s'abattre sur moi les foudres divines. J'en parlerai à la psy. Enfoncé dans mon fauteuil de TGV, je souris de ma propre ironie. *C'est bien, Alexandre, en progrès…*

En attendant, je vais arrêter de regarder Cassandre et me concentrer sur la nécessité de pardonner à Sophie. Dissiper le ressentiment que je peux encore éprouver à son encontre. Je mise sur le temps pour faire son œuvre. Je ne voudrais pas me ronger de l'intérieur. Selon mon père, c'est l'une des causes premières du cancer.

Arrivé à Paris, je téléphone à Marco.

— Comment va ton père ? me demande-t-il aussitôt.

— Pas la grande forme, mais ça se maintient.

— Tu es à l'hôpital ?

— Pas encore. Je m'apprête à prendre le métro.

— Envoie-moi un texto pour me tenir au courant.

— Bien sûr.

Même si je n'en attendais pas moins de sa part, sa sollicitude me touche. Marco et moi formons une famille plus solide que celles de nos états civils.

— Tu as progressé au sujet des vacances ?

— Évidemment, tu me connais ! se rengorge Marco. J'attendais pour t'en parler. J'ai supposé que tu avais d'autres priorités.

— C'en est une.

— OK. Alors, accroche-toi, mon petit. Cette année, nous partons dans les Pyrénées !

— D'accord... Tu comptes louer une maison ?

— Hé hé, c'est là que ça se corse. Je te propose un séjour itinérant. Un road trip à vélo dans le pays cathare ! Il paraît que les châteaux et les paysages sont magnifiques.

— Mais on logerait où ?

— Je ne sais pas. N'importe où.

Je marque un temps d'arrêt. Déjà, plus jeune, je n'étais pas friand de ce genre de programme.

— Ce sera chaleureux, convivial, et pas cher ! ajoute Marco. Pile dans tes critères !

— Ça pue l'arnaque, ton truc.

— Pas du tout. Ça va être super !

— Au risque de passer pour un vieux con pantouflard, je suis attaché à mon confort.

— Eh bien, justement, ça te changera.

— Sérieusement, Marco. Les enfants seront avec nous. Tu nous imagines dormir où ?

— Sous la tente, dans des grottes… Ce ne sont pas les options qui manquent.

— Ah, ouais… la vraie colo, quoi !

— Ouais, mon pote. Mais de luxe. Ce ne sera pas du Coca que t'auras dans ton gobelet en carton.

Planté sur le quai de la gare Montparnasse, j'éclate de rire. Marco me surprendra toujours. À ses yeux, nous avons encore vingt ans. Les voyageurs me frôlent. Certains courent, une valise à la main. Je me dis que c'est peut-être lui qui détient la bonne équation. Que, pour une fois, je devrais me laisser porter. Après tout, qu'est ce que je risque ? À part crever de froid au sommet d'une montagne ? Oui… certes… mais à la belle étoile.

J'arrive peu après à l'hôpital. Malgré la baie vitrée du hall, le soleil n'y pénètre pas. Comme s'il était lui aussi confiné, mais à l'extérieur. Impossible de se réchauffer dans ce grand bâtiment froid. Je frissonne. Anouk a prévenu de ma venue. Mon père m'attend. Il est 17 heures. J'entre avec précaution, par peur de le réveiller. Mais une rumeur me parvient. Les haut-parleurs de la télévision crachent des répliques de mauvais polar. Mon père ne m'a pas entendu arriver. Le regard rivé à l'écran, il semble captivé.

— C'est bien, tu te cultives !

Il sursaute avant de se saisir de la télécommande.

— Que veux-tu… Il n'y a que ça à faire, ici. J'en ai ras le bol des mots croisés.

J'avance et lui tends un paquet.

— Qu'est-ce que c'est ?

— Ouvre, tu verras.

Il déchire le papier et en dégage la biographie de Churchill par Kersaudy.

— Ah, merci !

— Je t'en prie.

Je dépose ma veste et passe par la salle de bains pour me laver les mains. Lorsque je reviens, il feuillette l'ouvrage que je lui ai apporté.

— Tu l'as lu ? me demande-t-il.

— Non, jamais.

— Tu devrais. Quel homme. Quel exemple ! Ce n'est pas lui qui serait resté trois semaines cloué sur un lit d'hôpital...

Son commentaire est amer. Ma sœur m'a averti. Depuis quelques jours, malgré le fait qu'il aille mieux, il manque d'appétit. Pour la culture, la littérature, les échanges, la vie. Anouk pense qu'il s'ennuie. Il regrette son appartement, le quotidien, ses habitudes. En plus, Sylvie est partie. Ils n'ont pu se parler que deux fois au téléphone à cause du décalage horaire. Et puis, il souffre. Pour une fois, il ne s'en cache pas. Les drains, les sondes naso-gastrique et urinaire ont été retirées, mais la perfusion de morphine est toujours présente. Seulement, ce n'est rien à côté de son aspect. Ses joues sont creuses et cyanosées, ses lèvres ont perdu leur pulpe, elles sont désormais fines et sèches. Des squames blanches entourent ses sourcils, sa bouche, les ailes de son nez. Il est mal rasé. Son menton est comme constellé de minuscules cristaux de sel. J'en viendrais presque à regretter la bête de concours en laquelle Sylvie le transforme lorsqu'elle cherche à l'introduire dans la bonne société. Rien ne nous avait préparés à une telle décrépitude. Je lui prends la main. Elle est glacée.

— Tu as froid, papa ?

— Non.

— Tu es sûr ?

— Peut-être un peu.

Je sors aussitôt dans le couloir demander aux infirmières s'il est possible de se procurer une couverture supplémentaire. Quand je reviens, sa tête est tournée vers la vitre. Il semble complètement apathique. D'ordinaire, nos retrouvailles suffisent à lui donner le sourire. Je fouille dans mon sac.

— Tiens, dis-je avec un enthousiasme un peu trop appuyé. Regarde ce que je t'ai apporté !

Tel un trophée, je brandis le panier de macarons confectionnés dans la matinée. Je sais qu'il en raffole.

— Et je te prie de croire que ça m'a coûté. C'est moi qui les ai faits !

Il fait semblant d'être impressionné, avant de reposer les biscuits sur la desserte.

— Tu n'en veux pas ? Anouk m'a dit que tu pouvais te nourrir normalement.

— Presque normalement. Je suis officiellement devenu diabétique.

Perdant aussitôt ma pauvre contenance, je bredouille :

— Mais… c'était prévu, ça ?

— En tout cas, c'était prévisible. Dans les chirurgies du pancréas, c'est un classique.

Même si je ne suis coupable de rien, j'enfonce la tête dans les épaules. Je sais que cette nouvelle l'accable, lui qui a toujours placé les plaisirs de la chère au panthéon des joies de l'existence. À égalité avec une bonne sieste. Moi qui pensais lui remonter le moral…

Il pousse à cet instant un gémissement qui me tire de mes réflexions.

— Tu as mal ?

— Oui…

— Je vais chercher quelqu'un.

— Reste ici, coupe-t-il avec autorité. Ne les dérange pas pour ça. C'est normal d'avoir mal.

Il se détourne à nouveau vers le ciel.

— C'est étonnant, d'ailleurs, la souffrance, marmonne-t-il, comme s'il parlait tout seul. À quel point un corps peut se contorsionner, quand il lutte. C'est le démon qui s'empare de nous. Et puis, tout d'un coup, au moment de la mort, le phénomène s'inverse. Les membres se relâchent. Avant bien sûr de se rigidifier de nouveau. Mais à l'instant précis du départ, c'est une vraie délivrance.

L'écoutant, mes membres à moi aussi se raidissent.

— Tu as peur, papa ?

— De la mort ? Non. Pourquoi en aurais-je peur ? Épicure disait que, lorsque nous sommes présents, elle n'est pas là, et quand elle survient, c'est nous qui ne sommes plus. C'est imparable. En réalité, ce n'est jamais la mort que l'on craint, mais l'agonie qui la précède. C'est bien mon problème. Je suis trop lucide.

— Les médecins ont dit que l'opération s'était bien passée, dis-je en secouant la tête, espérant ainsi refouler ce que j'entends.

— C'est vrai. Ils se montrent optimistes. Ils font leur boulot. Mais entre nous, je n'y crois pas beaucoup.

— Peut-être que tu seras l'exception ?

Mon père se tourne vers moi.

— Peut-être, répond-il dans un soupir.

Je sais qu'il dit cela uniquement pour me faire plaisir.

Je ressors de l'hôpital plus abattu que jamais. Dans le métro, les stations défilent sans que j'y prête attention. Sauf au moment où un musicien entre dans le wagon. Le grincement de son violon mal accordé m'agresse. J'aurais envie de lui faire bouffer ses cordes. Pauvre homme. Pauvre de moi. Désireux de respirer, je descends deux arrêts avant. Je vais finir à pied. Cela me laissera le temps de me composer une autre expression que celle qui doit obscurcir mon visage. Si toute la semaine a été comme ça, Anouk n'a vraiment pas besoin de retrouver un triste sire dans mon genre. Comment fait-elle pour rentrer chaque soir, seule, dans cet appartement ? Lorsqu'elle m'ouvre la porte, je ne prends même pas la peine d'entrer.

— Ça te dirait de sortir ?

Elle est en pyjama. J'en conclus que j'avais raison : la semaine a dû être rude.

— Oui ! s'exclame-t-elle aussitôt. Laisse-moi juste enfiler un pantalon.

Peu après, nous marchons dans la rue, bras dessus, bras dessous. Paris au printemps. Les terrasses sont bondées. Comme une impression de revenir à la vie.

— Où veux-tu aller ?

— C'est toi qui décides. On pourrait faire une petite promenade et ensuite resto. Et pourquoi pas ciné, dans la foulée, si tu en as envie.

Ma sœur me renvoie un regard étonné.

— Je croyais que tu détestais le cinéma ?

— Tout change, tu vois.

Il était 1 heure passée lorsque Anouk et moi sommes rentrés nous coucher. Même si nous étions fatigués, nous avons voulu profiter jusqu'au bout de notre soirée. Dîner, promenade, cinéma. Pas mécontent que les visites à l'hôpital ne soient autorisées qu'à partir de 13 heures, j'ai dormi jusqu'en milieu de matinée. Cela ne m'était pas arrivé depuis chez Marco. Juste avant de partir, je rejoins ma sœur dans la cuisine.

— Tu as investi dans une machine ? dis-je, surpris, tandis qu'elle me tend un expresso fumant.

— C'est la voisine qui me l'a prêtée. Ce n'était plus possible, ce vieux sachet lyophilisé.

— Avec un peu de chance, on réussira à le convertir.

Je vide ma tasse avant d'ajouter :

— J'y vais. Je ne veux pas être en retard.

— Si tu croises le médecin, appelle-moi.

— Naturellement.

— Dis-lui que je serai là demain.

— Il le sait, ne t'inquiète pas.

Je me lève, mon sac à la main.

— Une dernière chose... Que dirais-tu si, le week-end prochain, nous dînions avec maman ?

Anouk me regarde, intriguée.

— Tu es sûr ?

— Non. Mais qui ne tente rien... Un truc simple, tu vois, pas compliqué. On pourrait la retrouver dans Paris.

— OK... je vais lui demander.

— Merci. Je serai plus à l'aise si c'est toi qui t'en charges.

Je lui lance un baiser et me dirige vers le vestibule.

— Oh, avant que je n'oublie, que fais-tu cet été ?

— Pour l'instant, rien de particulier. Pourquoi ?

— Ça te dirait un road trip à vélo avec nous et Marco dans les Pyrénées ?

— C'est sérieux ?

— Malheureusement, oui.

Ma sœur me jette un regard amusé.

— Je vais y réfléchir..., répond-elle en refermant la porte.

Mon humeur du jour n'a rien de commun avec celle d'hier. Il a suffi d'une soirée auprès de ma sœur pour dissiper ma peine. Nous avons ri, discuté, pas mal bu. Ce matin, pour accéder au métro, je longe une avenue sur laquelle se tient un marché. Je déambule au milieu des odeurs d'épices, de légumes, de fruits, je zigzague entre les clients et leurs cabas, j'entends les commerçants haranguer la foule de leurs voix tonitruantes, les enfants, leurs cris... Je suis au centre de la vie. Je respire à pleins poumons cet air qui ne sent pas toujours bon, mais qui témoigne d'un monde bien vivant. Dont je fais partie.

L'euphorie me porte jusqu'au moment où je franchis de nouveau les portes de l'hôpital. À cet instant, mon humeur optimiste retombe comme un soufflé. Plus j'évolue dans les couloirs, plus l'appréhension me gagne. Au moment de pénétrer dans la chambre de mon père, elle atteint son acmé. Vais-je le trouver dans le même état que la veille ? Sera-t-il plus vaillant ? Moins morose ? C'est mon souhait le plus cher.

Comme s'il m'avait entendu, il est assis dans son lit, et cette fois-ci avec le sourire.

— Eh bien, ça va mieux, on dirait ! dis-je, soulagé. Il a repris des couleurs.

— J'ai eu Sylvie au téléphone, cette nuit.

— Tout s'explique. Elle va bien ?

— Très bien ! J'étais content de l'entendre après plusieurs jours sans y parvenir. Elle n'arrête pas de bouger. Ils sont tout le temps en vadrouille. Qu'est-ce que j'aimerais être avec eux.

— Tu iras un jour.

— Si Dieu veut.

Comme la veille, je dépose mes affaires et me lave les mains. Lorsque je reviens, j'aperçois le plateau-repas auquel il n'a pas encore touché.

— Tu n'as pas faim ?

— Si, si. Justement, j'allais m'y mettre. Ça ne te dérange pas ?

— Pas du tout.

Je m'assois dans un fauteuil tandis qu'il attaque une purée dont l'aspect rebuterait n'importe quel gourmet.

— C'était bien, hier soir, avec ta sœur ? demande-t-il entre deux cuillerées.

— Super. On a fait un grand tour. Ça nous a fait du bien.

— Tant mieux. Anouk se donne beaucoup de mal pour moi. Ça la change de te voir. Même si elle ne le dira jamais, c'est important pour elle.

— Je sais. C'est la raison pour laquelle je reviens le week-end prochain.

Je songe à Sylvie, qui, au moment où nous parlons, joue les touristes de l'autre côté de l'Atlantique. L'air innocent, je me renseigne sur la date de son retour. Mon père se crispe.

— Ah… justement… c'est toute la question. Elle me manque, tu sais, mais elle va peut-être prolonger d'une semaine.

— Pourquoi ?

— Elle ne voit pas sa fille tous les jours. Et puis, au fond, elle est bien mieux là-bas qu'à s'ennuyer ici, avec moi.

Je repense au couplet de cette dernière lorsque nous étions près de la machine à café. Sur la prétendue impossibilité d'échanger ses billets.

— Ne prends pas la mouche, marmonne-t-il depuis son lit en apercevant ma mine contrariée. Il faut la comprendre.

Je lève les yeux au ciel. En règle générale, je me flatte d'être tolérant, mais quand je vois l'état dans lequel il se trouve, mon indulgence atteint ses limites.

— Désolé, j'ai du mal. Mais c'est ton choix, donc je le respecte. Je garderai mes impressions pour moi.

Je sens bien qu'il est ennuyé. Lentement, il repose ses couverts et détache sa serviette.

— Ne sois pas trop dur avec elle, dit-il d'un air réfléchi. Je lui ai promis la lune et, en fin de compte, je me retrouve cloué sur un lit d'hôpital. C'est injuste pour elle.

— Et pour toi ?

— Pour moi aussi. Mais c'est ma vie. Sylvie, elle, a déjà donné.

Je fais la moue.

— Si, je t'assure. Tu la juges, alors que tu ne sais rien d'elle. Ne la classe pas d'office dans la catégorie des grandes bourgeoises insensibles.

— Ce n'est pas ce qu'elle est ?

— Pas seulement. Ce n'est pas parce que l'on porte un nom à particule que l'existence est forcément rose.

— Si tu le dis…

— Son père était militaire, reprend mon père face à mon air dubitatif, manifestement décidé à défendre sa compagne. Et malgré le prestige de son patronyme, il ne roulait pas sur l'or. Ce que l'on appelle une « fin de race ». Et avec ça, onze bouches à nourrir. Tu penses, avec le curé à table tous les dimanches, il n'était pas question d'utiliser de contraception. Toute son enfance, Sylvie a partagé sa chambre avec ses sœurs et porté les affaires des aînées. Elle n'a jamais rien possédé qui ne fût qu'à elle. Et bien sûr, ils ne partaient jamais en vacances. Elle aurait adoré faire des études, mais, là aussi, c'était impossible. D'abord, ça coûtait trop cher, et ensuite on lui a vite fait comprendre que ce n'était pas sa place. Son seul devoir consistait à trouver un mari. De préférence argenté et de bonne lignée. Donc, à seize ans, à défaut de se rendre au lycée et de passer son bac, sa grand-mère lui a appris à coudre, à broder, à tenir une maison. En somme, à devenir une parfaite petite épouse. En tant que militaire, le père était souvent en mission. Sylvie devait aider sa mère. Elle a en grande partie élevé ses frères et sœurs. Jusqu'au jour où un drame s'est produit. D'après ce que j'ai compris, elle avait emmené une partie de la fratrie pique-niquer près d'un étang. L'une de ses petites sœurs a échappé à sa vigilance. Dans le chahut général, Sylvie a mis du temps à s'en apercevoir. Quand elle l'a retrouvée, c'était trop tard. La gamine s'était noyée. Sylvie ne se l'est jamais pardonné et sa mère non plus. Jusqu'à sa mort, elle n'a eu de cesse qu'elle le lui fasse payer. Mais elle n'avait pas quinze ans ! Après cela, l'ambiance, qui n'était déjà pas au beau fixe, s'est encore dégradée. Se sentant mal-aimée, Sylvie n'avait qu'une hâte : partir. Mais elle n'avait pas d'argent, aucune expérience. Quand elle a eu vingt ans, son père lui a donné le choix : le mariage ou les ordres. Les ordres… Ces gens sont fous ! Alors, elle a épousé Puy de Clinchamps, qui s'est avéré aussi autoritaire que son père. Elle qui pensait s'émanciper… Pour son mari non plus, il n'était pas question d'étudier, et encore moins de travailler. Elle était là pour engendrer des héritiers.

Au fil du récit, mon expression passe du mécontentement à l'effarement.

— Eh oui, renchérit mon père. C'est ainsi que les choses se déroulent parfois. Et ne va surtout pas croire qu'il s'agit d'un temps révolu. Encore aujourd'hui, on en trouve plein les rues de Neuilly, des types comme ça. Et attends, ce n'est pas fini. Dans la famille Puy de Clinchamps, la tradition voulait que l'aîné soit un garçon, que l'on prénommait comme son père. En hommage. Jusque-là, le sort leur avait été favorable, puisque cela faisait des générations que la nature respectait cet ordre. Tu imagines comme Sylvie était attendue au tournant. Or, elle est tombée enceinte d'un garçon. Sauf que l'enfant est mort-né. Second traumatisme. Pendant longtemps, elle a été convaincue d'être incapable de donner vie à un bébé en bonne santé. Ajoute à cela une éducation bien catholique, elle a pensé être maudite. Mais heureusement, Caroline est arrivée. Une fille. La tradition aristocratique était brisée. Je ne crois pas que son mari ne le lui ait jamais reproché, surtout que, peu après, ils ont eu Gauthier, mais ça n'a pas dû réchauffer leurs rapports. Ensuite, eh bien, Sylvie s'est occupée des enfants, du foyer, et se devait d'être en représentation lorsque c'était nécessaire. Chaque fois qu'elle achetait quelque chose, elle devait en référer à son mari. À la fin du mois, il visait la moindre facture pour voir si ça correspondait bien. Sylvie n'avait pas d'argent propre, aucun compte bancaire à son nom. Tout passait par lui. Il l'a complètement privée d'autonomie. Tant et si bien qu'évidemment, à sa mort…

Mon père me lance un regard entendu.

— Il lui a fallu rester cinquante années sous le joug des hommes avant d'être libre. Depuis, elle profite. Mais elle a le droit, non ?

Un peu honteux, je confirme.

— Et même encore ça, tu vois, son fils ne le lui pardonne pas. Il l'accuse de dilapider la fortune familiale. Lorsque Sylvie l'a invité pour le réveillon de Noël, il lui a renvoyé un texto disant qu'il était hors de question qu'il participe à une réception qui déshonorait la mémoire de son père. Tu t'en rends compte ? Elle en a pleuré pendant deux jours. Petit con !

Il est à bout de souffle. Si Gauthier s'était tenu devant lui, nul doute qu'il aurait récolté la gifle de sa vie. Malgré la perfusion. Mon père a toujours détesté les injustices. Sa réaction me touche. Encore une fois, c'est lui qui a raison. C'est agaçant à la fin.

— Excuse-moi... Ce n'est en effet pas facile. Je préférerais simplement qu'elle soit là. Il me semble qu'elle a des effets bénéfiques sur toi.

Mon père sourit.

— Ah, ça, c'est vrai ! s'exclame-t-il. C'est ma bonne fée. Vivement son retour.

Dans le train qui me ramène chez moi, je pense à Sophie, à Juliette et à Nathan. J'ai hâte de les retrouver. Peut-être est-ce dû à l'éloignement, à l'histoire que mon père m'a racontée, à la piqûre de rappel que constitue son état de santé. Peut-être toutes ces raisons réunies. Je m'imagine déjà franchir le seuil de la maison. Reparler avec Sophie de notre cours de cuisine, lui relater mon séjour à Paris. Discuter avec les enfants des activités du week-end, savoir s'ils sont à jour dans leurs révisions. Le mois de juin arrive à grands pas avec, en ligne de mire, le brevet et le bac de français. Nathan ne s'en tire pas trop mal pour le contrôle continu, mais, pour ce qui est de l'épreuve finale de français, c'est loin d'être gagné. Quant à Juliette, c'est encore plus compliqué. Ce n'est que récemment, depuis que nous avons passé notre pacte, qu'elle s'est mise à étudier. J'espère qu'il n'est pas trop tard. Mais à la manière dont elle surveille mes habitudes, discrètement, du coin de l'œil, je me dis que tout n'est pas perdu. Car, de mon côté, je respecte les termes du contrat. Progressivement, je me plie au zéro déchet. J'ai troqué mes yaourts favoris contre du fromage blanc que nous achetons à la crèmerie en apportant nos propres pots de conservation, j'ai investi dans une gourde que j'emporte partout avec moi, et je n'ai pas racheté de gel douche, lui préférant désormais un bon vieux pain de savon. Et je ne vois aucune différence. Non seulement ce n'est pas plus contraignant, mais c'est plus économique.

J'ai l'impression d'être sur la bonne voie. Même Sophie me considère d'une autre manière. Comme si, tout d'un coup, elle me trouvait moins bête. Jamais je n'aurais cru qu'il eût fallu en passer par là pour l'impressionner de nouveau. Si j'avais su, je m'y serais mis plus tôt. Depuis quelque temps, le climat à la maison se détend. Sophie et moi faisons toujours chambre à part, mais nous ne considérons plus cela comme une punition. Plutôt une phase de transition. Dans mon esprit, il apparaît de plus en plus clair que je retournerai un jour à l'étage. Pas tout de suite, ce serait prématuré, mais je l'envisage. Ce qui, en soi, constitue un progrès.

Le mois de juin est arrivé à une vitesse qui nous a tous pris de court. Entre le travail, la vie de famille et mes allers-retours à Paris, je n'ai pas chômé. Sur avis médical, mon père a quitté l'hôpital pour intégrer une maison de repos. Les médecins ont pensé que, compte tenu de son âge et de sa condition, du fait qu'il vivait seul, il valait mieux prévoir une convalescence dans un lieu spécialisé où l'on pourrait veiller sur lui constamment. Avec Anouk, nous avons visité plusieurs établissements avant d'arrêter notre choix sur une adresse de banlieue. L'endroit, bien entretenu, dispose d'un parc arboré où les résidents peuvent se promener. Ce n'est qu'à quelques stations de RER du domicile de Sylvie. Satisfaisant ainsi l'un de nos principaux critères. Je pense que nous ne nous sommes pas trompés. Mon père semble apaisé. L'oncologue envisage de débuter très prochainement une chimiothérapie. J'espère qu'il supportera ce nouveau protocole. Il est encore faible, naturellement, mais son moral connaît une réelle embellie. Je lui téléphone chaque jour. Peu à peu, à son rythme, il réorganise son emploi du temps. Il recommence à lire. La biographie de Churchill a été avalée en une semaine, si bien que je me suis dépêché de lui commander celle de Talleyrand et d'autres ouvrages qui l'intéressaient. Depuis son retour, Sylvie lui rend visite régulièrement, tous les deux jours à peu près. J'ai été injuste envers cette femme. Si j'en ai un jour l'occasion, je lui présenterai mes excuses.

Nous connaissons un peu de répit. J'ai également revu ma mère. Anouk et moi, nous l'avons emmenée dans un petit restaurant de l'île de la Cité. Si je redoutais ce rendez-vous, nous avons passé une excellente soirée. Nous avons même pu évoquer notre père, sans qu'aucune gêne ne s'invite entre nous. Ma mère a complètement abandonné ses vieilles rancunes, se montrant même inquiète pour son ex-mari, ce qui n'a pas manqué de me toucher. Comme un baume que l'on aurait appliqué sur une blessure ouverte. Nous avons ri. Je l'ai redécouverte. Je ne la savais pas capable d'une telle grivoiserie. Je pense que ces retrouvailles lui ont également fait du bien. Sophie m'a suggéré de l'inviter à venir chez nous, un jour prochain. Je vais y réfléchir.

Ce mois-ci, j'ai également décidé de ralentir le rythme. Je suis convenu avec Damien qu'au moins deux jours par semaine je quitterai le bureau à 18 heures afin d'être à la maison suffisamment tôt pour préparer le dîner. Je me prends au jeu de la cuisine. J'ai envie de tester toutes les idées saugrenues qui me viennent à l'esprit. Parfois, je le fais seul, parfois avec Sophie. Je m'amuse bien plus que je ne l'aurais cru. Juliette et Nathan ont menacé de m'inscrire à « Top Chef ». Un signe qu'ils sont contents. Ils recommencent à plaisanter. Lorsque je leur ai parlé de mon projet de vacances, ils se sont même montrés enthousiastes. Juliette plus que Nathan, naturellement, mais tout de même. Toute la famille se réjouit d'aller dormir sous une tente dans les Pyrénées. Sauf moi, peut-être. Faisant abstraction de l'état de ma colonne vertébrale, je tente de me convaincre que m'étendre sur un tapis de sol pendant quinze jours me rappellera mes souvenirs de jeunesse. Nous sommes définitivement sur la pente ascendante. Tous les indicateurs sont au vert. Lorsque j'y songe, l'envie me prend de me ronger les ongles. Je m'attends que quelque chose déraille. Chaque jour, après le réveil, je ferme les paupières et fais le vœu que le destin ne nous inflige pas un nouveau camouflet.

Début juillet. Je rouvre les yeux. *Jusqu'ici, tout va bien...*

C'est le grand jour. Dans quelques heures, nous saurons si Nathan a validé son bac de français et Juliette son brevet. Tous deux se sont rendus dans leurs établissements respectifs en compagnie de leurs camarades pour consulter les résultats. Je suis aussi fébrile que si j'étais à leur place. Une bouteille de champagne patiente au frais, au cas où. En me levant, j'ai pris sur moi de ne rien dire, rien demandé à mes enfants. Je suis parti travailler alors qu'ils traînaient en pyjama sur le canapé. Des conditions de leurs examens respectifs, rien n'a filtré. Flou artistique. Nous ne disposons d'aucun indice susceptible de nous faire deviner s'ils ont réussi ou complètement échoué. C'est peut-être préférable. Cela évite de se perdre en conjectures et de susciter de faux espoirs. J'ai toujours en mémoire ma propre épreuve de philosophie, que je pensais avoir parfaitement maîtrisée et pour laquelle j'ai décroché un cinq sur vingt, coefficient sept. Contresens magistral qui m'a valu d'avoir mon bac au rattrapage. Naturellement, mes enfants l'ignorent. Je le leur dirai peut-être un jour, lorsqu'ils auront cinquante ans, en leur dévoilant deux ou trois autres secrets d'État. Ou alors sous la torture. Et encore, ce n'est pas sûr. Jusqu'au soir, donc, j'ai vaqué à mes occupations sans chercher à savoir. À 18 heures, j'ai quitté l'agence et me suis précipité à la maison. Mais, à mon arrivée, seule Sophie était là.

— Ils ne sont pas rentrés ?!

— Non, comme tu vois, a-t-elle répondu, nerveusement.

— Mais que fabriquent-ils ?

— Ils font languir leurs vieux parents. Ou, plus probablement, ils sont avec leurs copains.

— Ça ne sent pas bon. S'ils avaient réussi, ils nous auraient téléphoné pour nous prévenir. Ils doivent avoir peur de revenir.

— Tu crois ?

— Moi, en tout cas, c'est ce que j'aurais fait.

Résultat, nous avons tourné en rond pendant un temps insupportablement long. Aucun de nos enfants ne répondait à nos appels. Je n'étais pas loin de la crise d'hystérie quand nous avons entendu grincer le portillon. Aussitôt, Sophie et moi nous sommes jetés sur le canapé en tâchant d'adopter la pose la plus naturelle possible. Quelques secondes après, Nathan et Juliette ont fait leur entrée. Notre performance d'acteurs ne devait pas être des plus convaincantes, car ils ont échangé un sourire moqueur. Las, j'ai rejeté la revue que je faisais semblant de consulter.

— Alors ?

— Alors, quoi ?

— Ah, ne jouez pas avec mes nerfs !

Juliette m'a tapé sur l'épaule d'un air compatissant.

— Ne te mets pas dans cet état. On l'a.

Je crois avoir crié.

— Vous l'avez ?!

Ils ont éclaté de rire. Puis Nathan a jeté à sa sœur un regard dans lequel se lisait de la fierté.

— Et madame a décroché une mention, a-t-il ajouté.

— C'est pas vrai ?

— Si ! a répondu Juliette dans un grand sourire. Mention bien !

Pour un peu, j'en aurais pleuré. Non à cause de l'examen en lui-même, on s'en fout, du brevet, mais pour l'engagement qu'une telle réussite symbolise. Juliette vient de nous démontrer qu'elle était capable de s'investir pour obtenir ce qu'elle désirait ou ce qui, à défaut, lui était nécessaire. Je l'ai prise dans mes bras pour la féliciter. J'ai embrassé Nathan. Sophie m'a imité. Puis nous nous sommes installés à la table du jardin et je suis allé chercher la bouteille de champagne. Le bouchon a sauté dans un rayon de soleil.

— Que diriez-vous d'aller prendre une barquette de frites et une glace sur les quais ?

Une heure plus tard, nous marchions en direction du fleuve. Cela sentait le barbecue de tous côtés. Au moment où nous avons emprunté la promenade qui descend sur les berges, Sophie m'a pris la main. Cela faisait des mois que ce n'était pas arrivé. Je l'ai serrée. Puis nous avons atteint une petite guinguette qui propose de la vente à emporter. Saucisses-frites pour tout le monde. C'était parfait. Nous sommes allés nous asseoir dans l'herbe grasse. Un orchestre jouait des airs de bal musette. Nous nous trouvions dans un tableau de Renoir. *Le Déjeuner des canotiers*.

Vers 22 heures, le groupe qui se produisait a rangé ses instruments et un DJ a pris le relais. Sur la terrasse, les chaises ont été déplacées afin de dégager une piste de danse. Les clients se sont levés. Nous étions sur le point de les rejoindre quand mon téléphone s'est mis à vibrer. J'ai consulté l'écran. Sylvie. Tout en faisant signe à ma famille d'aller s'amuser, je me suis écarté.

J'ai décroché en me bouchant une oreille afin de mieux entendre. Les nouvelles étaient mauvaises. Mon père avait commencé à avoir de la fièvre dans l'après-midi. En début de soirée, comme le mercure dépassait les quarante degrés et qu'il se plaignait de vives douleurs abdominales, on l'avait transféré à l'hôpital. Sylvie est très inquiète. Je fais de mon mieux pour la rassurer. Mais ce que je redoutais est arrivé. Croche-pied du destin. En raccrochant, je me rends compte que j'ai piétiné la barquette de frites de Nathan. J'ai du ketchup plein les chaussures. Furieux, je peste contre moi-même. Et contre la nature.

Je n'ai pas pu attendre le premier train. J'avais trop peur de ce qu'il pouvait advenir. La situation n'augure rien de gai. Je suis arrivé à Paris dans la nuit et me suis arrêté chez mon père pour me reposer jusqu'au matin. À 10 heures, j'étais à l'hôpital et, malgré les horaires de visite, le personnel ne m'a pas refusé l'accès du service. J'ai même pu rencontrer un interne qui m'a résumé la situation. Mon père fait une infection dont on ignore pour l'instant l'origine. Par précaution, en attendant le résultat des examens, on l'a mis sous antibiotiques. La fièvre commence à baisser, mais il est très éprouvé. Le médecin m'a recommandé de ne pas me rendre tout de suite dans sa chambre. La nuit a été agitée. J'ai obéi, bien sûr, en m'assurant préalablement que l'on me téléphone en cas d'urgence ou s'il demandait à me voir. Puis je suis redescendu dans le hall, où j'ai fait les cent pas. Comme je me sentais impuissant, j'ai consulté des dizaines de sites Internet de vulgarisation médicale. Chose à ne jamais faire. J'y ai trouvé des milliers de causes possibles au mal de mon père. Abcès, septicémie, infection nosocomiale, staphylocoque… des scénarii plus angoissants les uns que les autres.

Au bout de deux heures, j'ai décidé d'arpenter Paris. Besoin pressant de m'aérer l'esprit. Pour plus de sécurité, j'ai calé mon téléphone dans la poche intérieure de ma veste, collé à mon cœur, en mode vibreur. Et j'ai marché.

Je ne me suis pas arrêté pour déjeuner, pas plus que je n'ai acheté de sandwich. Je n'ai pas faim. Pas soif. J'ai appelé Anouk et Sophie pour les prévenir que je ne savais rien de plus. Que j'attendais, comme elles. J'ai également contacté Marco. Je lui ai expliqué que nous ne pouvions plus partir en vacances. J'ignore dans quel état je vais retrouver mon père, mais sa santé demeure la priorité absolue. Marco a compris, bien sûr. Il a demandé si je désirais qu'il me rejoigne et proposé de m'héberger. J'ai décliné poliment, préférant éviter de remuer ciel et terre. Pour l'instant. Je me suis également entretenu longuement avec Sylvie. Elle voulait se rendre à l'hôpital dès le début d'après-midi, mais je l'en ai dissuadée. Le médecin a bien insisté sur la nécessité pour mon père de se reposer. Nous sommes tombés d'accord sur le fait que j'y retournerais vers 17 heures et qu'elle me succéderait au moment du dîner.

Alors que j'envisage de m'installer chez mon père le temps de sa convalescence, je rappelle Sophie pour m'assurer qu'elle n'y voit pas d'inconvénient. Moi qui lui avais vendu des vacances en famille dans les Pyrénées, je prévois désormais de la laisser seule à domicile avec nos deux adolescents. Comme je m'y attendais, elle n'a rien montré de sa déception.

Uniquement manifesté sa pleine cohésion tout en déclarant que nous nous arrangerions du mieux possible, tant que ce serait nécessaire. En raccrochant, j'ai songé que je l'aimais.

À 17 heures, j'ai repris la direction de l'hôpital. Je me tiens à présent devant la porte de la chambre, ma veste à la main. Je m'éponge le front.

Comme les fois précédentes, mon père est alité. Sauf que, cette fois, la télévision est éteinte et le rideau entièrement baissé. Seule une petite lampe est allumée. Mon père ferme les yeux. Il est exsangue. L'un de ses bras dépasse du drap. Sa chair est comme tirée sur les muscles. Ses mains sont perfusées et sa poitrine reliée à un moniteur. Elle se soulève si peu qu'un instant je l'imagine mort. Présentera-t-il la même attitude lorsque le jour tant redouté surviendra ? Je n'ose m'approcher. Mais comme s'il avait deviné ma présence, alors que je respire à peine, ses paupières s'ouvrent et il tourne le visage vers moi.

— T'en fais une tête…

— C'est l'hôpital qui se fout de la charité…

Il esquisse un sourire. C'est le maximum qu'il puisse faire à cet instant. Je fais un pas.

— Comment te sens-tu ?

— J'ai connu des jours meilleurs.

— Tu as mal ?

— Oui, j'ai une douleur aiguë dans le dos, mais ce n'est rien comparé à ce que j'ai vécu hier.

Il fait une pause avant d'ajouter :

— Ça va aller de mieux en mieux.

Je hoche la tête tandis qu'il tente de se redresser. Je l'aide.

— Tu sais, papa, si tu n'y vois pas d'inconvénients, je vais m'installer dans ton appartement pour les jours à venir. Le temps que tu te requinques un peu.

Son front se ride.

— Simple principe de précaution, dis-je. Anouk et Sylvie se sont beaucoup occupées de toi ces derniers mois. C'est mon tour, à présent.

— Mais… tu n'étais pas censé partir en vacances ?

— Si, mais c'est annulé. Nous le ferons une prochaine fois. Il n'y a rien d'urgent.

— Certainement pas.

Soudain, il s'adresse à moi avec l'autorité d'un bien-portant.

— C'est hors de question, insiste-t-il, contrarié.

— Papa, tu as besoin de moi.

— Non. Ta femme et tes enfants ont besoin de toi. Je ne suis pas perdu dans un dispensaire de campagne. Je suis dans mon hôpital. Je ne vois pas ce que tu pourrais faire de plus. Tu ne vas pas faire le pied de grue à Paris, seul dans mon appartement, en plein mois de juillet. C'est complètement ridicule !

Afin de lui éviter tout agacement, je fais semblant d'acquiescer.

— Ne t'énerve pas, on en reparlera…

Il secoue la tête pour signifier que nous ne reparlerons de rien du tout et que le sujet est clos. Il s'enfonce dans son oreiller.

— À propos, reprend-il une minute plus tard, il paraît que tu as vu ta mère ?

— C'est Anouk qui te l'a dit ?

— Oui. Elle a eu raison. Il n'y a pas lieu d'en faire un secret. Je suis heureux que vous ayez dîné ensemble.

Je fronce les sourcils. Depuis quand le fait que je revoie ma mère l'intéresse, alors que tous deux n'ont pas échangé la moindre parole depuis des décennies ?

— Comment va-t-elle ?

— Bien. Jean-Louis a loué une maison en Normandie. Ils y vont souvent, apparemment.

— Quelle chance… Rien ne vaut la campagne.

Devant ma mine interloquée, il se défend :

— Quoi ? Je n'ai pas le droit de demander de ses nouvelles ?

— Si… C'est juste que tu ne l'as jamais fait.

— Eh bien, j'aurais dû. C'était stupide de ma part.

— Très bien.

Je ne veux surtout pas le contrarier. Essoufflé, il me fixe d'un air inquiet. Comme s'il cherchait à se délester d'un poids.

— Nous n'étions pas faits pour vivre ensemble, reprend-il, prudemment. Moi et mon caractère soupe au lait, elle et son tempérament volcanique. Mais nous aurions pu rester bons amis. Avant que ce ne soit la guerre, nous avions du respect l'un pour l'autre. J'aurais dû m'en souvenir. Elle a raison quand elle dit que je n'ai pas été présent…

J'ouvre des yeux ahuris. Comment sait-il cela ? Anouk n'aurait pas osé. Il ricane devant ma mine stupéfaite.

— Qu'est-ce que tu crois ? Cela ne date pas d'hier... Elle me l'a assez reproché ! Sur le moment, j'étais si en colère que je refusais d'écouter. Mais c'était vrai.

Je ferme les paupières une seconde. Sans que j'aie eu besoin de le demander, mon père me livre les explications du passé. Celles qu'il me manquait.

— En revanche, reprend-il, pour Anouk et toi, je n'ai aucun regret. J'ai peut-être été maladroit, j'ai peut-être parfois été trop sévère, surtout avec ta sœur, il faut dire qu'elle ne nous a pas ménagés, mais je ne me suis jamais défaussé. Malgré mon métier qui m'occupait beaucoup. C'est l'une de mes grandes fiertés.

C'est vrai, il a toujours été là. Même quand il travaillait soixante heures par semaine. Rétrospectivement, je ne sais pas comment il a fait. Je me souviens de repas partagés, des fois où il venait nous chercher en catastrophe à l'école lorsque nous étions malades ou blessés, et que nous patientions ensuite dans sa salle de consultation, jusqu'à pouvoir rentrer à la maison. Il n'a jamais manqué un spectacle de fin d'année ni aucun anniversaire. Plus tard, il a été là à chaque coup dur. Quand ça roulait, il regardait de loin.

— J'ai bien travaillé, conclut-il dans un soupir.

Craignant de malmener sa perfusion, je ne peux que serrer son bras en guise d'approbation. Son souffle est désormais plus calme. Il a dit ce qu'il avait à dire. Le silence emplit la pièce. On n'entend plus que nos deux respirations et le crissement métallique des chariots qui circulent dans le couloir. La chambre baigne dans une atmosphère ouatée. L'abandonnant à son repos, je me dirige vers la fenêtre et lève un peu le store. La lumière est maintenant plus douce. C'est la fin de la journée. Au moment où je reviens sur mes pas, il fait soudain un bond dans son lit en poussant un cri terrible. Je me rue sur lui.

— Papa, que se passe-t-il ?

Son visage est cramoisi.

— Ah… c'est le dos…

Paniqué, je sors de la chambre pour appeler à l'aide. Je tombe sur une infirmière qui me suit immédiatement. Aussitôt, elle vérifie la pompe et la voie veineuse par laquelle mon père s'administre de la morphine. Tout fonctionne normalement. Je demande, livide :

— On ne peut pas augmenter la dose ?

— Je vais en parler au médecin.

— Pourquoi a-t-il mal comme ça ?

— Je ne sais pas. Mais nous procédons à tous les examens nécessaires.

Entre-temps, mon père a cessé de se contorsionner. Ses tempes ruissellent de sueur.

— Ça va mieux, murmure-t-il, hors d'haleine. C'est comme un pic… et puis ça passe.

Anxieux, je me tourne vers l'infirmière.

— Si vous pouviez voir avec le médecin…

Elle opine et nous adresse un sourire avant de sortir. Je me rassois, encore tout ébranlé. Je guette chez mon père le moindre signe annonciateur d'une nouvelle crise. Mais le « pic », comme il l'appelle, semble être passé. Au moment où il paraît avoir retrouvé un peu d'apaisement et que je le crois sur le point de se rendormir, sa voix résonne dans la pièce.

— Tu crois qu'il y a quelque chose après ?

Je pourrais faire semblant de ne pas comprendre sa question, mais ce serait gaspiller un temps précieux.

— Je ne sais pas.

Il poursuit, les yeux fermés.

— En tant que scientifique, je me suis toujours refusé à croire toutes ces histoires de résurrection, de paradis…

Il s'arrête, exténué.

— … et en même temps, j'ai vécu de drôles d'expériences dans ma carrière.

— Comme quoi ?

— Des patients qui rapportaient avoir traversé le fameux tunnel et vu la lumière blanche. Ce que l'on appelle des EMI. Ils ne donnaient pas l'impression d'être des fanatiques. Ni particulièrement mystiques.

Je hausse les épaules.

— Si quelque chose existe, je ne suis pas sûr que nous ayons les clefs pour comprendre. On ne sait même pas expliquer par quelle magie on est en vie. Ça nous dépasse complètement. On ne peut que constater à quel point la nature est bien faite, à quel point tout est bien « pensé ».

— Un heureux hasard…

— Peut-être. Mais qui se serait reproduit un sacré paquet de fois pour aboutir à un tel résultat. Et je me dis qu'en bon scientifique, justement, tant qu'on ne sait pas, le doute est permis.

Mon père médite mes paroles.

— Ce n'est pas faux, répond-il. Un bon scientifique doit demeurer sceptique. Au sens étymologique du terme. C'est-à-dire ouvert à toutes les hypothèses. Je ne te savais pas si sage…

— J'essaie de me défaire de mes certitudes.

Il acquiesce en silence. Dans cette chambre où le soir tombe progressivement, nos deux âmes ne m'ont jamais paru si proches. J'ai la conviction intime de vivre un moment suspendu. Je me penche vers lui tandis que son regard dérive vers moi. Nos yeux s'accrochent.

— S'il y a quelque chose après, chuchote-t-il dans un soupir, je reviendrai te faire un signe pour te le dire.

Je souris en retour.

— D'accord. Je te demande juste de ne pas m'apparaître en pleine nuit.

— Promis.

Lorsque mon téléphone sonne à 5 heures du matin, je ne sursaute pas. Je dors d'un sommeil trop léger. Comme si le subconscient savait. Depuis la veille au soir, mon père et moi progressons en cordée. L'infirmière est empathique et concise. Je perçois ses explications au travers d'un écho, mais, bizarrement aussi, avec une surprenante acuité. *Hémorragie interne... suite d'opération... tout est allé très vite... rien pu faire... il était très fatigué...*

Je comprends que mon père a dévissé. Ses ongles ont lâché prise, et je le perds dans un épais brouillard. Sur le coup, après avoir raccroché, l'oxygène m'a manqué. J'ai cherché autour de moi des éléments tangibles du monde réel. J'ai aperçu un plant de ficus dans le salon, qui aurait bien besoin d'être arrosé, et j'ai songé qu'il allait mourir lui aussi. Son propriétaire ne reviendrait pas. Mon père ne reviendrait pas dans ce F3. Je ne savais pas si c'était triste ou simplement irrévocable. Je me suis demandé si je devais pleurer, si j'étais insensible de ne pas le faire. La vérité, c'est que je ne réalise pas. Je suis assis sur le canapé-lit, j'entends le jour se lever et je m'étonne de ne trouver en apparence aucune différence avec hier. Ce sont les mêmes pigeons qui roucoulent sur les toits parisiens, la même famille dans l'appartement d'en face, les mêmes camions-poubelles qui bouchent la rue, et le boulanger qui fait son pain. Je ne réalise pas. Comme un automate, je prends une douche et m'habille. Puis je me sers une tasse de café lyophilisé, pour une fois sans regretter que la voisine ait récupéré sa machine. Je sors mon téléphone afin de prévenir ma sœur.

Elle non plus ne devait pas très bien dormir, car elle décroche sur-le-champ.

— Alex ?

À mon silence, au temps que je mets à répondre, elle comprend. Le reste n'est que détails, même si nous ressentons tous le besoin de savoir. Anouk va sauter dans le premier Eurostar. Elle veut arriver avant ce soir. Je l'embrasse, nous mettons fin à notre conversation.

J'examine la cuisine, hébété. Que suis-je censé faire, désormais ? Je déplore que, contrairement aux appareils électroménagers qui m'entourent, la vie ne soit pas livrée avec son mode d'emploi. Jusqu'à présent, je n'ai jamais eu à m'occuper du décès de mon père. Un père, je n'en ai qu'un. « Avais », me souffle une petite voix. *Salope de réalité. Si je pouvais te court-circuiter…*

J'arrive à l'hôpital à 10 heures. Entre-temps, j'ai pris mon courage à deux mains et averti Sylvie. Elle a immédiatement fondu en larmes. Je suis resté muet devant son chagrin. Sachant à peine comment canaliser le mien. Nous sommes convenus de nous retrouver à la chambre mortuaire. J'y suis déjà. Pour de précieuses minutes encore, les dernières, j'ai rendez-vous avec mon père. D'autres familles sont là, qui patientent devant d'autres chambres. Chacun son mort. Mais nous affichons la même expression. Mélange de fatigue et de sidération. Je remarque que mes extrémités sont glacées. J'ai peur d'avancer. Il le faut. Mon père dirait « c'est le moment ou jamais ». L'imaginer me donne du courage. J'entre. Le défunt est allongé, les mains croisées sur la poitrine. Je dis « défunt », car je ne le reconnais pas. J'ai la sensation d'être en présence d'un pantin. Une enveloppe de chiffon. C'est le costume de mon père que l'on me présente, mais l'acteur, l'âme qui l'animait, n'est plus là. Envolée. Interdit, je scrute ce corps que la veille au soir je caressais encore et qui, d'un seul coup, m'est étranger. Je remarque certaines caractéristiques physiques qui jusque-là m'avaient échappé. Notamment la forme de la mâchoire, qui apparaît très distinctement, maintenant que le tissu est détendu. Je culpabilise. Suis-je normal ? Me figurant ce qu'il serait correct de dire ou de penser en pareille circonstance, je m'approche à hauteur de la tête. Je me focalise sur le front et me baisse pour l'embrasser. Je murmure : « Salut, papa. » Ce sera notre dernier échange. Je sors peu après de la pièce. Je n'y reviendrai pas.

Ensuite, heureusement, tout s'enchaîne. Il y a tant de détails à régler que l'on n'a guère le temps de se laisser aller. Les pompes funèbres nous ont pris par la main, Anouk et moi, pour nous guider dans ce qu'il convient de faire dans ces cas-là. L'organisation de la cérémonie, le choix du cercueil, les fleurs, le faire-part… Claude

Fresnais était foncièrement anticlérical. Au moins, à ce sujet, les consignes sont claires. Nous n'aurons pas à réunir quiconque dans une église. Comme il ne croyait pas non plus à la résurrection de la chair, il voulait se faire incinérer. Ce sera donc le crématorium, précédé d'une courte cérémonie. Notre père n'a jamais goûté les honneurs. Il m'avait confié, il y a très longtemps, qu'il désirait, le jour où il mourrait, que l'affaire soit vite expédiée. Pas besoin de s'embêter avec ces formalités. À l'époque, j'avais souri. Aujourd'hui, moins. Mais nous respectons son souhait. Le jour est fixé, le lieu aussi. Compte tenu de son ancien métier, la seule liberté que nous avons prise fut de publier l'annonce de son décès dans la rubrique nécrologique de quelques journaux. Il aurait détesté telle publicité, mais Anouk et moi l'avons fait par acquit de conscience. Jamais cependant nous n'aurions anticipé que ses obsèques rassembleraient une foule aussi dense. La capacité de la salle que nous avions louée au crématorium a été largement dépassée. Bon nombre de personnes ont dû rester dehors. Des confrères, amis, connaissances, beaucoup d'anciens patients. De voir tout ce monde réuni, recueilli pour lui dire adieu et honorer sa mémoire, nous a beaucoup émus. Nous savions qu'il était reconnu et apprécié, mais pas à cette mesure. Pour nous, il était notre père, que nous aimions sans nous poser de questions et dont nous moquions les travers avec tendresse. Le jour de son enterrement, bien que le cercueil nous soit apparu étriqué, il a pris sa véritable dimension. Celle d'un grand homme.

Le soir même, Sophie, Nathan, Juliette et moi étions réunis chez Marco et Pénélope. Je n'avais aucune envie de dormir dans l'appartement de mon père, entouré de ses affaires. Contrairement à Anouk, qui a préféré y rester, prétendant vouloir s'imprégner une dernière fois de son univers. Après l'avoir embrassée, je l'ai laissée à son deuil, en lui recommandant de me téléphoner si besoin.

Maintenant, je déguste un verre de porto accoudé à la cheminée de Marco. Derrière moi, Sophie et Pénélope préparent une salade. Les enfants ont dressé le couvert dans le jardin et enflammé des torches qu'ils ont plantées dans les graviers. L'air est moite, comme après l'orage. Je ne pense à rien sinon au moment présent. Quand vient l'heure du repas, je m'installe en bout de table. Silencieusement, je contemple mon monde. Juliette, Nathan, Sophie, nos amis… Je nous inscris dans l'instant, dans cet acte que nous accomplissons ensemble sans même le savoir. Être présents les uns aux autres. Capables de paroles, d'échanges, de contacts, de rires. Je capture ce qui ne se saisit pas. Je l'intègre au plus profond de moi. Je m'en nourris.

Vers 2 heures, longtemps après que les enfants sont partis se coucher, Sophie et Pénélope nous abandonnent à leur tour. Une bouteille à la main, Marco vient occuper la chaise à côté de moi.

— Ça te dit ? me lance-t-il en désignant le tire-bouchon. C'est mon meilleur cru. Je l'ai sorti en l'honneur de ton père. C'est lui qui me l'avait offert, le jour de mon emménagement. Tu te souviens ?

J'acquiesce.

— À Claude ! s'exclame-t-il en levant son verre au ciel.

Je l'imite.

— À Claude.

Nous buvons avec un respect solennel. Quel meilleur hommage à un homme qui chérissait le bon vin et les rapports humains ?

À cette seconde, alors que jusque-là j'avais réussi l'exploit de ne pas trop m'y appesantir, je pense à lui. Mon père n'est plus. Lui qui dans ma vie a toujours été. J'ai soudain l'impression que la terre se dérobe sous mes pieds. Je chute à une vitesse vertigineuse. Je n'ai plus de sécurité, plus de harnais, plus personne à qui me raccrocher. J'ai peur, tout d'un coup. Heureusement, Marco me rattrape. Sa main se ferme sur la mienne. Je le regarde et, sans rien maîtriser, les larmes jaillissent. En torrents, tout de suite. En temps normal, jamais je ne me laisse aller ainsi. Pas même avec Sophie. Marco est la seule personne avec qui je peux me permettre d'être faible. Il est suffisamment solide. Passant la main derrière ma nuque, il m'attire à lui et cale mon front sur son épaule. Tout mon corps se secoue. Marco résiste à la marée. Il sait que je pleure mon père, mais aussi une année de contrariétés, de tristesse, d'anxiété. Les vannes ouvertes laissent tout échapper. Quand enfin le flux se tarit, je n'ai plus d'énergie. Je pourrais m'écrouler sur place. Marco me tapote le dos.

— Ça va aller ?

J'opine en soufflant.

— Bien sûr que ça va aller.

Peu à peu, je reprends mes esprits.

— Papa avait raison. Il va me manquer, mais je ne me sens pas orphelin. Il a fait du bon boulot. Il a été un excellent tuteur. Je peux faire sans lui.

— T'en as de la chance.

C'est vrai. Je sais à quel point il m'envie. Lui-même n'a jamais bénéficié d'une telle sécurité. Heureusement qu'il a Pénélope et Maya. Et nous. On tient debout comme on peut. Je le regarde qui bâille à s'en décrocher la mâchoire.

— Va te coucher.

— Je ne vais pas te laisser seul.

— Ne t'inquiète pas pour moi. Je vais attendre le lever du soleil.

Marco comprend. À un moment, que l'on croie ou non à quelque chose, on doit se mesurer à ce qui nous surpasse. Les adieux aux êtres chers se font en pensée, en tête à tête avec l'univers. Il l'a personnellement éprouvé.

Avant de partir, il remplit mon verre et me caresse l'épaule. Puis il entre dans la maison. J'éteins les torches afin de mieux voir les étoiles. J'écoute les bruits de la nature, ses murmures. Je sonde l'infini. Quand l'aube s'annonce à l'horizon, je m'émerveille de la beauté du monde. Combien de temps s'est écoulé depuis que Marco m'a quitté ? Aucune idée. Je savoure le spectacle. C'est un nouveau matin. Reculant ma chaise, je me dresse pour saluer le levant. Où qu'il soit, je crois qu'il m'entend.

— Papa, pour le signe, c'est quand tu veux…

L'instant d'après, un premier rayon perce les cieux.

23 juillet. Enfin les vacances. Le décès de mon père n'a finalement pas bousculé notre calendrier. Au point que je le soupçonne d'avoir fait exprès de mourir en début de mois afin de nous permettre de partir. Sophie me traite de fou quand j'évoque cette possibilité, mais je sais qu'il aurait été capable d'un tel pied de nez.

Après deux jours de préparatifs, nous sommes fin prêts. Les vélos sont accrochés à l'arrière du véhicule tandis que dans le coffre s'entassent les sacs à dos, tapis de sol, glacières, gourdes, chaussures et vêtements de randonnée. Notre voiture roule désormais avec à son bord la parfaite panoplie du campeur. D'aucuns parleraient d'un trésor, en ce qui me concerne, je ne suis plus si sûr de moi. Quinze jours d'itinérance en pays cathare, dont le relief n'est pas réputé pour être le plus plat au monde… Dieu sait si je tiendrai le coup. À raison d'une trentaine de kilomètres quotidiens, comme Marco l'a si habilement planifié, j'espère revenir avec une carrure d'athlète. Ce serait déjà ça. La route est longue, si j'en crois notre GPS. Nous serons à Carcassonne en fin d'après-midi. Au moins, il fait beau.

J'ai parlé trop vite. À la seconde où nous atteignons le Lot-et-Garonne, un rideau de pluie s'abat sur nous. Jusqu'à l'arrivée, il ne nous laissera aucun répit.

Chacun transporte sur son vélo un léger bagage, sauf Marco et moi, qui écopons en plus de carrioles dans lesquelles est rangé le matériel encombrant, comme les tentes et le réchaud. Première étape : le village médiéval de Lagrasse où Marco a réservé des chambres d'hôtes. Quarante-trois kilomètres au compteur. J'ai cru mourir. Nous sommes arrivés sous les mêmes précipitations que la veille et malgré les K-way, nous étions trempés. Ce qui m'a permis, le matin suivant, de découvrir la fabuleuse sensation d'enfiler des chaussures mouillées. À chaque pas, mes semelles font floc-floc. J'ai l'impression d'être un canard. Le lendemain, nous reprenons la route vers Tuchan. Près de cinq cents mètres de dénivelé. Je commence à fatiguer. Suis-je l'unique membre de ce groupe à avoir mal aux fesses et à souffrir d'ampoules aux mains ? En tout cas, je suis seul à m'en plaindre. Nathan et Juliette pédalent bien, mieux que leur père, et Maya ne se laisse pas facilement distancer. Dès qu'elle parvient à dépasser ses aînés, elle exulte. Ses cris de joie nous amusent. Marco n'est pas en reste non plus. Généralement, il ouvre la voie. Avec sa carriole. Traître ! Je le suspecte de s'être remis au sport avec l'arrivée du printemps. Pénélope, Anouk et Sophie ferment le cortège à une allure plus modérée. Il faut dire qu'elles pédalent autant qu'elles discutent. Quant à moi, je navigue entre la tête et la queue du peloton. Avouons que, le plus souvent, je tiens davantage compagnie à la gent féminine qu'au maillot jaune qui me sert de meilleur ami. Le soir venu, nous nous mettons en quête d'un lieu où planter notre tente. Nous jetons notre dévolu sur le sommet d'une colline. Au-dessus de nos têtes, la voûte céleste. Autour, la pleine nature. J'aide Marco à sortir le matériel. Il me tend un grand sac de toile, lequel, à en juger par les trous et les taches qui l'émaillent, doit dater de la dernière guerre.

— Tiens, me dit-il. C'est votre tente.

— T'es sérieux, là ?

— Quoi ? Bon, d'accord, elle n'est pas toute neuve, mais c'est du solide. Je l'utilisais quand je faisais du scoutisme. Je l'ai retrouvée dans la cave de mes parents.

— Sans rire ?

— Tu veux prendre la mienne ? propose-t-il en désignant son propre matériel, soigneusement emballé dans une housse Decathlon.

— Non, non, ça ira très bien.

Je rejoins Sophie, mon paquetage à la main. Nous l'ouvrons ensemble avant d'échanger un regard incrédule.

— Une idée de comment monter ça ?

L'air inspiré, je me saisis des premiers piquets. En vérité, je ne me suis pas confronté à ce type d'équipements depuis mon adolescence. J'essaie de me rappeler la manière dont il faut procéder. Une demi-heure après, toutes les tentes sont installées, sauf la nôtre, évidemment. Sophie et moi nous débattons encore avec les crochets et la toile. Contrairement aux autres, nous n'avons pas hérité du modèle pop-up se dépliant en une seconde. Finalement, avec l'aide de chacun, nous venons à bout de notre tâche. Pour se faire pardonner, Marco nous offre une bière et se met aux fourneaux. Nous dînons aux chandelles sous un ciel parfaitement découvert. Malgré la fatigue, je goûte ce moment d'exception. À 22 heures, n'y tenant plus, je vais me coucher, bientôt imité par le reste de la troupe.

Dès le lendemain, à peine le petit déjeuner terminé, nous repartons. Je démonte la tente à regret. Pas sûr de pouvoir la remonter ce soir. Gageons qu'au terme de ces vacances je saurai enfin maîtriser la bête. Le trajet du jour est moins long, seulement une trentaine de kilomètres, mais, en comptant la visite de quelques ruines, cela fait tout de même un sacré parcours. En danseuse sur mon vélo, les mollets en feu et les bras tétanisés par l'effort, je maudis Marco. Quand je pense que nous aurions pu dénicher une petite location dans la Loire… Non seulement ç'aurait été plus proche, mais en plus nous aurions vu autant de châteaux. Et en meilleur état ! Je laisse libre cours à mon mécontentement, car, désormais, je ne suis plus le seul à râler. Les enfants ont pris le relais. Marco fait mine de nous ignorer. Nos compagnes ne disent rien, mais je sens bien que Sophie commence aussi à fatiguer. Tout comme Anouk. Encore deux jours comme ça et je les rallierai à ma cause.

Le soir venu, nous trouvons asile près d'une bergerie. Au moment de m'allonger sur mon tapis, je ne sens plus mes os, ou bien trop. Sophie se couche à mon côté en poussant un soupir exténué.

— Alors, heureuse ? dis-je, goguenard, en fixant la toile.

Nous éclatons de rire.

Trois jours plus tard, alors que le rythme n'a pas ralenti et que nous avons gravi plus de pics rocheux que Maurice Herzog dans toute sa vie, je suis réveillé en pleine nuit par un bruit sourd. J'ouvre la fermeture Éclair de la moustiquaire. Dehors, c'est la fin du monde. La pluie verse en torrents et le vent souffle en rafales. Un instant, je crains que la tente ne s'envole. Mais j'ai pris soin de bien planter les piquets. Je songe également aux deux pauvres pommes de terre que nous avons enfoncées sur leur pointe afin de nous prémunir contre la foudre. Benjamin Franklin doit se retourner dans sa tombe. Pas rassuré, je me répète que nous sommes en sécurité et tâche de me rendormir. Mais au moment où je me tourne, mon bras atterrit dans une flaque d'eau.

— Que…

Faisant un bond, je tâte le côté gauche de la tente. Une véritable piscine est en train de s'y former. Je crie :

— Sophie !

— Quoi ?

— On coule !

— Hein ?

Affolé, je lui explique la situation. Notre hôtel cinq étoiles souffre d'un problème d'étanchéité. Et nous voilà réduits à écoper avec nos gobelets, à éponger avec nos serviettes de toilette. Tout ça dans l'obscurité. J'hésite entre pleurer de rire ou pleurer tout court. Je n'ai plus l'âge de ces bêtises. Sophie propose d'aller partager la tente de nos enfants. Mais je refuse, elle est minuscule. Quant à s'inviter dans celle de Marco et Pénélope, c'est hors de question. Il reste celle de Maya et d'Anouk, mais c'est pareil, il n'y a pas la place. On ne va pas risquer d'écraser la petite. Finalement, Sophie a l'idée de tendre nos K-way sur le toit pour diminuer les dégâts. Je reviens dans la tente en grelottant. Nous sommes arrivés à limiter la casse, mais mon tapis de sol et une partie de mon sac de couchage sont trempés. Dépité, je me colle à ma femme. Jusqu'au matin, nous essaierons de nous rendormir ainsi, positionnés en chien de fusil, sans succès.

Lorsque, à 7 heures, nous sortons à l'air libre, hagards et frigorifiés, les nuages ont fui au profit d'un soleil radieux. Marco s'étire dans un rai de lumière.

— Ah ! s'exclame-t-il. J'ai super bien dormi ! Vous avez entendu la tempête, cette nuit ? Ça soufflait…

— Ça, pour souffler…

Sophie et moi le fusillons du regard.

— Quoi ? Qu'est-ce qu'il y a ?

Je lui résume notre aventure, que la tente de ses parents, prétendument increvable, a rapidement rencontré ses limites. Et manifestement un essaim de mites. Marco peine à garder son sérieux.

— Je suis désolé, dit-il en réprimant un éclat de rire. Ne t'inquiète pas, on va trouver une solution.

— Tu plaisantes, j'espère ? La solution est toute trouvée ! J'adore l'ambiance colonie, mais là, c'est bon, j'ai ma dose ! Vous pouvez faire ce que vous voulez, en ce qui me concerne, je vais vous attendre sagement dans un endroit où je pourrai disposer d'une douche chaude et d'un vrai matelas.

— Tu abandonnes déjà ?

C'est la meilleure de l'année ! Cette fois, la coupe est pleine. Je suis parti en vacances pour me changer les idées, pas pour en revenir à genoux et le moral plus bas que terre. Alors que je m'apprête à sortir de mes gonds, Marco m'arrête :

— Allez, c'est bon. Pas la peine de monter sur tes grands chevaux. Je te fais marcher. De toute façon, vous n'avez plus de tente. On ne va pas trouver un magasin d'articles de randonnée en pleine brousse. Et puis, moi aussi, je commence à en avoir marre, du menu chips-saucisses.

Enfin ! Je pousse un soupir de soulagement.

— Que fait-on, alors ?

Marco hausse les épaules. Les plans galères, il sait faire, mais pour ce qui est des options de secours…

Nous avons gagné la ville la plus proche dans la matinée. « Village » serait plus approprié. Dans la région, les hôtels se font rares et la plupart sont déjà bien remplis. L'idéal serait de louer un gîte ou l'équivalent. Attablés à la terrasse d'un café, nous nous emparons de nos téléphones afin d'écumer tous les sites de réservation possibles. Sans succès. Soit c'est trop loin, soit indisponible, soit beaucoup trop cher. Je commence à me faire à l'idée qu'il va falloir continuer l'aventure et dormir à la belle étoile, au risque d'attraper une pneumonie, ou bien rentrer chez nous. C'est alors qu'Anouk prend l'initiative de s'adresser à l'office de tourisme. L'hôtesse nous confie les coordonnées d'un paysan qui loue parfois un mas au cœur de la montagne. Confort spartiate, mais, à en croire la jeune femme, le cadre est splendide et le tarif très abordable.

Le soir même, nous ouvrons les portes d'une ancienne bâtisse, en surplomb du lac de Laurenti. Deux chambres agrémentées de lits superposés, une grande pièce à vivre avec cheminée et cuisine américaine. Le tout aménagé de manière rustique avec des meubles en chêne, rideaux jacquard, batterie de cuisson en cuivre, et bois de cervidés au mur. Et dans un coin, une vieille armoire dont les battants renferment, outre une série d'assiettes dépareillées, une collection de jeux de société. Nous sommes comblés. La colonie peut continuer. Les chambres sont rapidement attribuées. Enfants d'un côté, parents de l'autre. Sauf pour Anouk, qui, compte tenu de la configuration des lieux, se retrouve à dormir au-dessus de sa nièce. Si on m'avait dit, il y a quelques mois, que j'occuperais le niveau supérieur d'un lit superposé avec ma femme en contrebas, et vue sur Pénélope et Marco, franchement, je ne l'aurais pas cru. Mais de savoir que je vais désormais rester au chaud sans être obligé d'enfourcher chaque matin ce satané vélo, je suis le plus heureux des hommes. Je me sens bien dans ce refuge. Nous sommes loin de tout, entre nous.

Chaque soir après le dîner, et même régulièrement en journée, il faut dire que le climat ne nous est guère clément, nous jouons devant la cheminée. Lorsque Juliette et Nathan étaient petits, ils nous le réclamaient souvent, mais les occasions étaient rares. Nous avions toujours plus urgent à faire. Et désormais, ils ne le demandent plus. Aussi ai-je l'impression de rattraper du temps perdu. Par deux fois, j'ai damé le pion à Marco lors d'une partie de Risk qui a duré jusqu'au petit matin, j'ai lapidé Nathan et Maya à la bataille navale, mais ai en revanche subi une terrible débâcle au Scrabble face à Pénélope et à Sophie. Nous partageons le reste de nos journées entre des randonnées et un peu de lecture. Les heures passent vite. Le dernier soir arrive. Comme souvent dans ces cas-là, peut-être plus encore qu'à l'accoutumée, car je sais que nous avons vécu un moment d'exception, j'ai le cafard.

Je n'ai pas envie de partir. Pas envie de remonter sur le vélo, regagner Carcassonne, récupérer notre voiture et rentrer chez nous. Retrouver le quotidien, les courses, le travail, les horaires, la vie sans mon père. Tandis que c'est au tour de Pénélope et Marco de faire la vaisselle, que Sophie fait des mots fléchés et que les enfants sont allés se réfugier dans leurs chambres, je sors prendre l'air. Nous sommes au cœur d'un cirque montagneux, sans aucune lumière artificielle. La voûte céleste en couvre-chef. Je m'assois sur le rondin de bois qui tient lieu de banc. Ma sœur ne tarde pas à m'y rejoindre. Nous restons un moment à observer les étoiles.

— Ça va ? demande-t-elle au bout d'un moment.

— Très bien.

— Vraiment ?

Je sais ce qu'elle pense. Elle s'inquiète pour moi à cause du décès de notre père. Mais non. Je profite simplement de l'instant. Je l'interroge à mon tour.

— Et toi ? Pas trop dur, ces vacances avec nous ? On ne t'a pas trop fatiguée avec nos petites familles ?

— Pas du tout. Pourquoi, ça aurait dû ?

— Je ne sais pas. En ce qui nous concerne, nous sommes rodés à ce remue-ménage, mais toi, tu as moins l'habitude.

Pas de réponse. J'ai l'impression de l'avoir blessée.

— Ce n'était pas un reproche, dis-je.

— Je sais.

Ma remarque, pourtant anodine, la contrarie. J'ose alors aborder le seul tabou que je lui connais.

— Tu pourrais, toi aussi, si tu voulais, avoir des enfants…, dis-je, persuadé que son malaise vient de là.

— Oui, je pourrais.

— Et ?

— Et quoi ?

— Eh bien, pourquoi n'en as-tu pas ? Tu as encore l'âge…

— Merci…

Je rougis d'embarras. Je n'arrive pas à distinguer si elle est en colère ou pas. Finalement, Anouk soupire, l'air de penser que je ne suis vraiment pas doué.

— D'abord, dit-elle d'un ton radouci, il faudrait que j'entretienne une relation stable avec quelqu'un. Ce qui n'est pas le cas. Ensuite, je crois que je n'en ai pas envie.

— Non ?

— Non... J'aime ma vie comme elle est. Je suis libre de faire ce que je veux, de partir n'importe où sur un coup de tête. Avec un enfant, ce serait impossible.

Je ne cache pas ma surprise. Jusque-là, j'avais toujours cru que ma sœur était stérile ou qu'elle n'avait tout simplement pas trouvé l'homme de ses rêves. Jamais je n'aurais imaginé que sa situation fût le fruit d'une décision réfléchie.

— Ce n'est pas un peu égoïste ?

Anouk me regarde, perplexe.

— Égoïste ? Donne-moi une seule bonne raison de donner naissance à un enfant dans l'époque que nous traversons ? L'environnement ne s'est jamais aussi mal porté, partout c'est la crise économique…

— Justement, prends l'exemple de Juliette. Elle ne demande que ça, de révolutionner le monde.

— Comme c'est pratique de se décharger sur la nouvelle génération…

Je hausse les épaules, vexé. Ma sœur me sourit avec indulgence.

— Ne prends pas la mouche. Si tu es bien avec ce que tu es, alors ça me va aussi. Je n'essaierai pas de te changer.

— Moi non plus, je n'essaie pas de te changer. J'essaie de comprendre, c'est tout. Avoue que ce n'est pas commun, une femme qui ne veut pas d'enfant.

— Plus que tu ne le crois. Beaucoup cèdent à la pression sociale.

Je fais une moue dubitative. Ma sœur renchérit.

— Et pourtant, c'est vrai. Si tu n'as pas d'enfant, tu deviens un objet de curiosité. Soit on suppose que tu ne peux pas en avoir, soit on pense que tu es lesbienne. Rarement on envisage la possibilité que tu n'en veux pas. Et si tu as le malheur de l'avouer, alors là, on te considère carrément comme une pestiférée.

— N'exagère pas.

— À peine. Si les gens pouvaient cesser de juger ce qu'ils ne comprennent pas. On leur demande simplement d'accepter.

— J'accepte tout ce que tu veux. Je voulais juste savoir.

— Alors, c'est parfait.

La nuque renversée, nous contemplons le ciel.

— Tu veux que je te dise ? reprend-elle peu après sans me regarder.

— Vas-y.

— Peut-être que je ne suis pas mariée, peut-être que je n'ai pas d'enfant, que je n'ai pas réussi à « construire » quelque chose avec quelqu'un, c'est vrai, mais je suis quand même magnifique.

Je souris.

— Tu es magnifique ?

— Nous sommes tous magnifiques. Tous talentueux pour une chose ou une autre. L'important, c'est de trouver sa place. Rayonner avec ce que l'on est, où que l'on soit. Moi, avec mes sculptures, mes cours de yoga. Toi, avec tes films, ta famille. Qu'à la fin il y ait plein de monde autour de notre cercueil. Comme pour papa. Tu te souviens comme ça nous a surpris ? C'est ce que je veux retenir de lui. L'importance de laisser une trace positive dans des dizaines de vies. On grandit tous les uns avec les autres. Et ce n'est jamais fini.

Les yeux dans les étoiles, je médite ces paroles. Je trouve qu'elles concluent idéalement notre séjour. Une expérience qui marquera nos existences. Pour toujours.

Aussi, quand le lendemain nous refermons la maison et que Marco me demande si je suis content, si je me suis fabriqué de nouveaux souvenirs, c'est le cœur débordant de joie que je le serre dans mes bras en le remerciant.

Grâce à lui, des souvenirs, j'en ai pour dix ans.

ÉPILOGUE

La rentrée scolaire a eu lieu. Juliette est désormais en seconde et Nathan en terminale. Je m'étonne des changements survenus dans ma vie en un temps aussi réduit. Il y a un an, jour pour jour, le chemin était balisé. Chaque pion évoluait sur la case d'un échiquier selon une trajectoire définie dont il ne déviait jamais.

Et puis, par je ne sais quel hasard, comme si un dieu, par ennui, avait tapé du pied dans le plateau, mon univers a basculé. Tout a valsé. Il y a un an, Sophie travaillait encore pour la mairie. Mon père était en vie. Sylvie n'existait pas, pas plus que le professeur de yoga. Et moi, j'arbitrais vaguement la partie. Mais le plus surprenant, ce à quoi je ne m'attendais pas, c'est que, une fois le cataclysme passé, les pièces sont retombées une à une, comme j'imagine des cendres après l'éruption d'un volcan. Aujourd'hui, plus rien ni personne n'occupe sa place initiale, mais ce n'est pas un drame. À bien des égards, c'est mieux. Bien que je ne sois pas certain, si le choix m'était offert, de vouloir à nouveau traverser l'œil du cyclone pour atteindre ce résultat. Je préférerais la méthode douce. Mais peut-être ne reconstruit-on correctement que sur des ruines.

J'ai repris le chemin de l'agence et Sophie a commencé une formation en sophrologie dont elle sortira diplômée, si tout va bien, d'ici deux ans. Nous continuons à suivre des cours de cuisine chaque samedi matin. Il est désormais fréquent que nous préparions ensemble les repas. En revanche, nous avons arrêté les séances de psychothérapie. Sur les conseils de notre thérapeute elle-même. Selon elle, à présent que tout a été formulé, il ne tient qu'à nous de décider de la suite. Nous avons toutes les cartes en main pour forger l'avenir. Or, Sophie et moi, en dehors du cadre de ces rendez-vous, n'avons jamais reparlé de notre couple sérieusement. Comme si, dès le seuil du cabinet passé, nous reléguions nos difficultés à l'arrière-plan pour entrer dans la vie concrète. Délaissant la théorie au profit de la pratique. Les vacances ont été une respiration, mais à présent nous devons statuer.

Un soir, je l'invite au restaurant. À la manière dont elle rejoint la table où je suis déjà installé, à sa démarche si peu naturelle, je devine qu'elle est autant stressée que moi. Embarrassés, précautionneux, timides comme deux débutants, nous passons commande. Tout est prétexte à reporter l'incontournable. Jusqu'au moment où le vin est versé, le serveur reparti. J'avale une gorgée. Me lance. Tant que les idées sont encore claires dans mon esprit. Car, même si le trac me paralyse, je sais où aller. Je n'ai nul doute sur la question. Ces dernières semaines nous ont permis de nous retrouver, certes, de constater que nous nous entendions toujours aussi bien, mais le vrai défi commence maintenant. Dans la nécessité de rester à flot toute l'année. Ne pas se laisser noyer par la routine, le quotidien, la lassitude. Je prends mon courage à deux mains.

— J'ai beaucoup réfléchi, dis-je, malgré tout un peu fébrile. À la façon dont nous menons notre vie, à ce qu'il s'est produit… Et j'ai beau retourner le dilemme dans tous les sens, à la fin je reviens toujours à la même interrogation : est-ce que je serais mieux sans toi ? Est-ce que je serais mieux avec une autre ?

Suspendue à mes lèvres, Sophie vacille. Je poursuis.

— J'y ai songé, pour me venger. Mais, après réflexion, j'arrive à la conclusion qu'il s'agit d'un jeu de dupes. La fuite ne change rien. On quitte des ennuis que l'on retrouve ailleurs. Et puis, sincèrement, je n'en ai aucune envie.

Je m'arrête et lui prends la main.

— Tu restes ma personne préférée. Même après toutes ces années. C'est avec toi que je veux vivre. Même si ce n'est pas toujours facile. Et si je me pose la question honnêtement, c'est toi que je rechoisis. Sans hésiter.

Sophie ne me lâche pas du regard.

— J'ai entendu ce que tu m'as dit. Je ne suis pas forcément d'accord sur tout, j'estime que sur certains points les torts sont partagés, mais ton ressenti compte. Je ne veux pas que tu sois malheureuse. Surtout si c'est en partie de ma faute. Alors je vais continuer à faire des efforts. Je ne promets pas de toujours y arriver, mais je vais tenter de ne pas oublier. De maintenir une certaine discipline. Sur le partage des tâches ménagères, sur les sorties à deux, sur les séances au cinéma…

Elle laisse échapper un éclat de rire.

— Et pourquoi pas ? Ça ne va pas me tuer.

Serrant sa main, je plonge mes yeux dans les siens. Mon cœur bat à cent à l'heure. Comme si je ne la connaissais pas. Comme si je ne pouvais prédire sa réaction.

— Alors, dis-je, fiévreux, qu'en penses-tu ?

Sophie est émue. J'ai beau me concentrer pour garder mon sang-froid, je le suis aussi.

— Je te rechoisis…, dit-elle dans un murmure.

Enfin, je reprends mon souffle. Ma poitrine se libère. C'est la fin d'une longue apnée. Neuf mois d'agonie. Quinze années après m'avoir dit oui, ma femme me rechoisit.

Plus tard, quand l'émotion sera passée, quand j'aurai recouvré la faculté de parler, je lui annoncerai qu'aux prochaines vacances j'ai prévu d'envoyer nos enfants à Londres, chez leur tante. Je leur fais la surprise.

Car, à cette date, nous serons, elle et moi, dans un petit hôtel de charme.

À Venise.

FIN

DE LA MÊME AUTEURE :

Hier encore, c'était l'été, Mazarine, 2016 ; Le Livre de Poche, 2017.
Danser, encore, Mazarine, 2017 ; Le Livre de Poche, 2018.
La Nouvelle Arche, Michel Lafon, tome 1, 2018 ; tome 2, 2019.

Retrouvez l'auteure
www.facebook.com/julie.de.lestrange
Instagram : @juliedelestrange

PAPIER À BASE DE FIBRES CERTIFIÉES

Le Livre de Poche s'engage pour l'environnement en réduisant l'empreinte carbone de ses livres. Celle de cet exemplaire est de :
250 g éq. CO_2
Rendez-vous sur www.livredepoche-durable.fr

Composition réalisée par Belle Page

Achevé d'imprimer en France par
CPI BRODARD & TAUPIN (72200 La Flèche)
en mai 2023
N° d'impression : 3053109
Dépôt légal 1re publication : juin 2023
LIBRAIRIE GÉNÉRALE FRANÇAISE
21, rue du Montparnasse – 75298 Paris Cedex 06

81/9082/3